DREAMBOOKS★

DREAMBOOKS★

DREAMBOOKS★

ORIENTAL FANTASY STORY & ADVENTURE

시니어 신무협 장편소설

수라전설 독룡 24 외전-독룡의 아이들

초판 1쇄 인쇄 2020년 7월 8일
초판 1쇄 발행 2020년 7월 22일

지은이 시니어
발행인 오영배
편집 편집부
일러스트 eunae
본문 디자인 오정인
제작 조하늬

펴낸 곳 (주)삼양출판사 · 드림북스
주소 서울시 강북구 도봉로 173
대표 전화 02-980-2112 **팩스** 02-983-0660
편집부 전화 02-987-9393 **팩스** 02-980-2115
블로그 blog.naver.com/dreambookss
출판등록 1999년 3월 11일 제9-00046호

ISBN 979-11-283-9885-8 (04810) / 979-11-283-9448-5 (세트)

+ 이 도서의 국립중앙도서관 출판시도서목록(CIP)은 서지정보유통지원시스템홈페이지(http://seoji.nl.go.kr)와 국가자료종합목록 구축시스템(http://kolis-net.nl.go.kr)에서 이용하실 수 있습니다. (CIP제어번호 : CIP2020027056)

수라전설 독룡

| 완결 |

24

| 외전-독룡의 아이들 |

시니어 신무협 장편소설

ORIENTAL FANTASY STORY & ADVENTURE

dream books
드림북스

목 차

外傳
독룡의 아이들

한때 대유령산맥의 대부분을 아우르던 남해검문은 본래 여러 가문이 모여 만들어진 연합체에 가까웠는데, 이제는 그 세력이 크게 줄어 남해의 끝인 해남도까지 밀려난 형국이었다.

당유정과 당경은 중경과 귀주를 거쳐 해남도까지 내려가기로 했다.

"우리 남해검문으로 가는 거, 잘하는 걸까?"

당경이 슬쩍 말을 내뱉었다.

"단서가 거기밖에 없잖아. 빙봉 아주머니가 어디 계신지 사문에서는 알고 있겠지."

"만약 정말로 아빠의 자식을 낳으셨다면 아줌마가 아니라 작은 엄마라고 불러야 되는데."

"그래서 가기 싫어?"

"아니아니, 그게 아니라 어떻게 보면 남해검문은 우리 원수잖아. 검후 사후에 몰락했으니까. 그럼 거긴 적의 소굴이거든. 우리 아빠가 독룡인 걸 알게 되면……."

"만약 빙봉 아주머니가 아빠의 아이를 낳았다면, 사돈지간이 되기도 하겠지."

"원수야, 사돈이야. 괜찮다는 거야, 아니라는 거야?"

"몰라. 나도."

당유정이 인피면구를 살짝 들고 목 아래를 긁었다.

"아유, 간지러워. 벗고 싶어 죽겠네. 찢어질까 봐 세게 긁지도 못하겠고."

"좀만 참아. 남해검문에서 단서를 얻는 대로 벗기로 했잖아. 나도 소소 아줌마가 준 옷 입고 있어서 창피해 죽겠단 말야."

중경과 귀주는 강호에서 유명한 문파가 있는 것도 아니고, 특산품이나 이권이 대단한 지역도 아니었다. 하나 진자강의 복수행 당시 지리적으로 굉장히 중요한 요지라는 것이 드러났다. 사천은 물론이고 새외와 감숙을 모두 감시할 수 있는 지역이었다. 하여 새로운 무림맹에서는 중경과 귀주의 지부를 특히 신경 써서 운영하고 있었다.

때문에 당유정과 당경도 그곳을 지날 때까지는 최대한 변장을 유지하기로 했다.

하지만 당경은 그래도 불안한지 걸으면서 힐끗힐끗 뒤를 돌아보았다.

"지금쯤이면…… 우리 가출한 게 알려졌을 것 같은데……."

* * *

당하란은 수뇌부의 회의에서 이해하기 어려운 보고를 받고는 격노했다.

"이게 어떻게 된 것이지요?"

보고한 전령이 답했다.

"보고서에 적힌 그대롭니다. 아기씨와 도련님이 아무런 호위 없이 본가를 떠났다는 사실이 강호에 알려졌습니다. 분명하게 그런 소문이 돌고 있습니다."

당하란의 눈이 가늘어졌다.

둘이 가출한 것은 가문 내에서 비밀로 되어 있다. 수뇌를 제외하면 아는 사람이 극소수다.

그런데 어떻게 호위도 없이 나갔다는 것마저 알려졌단 말인가?

비밀 업무를 맡은 탈혼방의 신임 방주가 의견을 말했다.

"아귀왕의 후예가 부군을 끌어내기 위해 아이들을 노리고 있다는 건 명확한 일입니다. 이런 상황에서 유정와 경이가 나갔다는 것이 알려지면, 사자 우리에……."

당하란이 후진을 양성하는 기관인 영치방의 방주를 돌아보았다. 영치방의 방주가 답했다.

"사자 우리에 용 두 마리를 넣은 셈이지."

자리에 있던 방주와 장로들이 다들 끄덕거리며 동의했다. 당유정과 당경을 당가의 일원으로서 평가한다면 좋은 점수를 주기 어렵지만, 개인적인 평가는 다르다.

태중(胎中)에서부터 이미 모든 독이 통하지 않는 독체(毒體)였으며, 독을 먹으며 자랐다. 진자강과 달리 독을 다루는 당가의 독문 심법을 통해 제대로 영재 교육을 받았다. 하여 별다른 기연 없이도 당가의 무공으로 높은 수준의 경지에 올라 있었다. 아니, 애초에 진자강의 피를 이은 것이 기연이라고 하면 기연이었다.

실전 경험이 부족한 것이 흠이나 그것은 시간이 보완해 줄 것이다.

당하란이 말했다.

"사자 우리에 아이들을 넣으면 사자 우리가 박살 날 겁니다."

장로들이 웃으며 말했다.

"괜히 독룡의 아이들이 아니니까 말이오."

"아귀왕의 후예가 오히려 쓴맛을 볼 수 있지."

당하란은 웃지 않았다.

"하지만 필요 이상으로 문제를 일으키게 되면 그것도 논란이 될 겁니다. 우리 아이들을 통해 과거의 남편을 떠올리게 되겠지요."

"으음."

그래서 독기를 완전히 제어할 수 있게 될 때까지 임무도 내보내지 않았다.

탈혼방의 방주가 말했다.

"가주님의 말씀이 옳습니다. 부군께서 복수행을 하던 때와는 시대가 달라졌습니다. 잘못해서 애꿎은 사람을 해친다면 굉장한 비난을 받게 될 것입니다."

현 강호의 도덕적 기준을 명문화한 것이 바로 진자강이다. 그런데 정작 그의 아이들이 문제를 일으킨다면 남들보다 훨씬 더 가혹한 잣대에 의해 손가락질을 받고 말 터였다.

물론 진자강은 남들이 뭐라 하든 신경 쓰지 않을 것이나, 현직에서 가문을 운영해야 하는 당하란의 입장에서는 골치 아픈 일이다.

당하란이 죽간에 명령을 적어 탈혼방의 방주에게 건넸다.

"어느 쪽이든 문제가 됩니다. 찾아내십시오. 소문의 경로를 뒤쫓다 보면 반드시 근원이 누구인지 알게 될 겁니다."

탈혼방 방주가 포권했다.

"존명. 찾아내어 반드시 대가를 치르게 만들겠습니다."

*　　*　　*

당유정과 당경은 해남도로 향하는 배를 타기 위해 나루터에서 기다리고 있었다. 드디어 남해검문이 머지않았다.

둘은 남해검문에서 어떻게 정보를 캐내야 할지 작전을 짜기도 하고, 주변 구경도 하면서 시간을 보냈다. 특히 숙소 일 층에 있는 다관에 앉아 당경이 다른 이들의 대화와 전음을 엿들으며 당유정에게 얘기해 주었는데, 온갖 사람이 다 모여들기에 그것도 은근히 재미난 일이었다.

"흐엣취!"

당유정이 재채기를 했다.

그러곤 수염이 붙은 얼굴이 찢기지 않도록 벌벌 떨면서

아주 살살 코끝을 긁었다. 당경이 주변의 눈치를 보았다.

"아, 좀 참아."

"너무 간지러워. 잇치! 잇치!"

참으려다가 하는 재채기라 목소리도 못 바꾸고 귀여운 소녀의 재채기 소리가 났다.

다관에 있던 사람들이 당유정을 쳐다보았다.

소저로 분장하고 있는 당경이 자기가 재채기를 한 것처럼 코를 훌쩍거려서 사람들의 이목을 피했다. 다행히 사람들은 의심 없이 고개를 돌렸다.

당경이 당유정에게 눈을 부라렸다.

"아이, 귀찮아 죽겠네. 좀 참으라니까? 엿듣는 데 방해되잖아."

"미안. 간지러워서 그래. 며칠째 못 뗀 면구도 간지럽고 무엇보다 수염이…… 수염이 바람이 불 때마다 코를 간지럽혀서……. 우엣치!"

재채기는 당유정이 하는데 당경이 호들갑스럽게 몸짓을 하는 희한한 광경이었다.

당유정이 눈물까지 찔끔대며 말했다.

"수염 엄청 귀찮아. 이렇게 간지럽고 불편한데 남자들은 어떻게 참고 사는 거야?"

"내가 누나를 참고 사는 것과 비슷해."

"너와 난 전생에 원수였을 거야. 내가 더러워서 너랑 다시는 같이 안 다…… 안 다……."

당유정이 한마디 하고 싶었지만 또다시 재채기가 찾아왔다.

"헤…… 에…… 에…… 에……."

당경이 창밖을 보더니 눈을 크게 떴다.

"앗! 배 들어왔다!"

해남도에서 건너 온 배가 부두에 정박해 있었다. 사람들과 짐을 내리는 중이었다. 내일 아침에 다시 해남도로 출발할 배였다.

"흐에엥취!"

당유정이 심하게 재채기를 하는 바람에 당경의 옷에 찻물이 다 튀었다. 주문해 놓은 달달한 간식까지 튀어서 들러붙어 있었다. 당경이 짜증을 냈다.

"에이 씨."

"미이안."

당유정이 웃음으로 얼버무렸다.

"방에 가서 옷 갈아입고 올게. 여자가 옷에 뭐 묻히고 있으면 칠칠맞아 보인단 말야."

"너 남자잖아. 에…… 에…… 에취!"

당경이 쯧쯧 혀를 차며 위쪽 방으로 올라갔다.

"엣취, 엣취!"

당유정은 자꾸 재채기가 나와 콧물까지 훌쩍댔다.

"이놈의 인피면구를 확……."

뜯고 싶었는데, 그럴 수 없었다. 막 다관을 들어온 청년 한 명이 주변을 두리번거리다가 재채기를 하는 당유정에게 다가오고 있었다. 다른 사람이 아니라 분명히 당유정에게 오고 있는 것이었다.

그런데 청년을 본 순간 당유정은 벼락을 맞은 것처럼 몸이 찌릿했다.

이십 대 정도로 보이는 젊은 청년이었고, 굉장한 미남이었다. 피부도 하얗고 눈도 맑았다. 음울한 듯 표정이 차가웠는데 그게 더 매력을 더하고 있었다.

희한하게도 눈에 박힌 것처럼 청년의 모습이 시야에서 떠나질 않았다. 당유정은 급히 고개를 흔들곤 옷매무새를 고치고 아무 일도 없었던 것처럼 허리를 폈다. 최대한 숨을 참고 재채기를 진정시켰다.

청년이 다가와 당유정을 보며 말했다.

"어르신, 몸이 좋지 않으십니까?"

당유정은 하마터면 본래의 목소리를 낼 뻔했다.

"아, 그…… 허허허, 괜찮습니다."

"제가 의술을 좀 아는데 재채기에 좋은 약이 있습니다.

조금 써 보시지요. 냄새를 살짝 맡으면 됩니다. 금세 괜찮아지실 겁니다.”

생긴 것과 달리 친절한 청년이었다.

당유정이 극구 사양했으나 청년은 굳이 약을 내려놓았다. 당유정은 또 재채기가 나올 것 같아 일단 시도해 보았다. 약봉지를 펼쳐 냄새를 살짝 들이쉬었다. 계피 향이 돌면서 코가 찡했는데 놀랍게도 재채기가 멈추었다.

“밖을 지나가다가 재채기 소리를 들었는데 목소리까지 쉬신 것 같아 굳이 어르신을 귀찮게 해 드렸습니다. 약이 잘 들은 모양이니 가 보겠습니다. 그럼.”

청년이 약봉지를 챙겨 작별 인사를 하고 가려는데, 당유정은 왠지 청년을 그냥 보내고 싶지 않았다.

“잠깐 기다리시오. 오전 내내 나를 괴롭히던 재채기가 감쪽같이 사라졌구려. 이런 친절한 분을 만났으니 그냥 넘길 순 없고, 사례를 하고 싶소.”

“아닙니다.”

그냥 가려던 청년이 문득 무슨 생각이 들었는지 당유정을 돌아보았다.

“혹시 해남도로 들어가는 길이십니까?”

“그렇소이다. 내일 아침 저 배로 들어가려 합니다. 소협께서는…….”

"저는 방금 저 배에서 내렸습니다."

청년은 잠깐 고민하는 듯하다가 품에서 서신 한 장을 꺼내 탁자 위에 놓았다.

"제가 실은 서신을 한 장 보내야 하는데 미처 보내질 못하였습니다. 해남도로 들어가시면 아무에게나 이 서신을 남해검문으로 보내 달라고 부탁해 주시겠습니까?"

당유정은 깜짝 놀랐지만 내색하지 않고 물었다.

"남해검문이라고 하시었소?"

"예. 해남도에서는 굉장히 유명한 곳이니 알아서 보내 줄 겁니다. 그럼."

청년은 포권을 하고 미련 없이 떠났다.

당유정은 한동안 멍하니 청년의 뒷모습을 바라보았다. 그리고 그가 남해검문에 전해 달라고 한 서신을 내려다보았다. 기분이 굉장히 묘했다.

"지금이라도 그냥 확 인피면구를 뜯고 본 얼굴로 따라가?"

당유정이 중얼거렸는데, 당경이 돌아왔다.

"가긴 어딜 가. 어? 이건 뭐야."

당경이 청년이 남긴 서신을 집어 들었다. 당유정이 재빨리 당경의 손에서 서신을 빼앗았다.

"내놔. 부탁받은 거야."

"부탁? 여기 우리 둘밖에 아는 사람이 없는데 부탁을 받았다고?"

당경의 눈이 호기심으로 반짝거렸다. 당경이 갑자기 손을 뻗어 당유정의 손에서 서신을 빼앗으려 했다.

"나도 좀 보자!"

"보긴 뭘 봐. 내 거 아니라니까?"

당유정이 몸을 살짝 뒤로 누이며 발로 탁자를 밀었다. 우르르, 탁자 위에 놓인 나무젓가락 통이 흔들리며 같이 밀렸다. 당경의 배에 탁자가 걸리며 손이 당유정에게 닿지 않았다. 당경이 호흡을 하여 배에 힘을 주고 팔꿈치로 탁자의 끄트머리를 슬쩍 눌렀다.

"흡!"

탁자가 기우뚱하며 반대쪽으로 튀어 올라 당유정의 손을 쳤다. 서신이 위로 튕겨 올랐다. 당경이 탁자 위에 엎어진 나무젓가락을 들어 서신을 잡아챘다. 당유정도 젓가락을 들어 당경의 젓가락질을 방해했다.

티티틱, 틱! 젓가락이 정신없이 얽혔다.

"야야, 일단 앉아. 남들 눈에 안 띄게."

당유정의 제안에 당경이 젓가락질을 쉬지 않으며 자리에 앉았다. 사람들이 혹시 쳐다볼까 봐 둘의 동작은 굉장히 작았다.

둘 다 앉아서 팔을 탁자에 붙이고 손목만 움직여 젓가락만으로 싸우는데, 당가의 온갖 검법이 다 나왔다. 심지어 젓가락이 한 쌍이니 금나수까지도 병용했다.

"흥, 추혼검 좀 제법 익혔는데?"

"누나야말로 귀원신수는 언제 배웠어?"

그때 당경의 움직임이 순간적으로 달라졌다. 당경이 쓰는 건 당가의 무공이 아니었다. 손가락에서 젓가락이 크게 빙글빙글 돌았다.

타악 탁! 당경의 젓가락에 부딪칠 때마다 당유정의 젓가락이 깎여 나갔다.

"어쭈. 너 그거 뭐야."

"단월겸도."

"그거 아빠 무공이잖아."

"아빠가 운남 약문 무공을 전부 집필해서 장서각에 넣어둔 거 몰랐어?"

"그걸 다 찾아내서 배웠다고?"

"당연하지."

공방이 가열되면서 젓가락에 깃든 내공이 깊어지고, 조금씩 젓가락이 뜯어져 가시가 날리기 시작했다. 둘의 젓가락이 부딪치고 튕길 때마다 서신도 바람을 타서 팔랑거리며 떠다녔다. 당경이 의외로 젓가락 싸움에서는 우위에 있었다.

"누나만 무공 수련한 거 아냐. 나도 열심히 했거든?"

"와, 그동안 봐줬다고 한 게 진짜였네?"

"당연히 봐준 거……!"

당경이 대답하는 사이 당유정이 왼손을 뻗어 젓가락 통에서 한 쌍의 젓가락을 더 꺼내 들었다. 그러곤 번개처럼 당경의 오른손 손목을 잡았다.

"치사하게!"

말이 젓가락이지 내공이 깃들어서 거의 두꺼운 쇠 말뚝 사이에 손목을 끼운 듯한 압력이 있었다. 당유정이 느긋하게 오른손의 젓가락으로 서신을 집었다. 아니, 집으려 했다.

당경이 숨을 들이쉬었다가 힘껏 불었다.

후욱! 서신이 펄렁이며 위로 올라갔다.

"에이."

당유정이 눈을 흘겼다. 서신을 잡으려면 당경의 손목을 놓을 수밖에 없었다. 당유정은 당경의 손목을 꽉 눌렀다가 놓으며 탁자 위로 뛰어 올라갔다. 당경이 탁자 다리를 발로 차서 부러뜨렸다.

우지끈. 탁자가 기울어지며 당유정이 발을 헛디뎠다. 당유정은 급하게 자신의 왼발을 오른발로 밟아 공중에서 떨어지지 않고 떠 있었다. 당경이 달려들어 당유정의 장포를 양손으로 잡아 확 끌어당겼다.

체형이 맞지 않아 꽉 조여 놓았던 장포가 당겨지면서 옷가지가 다 벗겨질 뻔했다.

"야!"

당유정이 깜짝 놀라서 장포가 벗겨지지 않도록 윗부분을 틀어잡았다. 하지만 당경이 당기는 힘에 아래로 떨어지고 말았다. 당유정은 흥! 하고 콧소리를 내며 떨어지는 힘을 이용해 당경의 머리를 들이받았다.

쩍.

머리가 부딪치는 소리가 소름 끼치게 울렸다.

"으악!"

당유정이 이마를 감싸 쥐었다. 이마로 정수리를 박았는데, 충격은 당유정이 더 컸다.

당경은 흐흐, 하고 웃으면서 뛰어올라 서신을 잡았다. 당유정이 눈물을 찔끔거리면서 발을 머리까지 들어 올려 당경의 다리를 걷어찼다. 당경은 서신을 손에 쥐기 직전에 공중에서 다리가 걸려 옆으로 몸이 돌아갔다. 당경이 몸을 완전히 공처럼 말아서 일부러 반 바퀴를 더 돌았다. 그러다가 몸을 펴서 공중에서 똑바로 자세를 잡았다.

하지만 그때까지 당유정도 놀고 있던 건 아니었다.

당유정이 검지를 앞으로 쭉 내밀고 있었다. 당유정은 당경이 웃었던 것처럼 씨익 웃었다.

움찔! 당경의 뒷덜미에 소름이 돋았다.

당유정의 손가락이 당경의 허벅지에 닿았다. 당경은 온 힘을 다해 다리를 위로 들었다.

투학!

당경의 허벅지가 있던 자리에서 공기가 소용돌이처럼 터져 나갔다. 당경의 옷자락도 여지없이 뜯겨 나갔다. 당경이 화가 나서 발을 내려찍었다.

그런데 평범한 각법이 아니라…….

싹!

탁자가 날카로운 칼로 잘라 낸 듯 동강 났다. 당유정이 똑같이 발로 올려 찼다. 싹! 열십(十)자로 탁자가 갈라졌다. 당경이 한 번 더 몸을 틀며 횡으로 발을 갈랐다. 당유정도 비스듬한 횡으로 발을 찼다.

싹! 싹! 서로의 발이 닿지는 않으면서 탁자만 잘렸다.

바람에 서신이 흔들리다가 당경의 앞쪽으로 날아왔다.

당경은 공격을 멈추고 서신을 노렸다. 당유정이 손을 뻗었다. 서신은 당경에게 더 가까이 있었는데 당유정의 손이 더 빨리 서신에 접근했다.

당경이 다시 숨을 훅 불었다. 서신이 흔들려서 당유정의 손이 서신을 헛짚었다. 당유정이 손목을 틀어 서신의 끝을 잡으려 했다. 당경은 당유정의 얼굴에 숨을 불었다. 당유정의 수염이 거꾸로 올라가서 시야를 가렸다.

"엥!"

그사이에 당경이 서신을 낚아챘다. 당유정이 제자리에서 뒤로 한 바퀴 재주를 넘었다. 당경이 서신을 놓지 않고 당겼다. 당유정의 발이 세로로 길게 공간을 가르면서 서신이 반으로 잘렸다.

당경이 쥔 건 반뿐이었다. 당유정도 나머지 반을 냉큼 잡았다.

"아, 씨. 수염 때문에!"

당유정이 부글거리는 속으로 당경을 째려보았다.

"너 이……!"

당유정이 뭐라고 하려다가 주변의 분위기를 눈치채고 입을 다물었다. 다관에 있던 사람들이 둘을 당황스러운 표정 반, 놀라움 반으로 쳐다보고 있었다. 정신없이 싸우다가 도를 지나친 바람에 일이 커졌다.

이미 둘 앞에는 형체를 알아보기 어려운 탁자 조각이 어지러이 널려 있었다.

당유정은 조용히 탁자 파편을 수습했다. 당경도 눈치를 힐끗 보고 파편을 주워서 한곳에 장작 놓듯 차곡차곡 쌓았다.

그러곤 당유정이 자신들을 바라보는 사람들을 향해 당경을 소개했다.

"허허허, 제 며느립니다."

"……."

당유정이 말을 하면서 당경의 어깨를 꽉 눌러 제압하려 하였다. 당경이 어깨를 내렸다가 올리며 당유정의 턱을 쳤다.

퍽!

당유정의 고개가 들렸다. 당경은 그사이 위층으로 달아났다.

"허허허……."

"……."

사람들의 표정이 더 이상해졌다.

무슨 며느리가…….

무슨 시아버지가.

"허허허. 허허허허."

당유정은 속으로 당경을 욕하며 부서진 탁자 값을 주인에게 주고는 아무 일도 없었던 것처럼 뒷짐을 지고 계단을 올라 방으로 돌아갔다.

탁.

당유정은 방에 들어와 조용히 문을 닫고는 길게 숨을 내쉬었다. 아주 길고 낮은 목소리로 잔뜩 힘을 주어 말했다.

"후…… 넌 오늘 선 넘었어. 진짜 제삿날이야."

그러고 돌아서는데, 당경이 바로 뒤에 서서 눈을 크게 뜨고 있었다.

"누나!"

"깜짝이야! 뭐, 뭐야. 왜 이렇게 붙어 있어. 좀 떨어져."

당경은 굉장히 충격을 받았는지 당유정을 보며 잘린 서신 반쪽을 흔들어 보였다.

"누나 이거 봤어? 읽어 봤어?"

"내가 왜 다른 사람 서신을 왜 읽어 봐! 미쳤어? 내놔."

당유정이 당경이 펼친 반쪽의 서신을 빼앗았다. 당경이 당유정을 붙들었다.

"누나…… 남은 거 반도 봐야겠어."

"이게 아직도 정신 못 차리고."

당유정이 당경의 머리를 쥐어박으려고 손을 들었다. 그러나 당경은 아랑곳하지 않았다.

"장난하는 거 아냐. 내 생각이 맞다면……, 그거 준 사람 우리 지금 빨리 찾아가야 돼."

"뭐? 웃기지 마. 나는 너랑 달라서 지적이고 교양 있는 사람이거든?"

"서신 준 사람 누구였어?"

"잘생긴 사람. 우리 나이랑 비슷해 보였어."

당경이 갑자기 툭 던지듯 물었다.

"우리랑 안 닮았어?"

"……!"

당유정이 눈을 끔벅거렸다. 그제야 당경이 무슨 말을 하려는지 알았다.

당유정은 추진력이 매우 뛰어나다. 바로 결정을 내렸다.

"안 되겠다. 보자."

"닮았구나! 그치?"

당유정은 대답을 않고 잘린 서신을 탁자에 놓고 펼쳤다. 두근거리는 마음으로 글을 읽었다.

어머님, 불초 소자의 못난 행동을 양해해 주십시오.

저는 아직 그 사람을 용서할 수 없습니다. 받아들일 수 없습니다. 어떤 마음으로 대해야 할지도 모르겠습니다.

그에게 한껏 화풀이라도 한다면 제 마음이 풀릴까요.

그럴 수 있다면 좋겠습니다만, 소자뿐 아니라 강호의 누구도 불가능한 일이라는 건 잘 알고 있습니다. 또한 그건 어머님이 원하시는 바도 아니겠지요.

벌써 십수 년이 흘렀습니다. 매해 그가 찾아올 때마다 그의 얼굴을 마주할 자신이 없어 자리를 피하는 소자를 용서하십시오.

마음이 수습되는 대로…… 곧 돌아가겠습니다.

어머님의 못난 아들, 헌 올림.

당유정과 당경은 서로를 쳐다보았다.

"남해검문……."

"매해…… 찾아오는 사람……."

무언가 조각이 맞춰지는 듯하였다. 명확한 단서는 아니었지만 상황이 굉장히 의심스러웠다.

"아빠가 나온 시기와 너무 절묘하게 겹친다."

"강호의 누구도 불가능하다고 했어."

그 말 한마디가 특정 인물을 가리키고 있었다. 현 강호에서 그만큼의 위엄을 갖고 있는 사람은 단 한 명뿐이다.

"이름이…… 헌인가? 자기가 서신을 보내야 하는데 못했다고 하니 아마 본인일 거야."

당경이 의심스러운 표정으로 말했다.

"아니면…… 우릴 노리는 함정?"

"아냐. 굉장히 예의 바른 사람이었어. 그러고 보니 약간 차가운 인상이기도 했는데."

당경이 맞다는 듯 소리쳤다.

"빙봉!"

"와……. 말도 안 돼. 여기서 우연히 만난 거라고? 근데 왜 아빠를 피해 도망을 가지?"

"그야……."

당경이 어깨를 으쓱했다.

"아빠가 원수라서?"

"우리가 남해검문의 원수이듯?"

"아마 그렇겠지."

"일단 서신의 내용이 맞는지 확인해 보자."

당유정과 당경은 계획을 세웠다. 헌이라는 이름의 청년 얼굴을 아는 당유정이 그를 찾기로 하고, 당경은 남해검문으로 가서 정말 빙봉의 아들이 있는지, 그 이름이 헌인지 주변 조사를 해 오기로 했다.

"마을 어귀에 표시해 둘 테니까 잘 따라와. 우리 가문의 표식은 익혔지?"

"응."

당경이 여자 옷을 벗었다.

"휴. 이제 진짜 남자로 다닐 수 있겠다!"

"나도 인피면구 벗고 다녀야지!"

당경이 여자 옷을 당유정에게 주었다.

"……왜?"

"왜긴 왜야, 누나가 입어야지."

"싫은데? 난 새로 사 입을 거야."

당유정은 당경에게 돈을 좀 나눠 주었다.

"아껴 써."

당경이 어이없다는 듯 쳐다보았다.

"자기는 새 옷 사 입고 나는 아껴 쓰라고 하냐!"

"싫으면 니가 누나 해."

당경이 표정을 바꿔서 약간 비굴하게 손을 맞잡았다. 그러곤 깜찍한 말투로 말했다.

"누님, 헤헤. 나 주전부리하게 용돈 좀 주세요."

"어우! 역겨우니까 그거 하지 마. 어우!"

당유정은 당경을 밀어냈지만, 그래도 말과는 달리 은전 몇 닢을 더 탁자 위에 올려 주었다.

"감사감사."

당경이 히히덕대면서 돈을 챙겼다. 그러더니 나갈 준비를 하다가 당유정에게 말했다.

"누나."

"응?"

"혹시 모르니까 늘 조심해."

당유정이 피식 웃었다.

"너나 조심해."

* * *

당유정은 당경이 떠나자마자 바로 인피면구를 벗어 버렸다.

"후아아아아!"

엄청나게 개운했다.

"이제 살 것 같네."

이제 얼른 아까의 청년을 찾아가야 하는데, 살짝 망설여졌다.

"잠깐만, 어떻게 보면 아빠의 자식들끼리 첫 대면이잖아? 아무리 급해도 엉망인 꼴로 만날 순 없지."

게다가 당가 일원으로서의 체면도 있다.

당유정은 후다닥 목욕을 마치고 새 옷을 입었다. 무복은 던져 버렸다. 어차피 알아볼 수 있는 사람이 없는 곳이니 보통 여자들이 입는 예쁜 수가 놓인 옷을 입고 화장도 해 꾸몄다. 싸구려 장신구도 몇 개 꽂았다.

"와하하!"

왠지 자유를 얻은 기분이 들었다.

더 이상 할아버지 목소리로 허허허 웃지 않아도 된다는 사실이 가장 좋았다.

숙소를 나와 내려가는데 사람들이 힐끔거리며 당유정을 쳐다보았다. 간간이 예쁘다는 말도 들려왔다. 당유정은 사천에서는 느낄 수 없는 기분을 느끼며 사뿐한 걸음으로 거리를 걸었다.

"어디로 갔을까."

추적술도 어느 정도 배우긴 했지만 사람 많은 마을에서 그럴 필요는 없었다.

"어머, 안녕하세요. 말씀 좀 여쭈려고요."

당유정은 집 앞에 느긋하게 앉아서 연초를 피우고 있는 노인에게 이곳을 지나간 청년이 있는지 물었다.

당유정이 생글생글 웃으면서 살갑게 물어보니 노인도 흐뭇한 얼굴로 방향을 가르쳐 주었다. 당유정은 지나가며 계속해서 사람들에게 청년의 행적을 물었다.

헌이라는 청년은 워낙 잘생긴 미남이고 표정이 차가운 편이라 사람들에게 인상이 깊게 남아 있었다. 대부분 청년을 기억하고 어디로 갔는지를 말해 주었다.

당유정은 헌이 지나간 방향을 고스란히 쫓을 수 있었다.

헌은 광동으로 올라가고 있었다.

당유정은 나중에 당경이 오면 찾을 수 있도록 마을 어귀에 표시를 해 놓고 헌을 뒤쫓았다.

"아이, 불편해."

들판을 지나 산길이 나왔다. 치렁치렁 늘어지는 치맛자락이 끌렸다. 수전의(水田衣)라고 해서 물이 흘러내리듯 하늘거리는 치맛자락이 발을 감출 정도로 내려와 있었다. 거기에 비갑(比甲)이라고 하여 무릎 아래까지 내려오는 긴 조끼와 같은 것을 걸쳤다. 우아하고 여성스러워서 수도에서 유행하는 복장이었다.

평소에는 늘 이런 여성스러운 옷을 입고 싶었는데 막상 입으니 여간 불편하지 않았다. 당유정은 끝자락을 들고 종종걸음으로 산을 올랐다.

흔적이 점점 가까워졌다. 헌의 발자국을 보니 급한 걸음은 아니었다. 생각에 잠겨 걷고 있는 듯했다.

두근두근.

아빠의 또 다른 자식을 만나기 직전이다.

"으음."

좀 전에는 인피면구를 쓰고 다른 사람으로 만났지만, 맨얼굴로 보게 되면 어떤 표정을 지어야 할까 고민이 되었다. 무슨 말부터 먼저 해야 할까? 헌은 어떤 반응을 보일까? 오빠일까, 동생일까.

"오빠면 좋겠다. 히."

당유정이 혼자 생각하며 헤실 웃었다. 아까의 예의 바른 모습을 생각하면 당경처럼 어리광 부리는 동생은 아닌 듯했다. 그러니 아마 당유정이 독룡의 딸이라고 해도 화부터 낼 것 같지는 않다. 차분하게 얘기로 잘 풀어내면 어떻게 되지 않을까?

어느새 멀리에 헌의 뒷모습이 보였다. 등을 보는데 왠지 익숙하다. 아빠의 등을 보는 듯한 느낌까지 들었다.

"일단 따라붙자."

당유정은 나무에 표식을 남겨 놓고 경공으로 헌을 따라잡으려 했다.

그런데 막 발을 떼고 날아오르려는 그때, 갑자기 당유정의 앞을 가로막는 이들이 나타났다.

"어이, 예쁜 소저. 어딜 그리 바삐 가시나."

험상궂은 표정을 짓는 다섯 명의 남자였다. 변색되어 시커메진 피딱지가 붙고 이까지 나간 칼을 협박하듯 드러내고 있었다.

남자들이 당유정의 위아래를 훑어보며 흐흐 웃었다.

"이런 험한 산길을 그런 복장으로 올 정도면, 아주 급하신가 봐?"

"부잣집 따님처럼 보이는데…… 어디까지 가는지 우리가 알아도 될까?"

"조건만 맞으면 우리가 목적지까지 안전하게 호위해 줄

수도 있는데."

당유정이 남자들을 보며 물었다.

"산적?"

사천에는 산적이 없다. 당가가 완벽하게 통제하고 있어서 산적이든 비적이든 발을 붙일 수가 없었다.

남자들이 화를 냈다.

"무례하다!"

"우리 용감무쌍한 녹림의 형제들에게 산적이라니!"

당유정은 힐끗 헌의 뒷모습을 보았다. 멀리 떨어졌지만 소리를 지르면 듣지 못할 거리는 아니다.

좋은 생각이 났다.

당유정이 앞섶을 여미며 비명을 질렀다.

"꺄아아! 살려 주세요!"

산적들이 또 화를 냈다.

"누가 아가씨를 잡아먹기라도 해?"

"앞은 왜 가려? 우린 여자에게 관심 없어!"

당유정이 소리를 지르다 말고 되물었다.

"예? 관심 없어요?"

"우리가 파렴치한인 줄 알아?"

"돈이나 내놔."

"우리도 집에 가면 다 처자식 있는 몸이야!"

당유정이 어색하게 미소를 지었다.

“아아, 처자식이요……? 뭐, 생각하고는 달라졌지만 서로 관심 없으니 잘됐네요.”

“잘되긴 뭐가…….”

당유정은 길게 숨을 들이쉬고 힘차게 비명을 질렀다.

“꺄— 아— 아— 아—!”

산에서 비명의 메아리가 울렸다. 산적들이 깜짝 놀라 귀를 막고 물러났다. 한 명은 허둥대다가 녹슨 칼을 놓치기도 했다.

“시끄럽게 왜 소리를 질러!”

눈치 빠른 산적이 뒤쪽을 힐끗 돌아보았다. 비명을 들었는지 헌이 잠시 걸음을 멈추고 뒤돌아보고 있었다.

산적이 헌을 가리켰다.

“흥. 저기 지나간 놈에게 도와 달라고 하려고?”

당유정이 순순히 대답했다.

“네.”

산적들이 서로 쳐다보다가 웃었다.

“저놈은 포기하는 게 좋아.”

“쯧쯧, 도와줄 가망이 있는 사람에게 도와 달라고 해야지.”

산적이 짤랑거리는 주머니 하나를 들어서 위아래로 던져 보였다.

"오늘 아주 운이 좋아. 연달아 두 탕이나 공으로 걸리다니."

당유정은 설마, 하는 눈으로 헌 쪽을 쳐다보았다. 헌은 잠깐 돌아선 채로 당유정을 보는가 싶더니 곧 고개를 돌려서 갈 길을 가 버렸다.

"헐…… 뭐야."

당유정은 크게 실망했다. 혹시나 다른 사람인가 싶어 안력을 돋우어 봐도 헌의 뒷모습이 확실했다.

산적에게 돈까지 빼앗겼단 말인가? 설마하니 무공을 하지 못하는 건가? 명색이 독룡의 자식이?

아니, 무공을 못 한다고 해도 아까 보인 예의 바름을 생각하면 남의 어려움을 그냥 지나칠 성격이 아니라고 생각했다. 그런데 힐끗 보더니 가 버렸다.

기분이 굉장히 복잡해졌다.

저런 사람이 아빠의 아들이라니.

"이건…… 아니잖아. 아무리 그래도."

당유정이 중얼거림을 들은 산적들이 협박 수위를 높였다.

"이제 소용이 없는 걸 알았으면 돈이나 내놓고 꺼져."

"원한다면 저기 저놈 우리가 잡아다 때려 줄 수도 있고. 수고비 없이 공짜로."

당유정은 맥이 탁 풀렸다.

돈주머니를 꺼내어 안에 든 돈을 세었다.

"산적 아저씨들 운 좋은 알 알아. 처자식 있다고 해서 봐주는 거야."

당유정이 몇 푼을 꺼내 내밀었다.

"푸웁!"

산적들이 웃었다.

"아주 그동안 편하게 사셔서 우리 같은 무서운 사람을 만나신 적이 없지?"

"우리가 거지야? 가진 걸 다 내놓으라고! 아니면 아가씨 집까지 쳐들어가서 몸값을 달라는 수도 있어? 그땐 꽤 험악해질 거야."

당유정이 한숨을 살짝 내쉬었다.

"우리 집이요? 아이고, 아저씨들 처자식도 있다면서 성실하게 일하셔야지, 왜들 이러세요."

산적들이 인상을 썼다.

"우리가 왜 이러냐고?"

"이게 다 그 잘나신 독룡 때문이지. 독룡 때문에 나라 꼴이 개판이 돼서 우리 같은 사람들이 생긴 거야."

뜬금없이 독룡을 거론하니 당연히 당유정이 되물을 수밖에 없었다.

"뭐라구요? 아저씨들이 산적이 된 게 독룡하고 무슨 상관이에요?"

"아가씨, 우리도 원래는 선량하게 세금 내고 살았어. 농사도 짓고 가게도 하고."

"그런데 독룡이 나라를 어지럽히고 아무나 막 죽여 버리는 바람에 우리가 이 꼴이 된 거야. 내가 아는 사람 중에는 돈 빌려 간 사람이 죽어서 받을 돈을 못 받고 망한 친구도 있어."

"어음, 차용증 뭐 그런 거요? 그런 돈 문제는 예전에 당가에서 다 처리한 걸로 아는데요."

"어이구, 이 순진한 아가씨야. 그런 착한 사람이 세상에 어디 있어. 다 제 주머니로 챙기지. 그래 놓고 입으로는 다 해결했다고 딴소리하는 거야."

산적들이 욕지거리를 내뱉었다.

"퉤, 죽일 놈의 새끼."

죽일 놈의 새끼면 독룡이 아니라 독룡의 자식을 말하는 거라서 당유정은 기분이 이상해졌다.

당유정이 물었다.

"아저씨 가족이나 친지들 중에 독룡에게 죽은 사람이 있어요?"

"없어."

“근데 왜 독룡을 그렇게 욕하세요?”

산적들이 화를 냈다.

“뒷일은 생각 안 하고 지 마음에 안 든다고 다 죽여 버리니 우리 같은 서민들은 어떻게 살아?”

“제멋대로 상단의 총수들을 주무르고 돈 뺏고 자기 사람들 상회에 막 꽂아 넣고 돈을 긁어모은다며? 그러니까 우리 같은 사람들만 쫓겨나고 돈 못 받고, 기껏 농사지어 가져가도 헐값밖에 못 받고 그러는 거 아냐!”

“니미, 거지 같은 세상. 나라 꼴이 하여간.”

“…….”

당유정은 산적들의 말을 듣고 있다가 혼잣말처럼 중얼거렸다.

“그랬구나. 왠지 모르겠지만 독룡 완전 나쁜 놈이네요.”

“그렇다니까!”

“근데 아저씨들 산적이잖아. 돈 뺏고. 아저씨들도 독룡이랑 똑같은 나쁜 놈들 아냐?”

산적들이 또 화를 냈다.

“우리랑 독룡은 다르지!”

“나쁜 놈 아니냐니! 지금 우리한테 욕한 거냐?”

당유정은 바로 치마를 살짝 걷고 씩 웃더니 바로 발길질을 했다. 순식간에 한 명이 발에 차여 나동그라졌다.

쿠당탕탕!

"아이고……."

차인 산적이 일어나지도 못하고 꾸물거렸다.

당유정이 든 발을 내리며 어이없는 투로 말했다.

"아니, 무슨 산적들이 산적질하면서 나라 걱정을 해. 와…… 완전 어이없네, 이 아저씨들."

산적들이 놀라서 칼을 치켜들었다.

당유정이 바로 옆에 있는 산적도 같이 차 버렸다. 동시에 팔을 뻗어 반대쪽에 있는 산적의 가슴을 손바닥으로 쳤다.

퍼억! 퍽!

순식간에 둘이 또 나뒹굴었다. 한 명이 칼질을 했다. 당유정은 녹이 슨 칼을 맨손으로 쳤다.

뚝! 칼이 부러져서 날아갔다. 칼질을 한 산적도 배를 맞고 허연 거품을 토하며 무릎을 꿇었다.

나머지 한 명은 피딱지가 거멓게 들러붙은 칼을 들고 눈만 동그랗게 뜨고 있었는데, 당유정이 자신의 칼을 쳐다보자 칼을 바로 내려놓았다.

"돼지 피야, 돼지 피!"

당유정이 손가락을 까딱거렸다. 산적이 우물쭈물 다가왔다. 당유정은 산적의 정강이를 찼다.

뚝! 정강이가 부러졌다. 산적이 깡충거리며 비명을 질렀다.

"으아악! 으아아악!"

나머지 넷도 일어나지 못하고 끙끙거렸다. 족히 한 달은 요양을 해야 할 만큼 힘을 조절해서 때린 때문이다.

당유정은 아파서 끙끙대는 산적들에게 다가갔다. 산적들이 겁을 먹어 몸을 움츠리고 외쳤다.

"사, 살려 주십시오!"

"고인을 몰라뵙고!"

"고인은 됐으니까 돈이나 내놔."

"예?"

"남의 돈 뺏으려고 했으면 자기 돈 뺏길 것도 알아야지."

갑을이 바뀌었다. 당유정은 애매하게 반항하며 옷깃을 여미는 산적들의 품을 차례로 뒤져 돈을 빼앗았다. 헌의 것으로 추정되는 돈주머니도 같이 챙겼다.

"독룡 얘기만 안 했어도 봐주려고 했는데 말야. 아저씨들 그런 얘기는 도대체 어디서 들었어?"

해남까지 오는 동안 객잔이나 다관에서도 종종 독룡을 욕하는 소리를 들었다. 그땐 그러려니 했는데 산적들까지도 독룡을 욕하니 기분이 괜히 찜찜했다.

"지난달에 녹림 회합이 있었는데 거기에서……."

당유정은 말해 준 산적에게 동전 한 닢을 쥐여 주었다. 그러곤 바로 일어서서 헌을 뒤쫓아 갔다.

남은 산적들은 한참 쥐죽은 듯 조용히 있다가 당유정이 멀리까지 가자, 그제야 처음 독룡이 어쩌구 하며 말을 시작했던 동료를 쳐다보았다.

"확 그냥 저놈의 주둥아리를!"

*　　　*　　　*

당유정은 헌을 졸졸 따라갔다. 헌이 인기척을 눈치챘는지 고개를 돌려 당유정을 보았다. 그러곤 그냥 가려다가, 당유정을 한 번 더 보곤 자리에 멈춰서 다가오기를 기다렸다.

당유정이 다가와 산적이 가지고 있던 헌의 돈주머니를 내밀었다.

헌은 당유정을 빤히 보기만 했다. 눈에 약간의 호기심 비슷한 것이 어렸다.

"우리가 본 적이 있던가?"

"어머, 아뇨. 없어요."

헌이 살짝 인상을 썼다. 특유의 싸늘함이 외모와 잘 어울려서 여전히 매력적으로 보였다.

당유정은 속으로 감탄했다. 확실히 앞에서 찬찬히 뜯어보니 아빠를 닮았다.

그런데…… 아빠보다 잘생기기는 더 잘생겼다. 정말 아빠의 배다른 아들이 맞다면 삼룡사봉 중 미모가 최고였다던 빙봉의 피를 받았을지도 모른다는 생각이 들었다.

당유정이 돈주머니를 흔들었다.

“받아요. 당신 거라던데.”

헌은 별로 고맙다는 말도 없이 돈주머니를 받아 챙겼다. 그러곤 그냥 아무 일 없었다는 듯 갈 길을 가려 하는 것이었다. 당유정이 기가 차서 물었다.

“저기요. 고맙다는 말이든 뭐든 해야 되는 거 아니에요?”

헌이 돌아보지도 않고 말했다.

“고마워.”

“헐.”

아까와 같은 사람이 맞는지 의심스러울 정도였다. 하지만 외모나 복장은 분명히 아까의 그였다.

당유정은 그냥 보낼 수 없어서 헌의 앞으로 돌아가 길을 가로막았다. 헌이 냉담하게 당유정을 바라보았다.

“뭘 더 바라는 거지? 돈을 되찾아 줬으니 사례비라도 원해?”

도무지 아까의 친절함이라고는 눈곱만큼도 찾아볼 수 없었다.

"저기요. 사람이 살려 달라고 했잖아요."

"네가 살려 달라고 하면 내가 살려 줘야 하나?"

"우와…… 그게 도와 달란 사람을 보고 할 말이에요?"

"그 산적들은 사람을 해치지 않아. 협박하고 돈만 뺏을 뿐."

한마디로 목숨을 해치지는 않으니까 무시했다는 뜻이다.

"아아, 잘 아는 분들인가 보네요."

"맞아. 나올 때마다 만나지."

"……."

"알았으면 귀찮으니까 따라오지 마."

아무리 생각해도 이상했다. 당유정이 떠나는 헌이의 뒤에 대고 외쳤다.

"당신 아까 아픈 노인을 고쳐 준 그 사람 맞아?"

헌은 기분이 나빠졌는지 하늘을 한 번 쳐다보았다가 앞으로 한숨을 내쉬었다. 그러곤 돌아보았다.

"날 따라온 건가?"

"맞아요."

당유정은 사실대로 말했다. 괜히 복잡하게 이리저리 둘러대다가 꼬이느니 헌을 찾아온 이유를 대놓고 말하려 했다.

그런데 헌이 먼저 물었다.

"일부러 도와 달라고 내게 소리친 거였군."

"맞아요."

"내 관심을 끌기 위해서."

"……네?"

왠지 관심의 어감이 조금 이상했다.

"그러니까 괜히 힘 빼지 말고 돌아가. 당신이 아무리 들이대도 소용없어."

당유정이 욱했다.

"아니 이 동네는 산적이든 미남자든 다 왜 이래? 이렇게 깜찍한 아가씨가 앞에 있는데!"

치마를 펼치고 보란 듯 헌의 앞을 깡총깡총 뛰어다녔다.

깡총깡총.

"……."

깡총깡총…….

헌이 당유정을 무시한 채 지나갔다.

당유정은 뒤에서 인상을 쓰고 허리에 손을 올렸다.

"아, 뭐야 진짜."

당유정은 한참이나 헌의 뒷모습을 째려보다가 따라가기 시작했다.

헌은 걸어가다가 당유정을 돌아보았다. 당유정도 멈춰 섰다. 헌이 걸어가면 따라가고 멈추면 같이 멈춰 서서 일정한 거리를 유지했다.

그게 더 신경이 쓰일 터였다. 어느덧 헌이 걷는 속도를 점점 더 빠르게 올렸다.

"날 떼어 놓을 수 있을까?"

당유정이 귀밑으로 흘러내리는 머리카락을 손가락으로 말면서 히죽 웃었다.

산을 하나 넘었다. 헌의 걸음은 굉장히 빠른 편이었는데도 당유정은 전혀 뒤처지지 않았다.

폭이 제법 넓고 물살이 센 계곡의 앞에 도달했다. 큰 돌을 놓아 만든 징검다리가 있었다. 헌은 빠르게 달려 징검다리를 밟았다. 징검다리를 차례로 밟고 건너는데 밟을 때마다 징검다리로 놓은 돌이 퍽퍽 소리를 내며 부서져서 가라앉았다.

부서진 돌이 물에 가라앉고 물살에 흘러가 버려 징검다리가 거의 남지 않았다.

헌은 계곡을 다 건넌 후에 뒤를 돌아보더니 더는 못 쫓아오겠지, 싶었는지 느긋한 걸음으로 가 버렸다. 계곡의 너비가 제법 있어서 어지간한 무인도 한 번에 뛰어넘을 수는 없을 정도였다.

"어쭈, 무공을 아예 못하는 줄 알았더니?"

당유정은 잠깐 계곡을 어떻게 건널까 고민했다. 그냥 뛰어서 건널 수도 있지만 치마가 전부 젖을 테고, 그러면 왠지 따라잡더라도 진 듯한 기분이 들 것이다.

"못된 건 진짜 경이랑 꼭 닮았다."

경이랑 닮았다는 건 결국 진자강을 닮은 것 아니겠는가.

당유정은 주변을 둘러보다가 계곡 쪽으로 나뭇가지를 드리우며 자란 느티나무의 아래로 갔다. 손바닥으로 느티나무의 줄기를 짚었다.

우르르르!

느티나무가 흔들리며 위쪽 나뭇가지에 달린 나뭇잎들이 계곡물로 떨어졌다. 당유정이 계곡을 향해 수면에 스치듯 장력을 날렸다. 장력의 바람을 타고 나뭇잎들이 휘날리며 징검다리처럼 계곡 반대쪽까지 이어져 흘러갔다.

당유정은 긴 치맛자락을 손에 잡고 뛰었다. 수면에 떠서 흘러가는 나뭇잎을 가볍게 밟았다.

통!

아이 손바닥만 한 나뭇잎을 밟을 때마다 물방울이 통통 튀었다.

당유정은 나뭇잎을 밟고 발을 적시지 않은 채 손쉽게 계곡을 건넜다.

멀리서 헌이 당유정을 보고 있었다.

당유정은 헌을 보고 씨익 마주 웃어 주었다.

헌이 미간을 찌푸리곤 몸을 돌렸다. 발을 툭툭 구르다가 순식간에 튀어 나갔다. 수풀과 덩굴들이 잔뜩 우거져 있는 데 그냥 뚫고 쭉 달렸다. 바위는 뛰어넘고 나무 기둥은 귀신처럼 옆으로 흘리며 지나쳤다. 평지를 달리는 것보다 훨씬 더 빨랐다. 거의 전력 질주하는 수준이었다.

순식간에 당유정의 시야에서 헌이 사라졌다. 이번엔 아예 작심하고 떨쳐 버릴 셈인 듯했다.

“우와, 빠르네.”

당유정은 옆에 있는 나무의 줄기를 차며 반동을 이용해 다른 나무로 몸을 날렸다. 그 나무의 줄기를 밟고 또 다른 나무로 뛰었다. 몇 번을 반복한 끝에 금세 가장 높은 나무의 꼭대기까지 오를 수 있었다.

나무 꼭대기에서는 숲 전체가 보였다. 바람이 심해서 옷이 계속 펄럭거렸다. 당유정은 휘날리는 머리카락을 손으로 잡고 아래를 내려다보았다. 숲을 거의 직선으로 가로지르는 헌의 모습이 보였다.

“흥. 뛰어 봐야 부처님 손바닥이지.”

당유정은 나무 꼭대기의 가지에 몸을 고정시키고 천근추를 눌렀다. 나뭇가지가 부러질 듯 휘청거리며 휘었다. 당유정이 순간적으로 몸을 가볍게 하자 나뭇가지가 탄성으로 튕겼다. 당유정은 단숨에 십수 장을 쏘아져 나갔다.

헌은 순식간에 따라잡혔다. 그림자가 휙 하니 자신을 지나가는 걸 안 헌이 위를 쳐다보았다. 아주 높은 나무의 끝에 앉은 당유정이 생글거리며 손을 흔들었다.

헌의 표정이 조금 심각해졌다.

"너 누구야."

당유정이 나뭇가지에 걸터앉아 어깨를 으쓱해 보였다.

"그건 내가 묻고 싶은 말인데. 넌 누구야?"

헌이 당유정을 한동안 노려보더니 손을 들었다.

부우웃! 손에 뿌연 기가 맺혔다.

"내려와."

헌의 날카로운 말에 당유정이 태연히 답했다.

"싫은데?"

순간 헌이 번개처럼 당유정이 앉아 있는 나무의 밑동을 사선으로 후려쳤다.

스각!

워낙 날카롭게 잘렸는지 잠시간 아무 일도 일어나지 않았다. 바람이 세차게 불었다. 기우뚱! 나무가 크게 휘청거리며 사선으로 잘린 부분이 미끄러졌다.

키이이이…… 나무가 미끄러지면서 옆으로 넘어갔다. 나

뭇가지에 앉아 있던 당유정도 흔들려 떨어질 것 같았다. 당유정이 바로 비갑을 벗어 옆 나무의 나뭇가지에 휘감아 걸었다. 발로는 지금 서 있는 나무의 꼭대기 가지를 감아서 버텼다.

나무가 넘어가다 말고 멈췄다. 잘린 밑동에 중간이 걸렸다. 좌우로 흔들거리긴 했으나 더 이상 넘어가지 않았다. 밑동에 나무가 올려져서 아슬아슬하게 중심이 잡혔다.

나무 전체의 중심을 잡은 것이다! 그야말로 고도로 섬세한 수법이 아닐 수 없었다.

헌은 감탄도 하지 않고 놀라지도 않았다. 당유정을 올려다보더니 다시 손을 들었을 뿐이었다.

슉!

나무 밑동의 중간이 두 뼘 정도 통째로 날아갔다. 공중에 떠 있던 나무 위쪽 줄기가 고스란히 떨어져 잘린 부위에 얹혔다.

쿵!

헌은 다시 손을 들어 나무를 쳤다. 잘린 부분의 윗부분이 한 번 더 날아갔다.

쿵!

나무줄기의 아랫부분이 또 날아가면서 나무의 높이가 자꾸만 줄어들었다.

"얼레?"

옆 나무의 가지에 건 비갑의 길이가 짧아서 옆 나무가 같이 휘고 있었다.

당유정도 어쩔 수 없었다. 당유정은 감은 비갑을 풀고 아까 사용했던 천근추의 수법을 이용해 다른 나무로 이동했다.

헌이 번개처럼 움직여 벼락처럼 당유정이 올라선 나무의 기둥을 사선으로 갈랐다. 당유정은 다시 다른 나무로 옮겨 갔다. 헌이 당유정을 따라가며 나무를 베었다.

당유정이 나무를 다시 옮기곤 헌을 놀렸다.

"여기 있는 나무 다 베어 버리게? 한 달은 해야 할걸?"

당유정의 장난기 섞인 말에도 헌은 놀랍도록 반응하지 않았다. 그저 당유정을 따라와서 나무를 베었을 뿐이었다.

당유정은 왠지 소름이 끼쳤다. 진짜 온 산의 나무를 베더라도 자신을 끝까지 떨어뜨리려는 듯했다. 한 달이 걸리든 두 달이 걸리든 개의치 않아 보였다.

무모한 일임에도 불구하고 멈추지 않고 자신의 뜻을 관철시키려는 이 모습은 마치…….

'아빠?'

진자강을 연상케 하는 행동이었다.

진자강이라면 분명히 당유정이 떨어질 때까지 온 산의 나무를 베어 버릴 게 분명했다.

나무들이 계속 쓰러지면서 다른 나무를 덮치고, 그 나무가 무게를 못 이기고 부러지거나 뿌리째 뽑혀 넘어갔다.

쿠구구구궁!

온 숲이 난리가 났다. 당유정은 훌쩍훌쩍 뛰어 달아나고 헌이 그 아래에서 당유정을 따라다니며 나무를 베어 떨어뜨리려 했다.

'완전 아빠잖아!'

하는 짓이 너무 똑같았다.

당유정은 자존심이 상했다.

분명 같은 아빠의 자식인데 헌이가 더 아빠를 닮았다는 것이 자존심 상했다. 게다가 방금까지는 자신이 헌을 쫓고 있었는데 이제는 헌이 자기를 쫓고 있었다. 오히려 처음과 반대로 당유정이 쫓기는 신세가 된 것이다.

피가 끓어올랐다. 호기가 솟구쳤다.

이쯤 되면 한번 해보자는 생각이 든다. 저 무표정하고 냉정한 표정의 얼굴에 한 방 먹이지 않으면 참을 수가 없는 것이다!

"두고 보라지."

당유정은 조금 낮은 키의 나무 꼭대기로 옮겨갔다. 사람

열 명 정도의 키를 합한 정도의 나무였다. 헌이 바로 따라 붙어서 손을 들어 나무를 베려 했다. 그보다 먼저 당유정이 주먹으로 나무의 꼭대기를 내려쳤다.

우직! 강력한 내공이 나무줄기를 관통하여 아래로 떨어졌다.

우지지지직! 나무가 수직으로 이등분되며 아래로 주루룩 터져 나갔다. 날카로운 나뭇조각들이 마구 튀었다. 당유정의 내공이 상당량 섞여 있어서 헌이 나무를 베려고 하면 손이 상할 수도 있을 것이었다.

그러나 헌은 조금도 망설이지 않고 터지고 있는 나무를 후려쳤다.

쾅!

나무 아랫단이 폭음을 내며 떨어져 나갔다. 당유정이 예상한 대로 헌의 손을 나뭇조각이 쓸고 가 줄줄이 찢긴 상처가 남았다.

위에 있던 당유정은 떨어지지 않았다. 두 갈래로 찢긴 나무를 마치 죽마(竹馬)처럼 사용해 양손으로 잡고 땅을 짚어 그대로 서 있었다.

하지만 헌의 손은 피투성이가 되었다.

당유정은 조금 안쓰러워졌다.

"그러게, 하지 말라니까."

헌의 무표정한 듯한 얼굴에 약간의 감정이 담겼다. 그러나 표정이 워낙 싸늘해서 어떤 감정인지까지는 읽을 수 없었다.

헌의 머리카락이 휘날렸다.

동시에 헌의 손이 위로 치켜 올라갔다. 위에서 내려치려는 게 아니라 이미 손을 올리는 순간에 베었다.

쫘아악!

공간이 사선으로 갈라졌다.

하지만 아무것도 걸리지 않았다. 당유정이 죽마의 중간에 발을 박아 넣고 죽마째로 제자리에서 껑충 뛰는 바람에 헌은 허공을 베었다. 그냥 피하는 것도 어려운 속도를!

당유정이 공중에 뜬 채 아래를 내려다보며 혼잣말을 했다.

"응, 그럴 줄 알았어."

아빠를 닮았다면 당연히 포기할 리가 없으니까.

당유정이 한쪽 발의 죽마를 내리찍어서 헌을 짓밟았다. 반쪽으로 찢어진 나무줄기가 무지막지한 기세로 바닥에 찍혔다.

쾅!

헌이 황급히 옆으로 몸을 피했다. 거대한 구덩이가 생겼다. 죽마는 거의 사람 키만큼 박혔다. 당유정이 힘껏 죽마를 뽑았다. 콰아아! 엄청난 양의 흙이 날렸다. 헌의 시야가 가려지는 사이 당유정은 죽마의 반대쪽 발로 다시 헌을 찍었다.

쾅!

장정 열 명도 들기 어려워 보이는 무게다. 묵직한 무게감의 압박이 대단했다.

헌은 굵은 나무의 뒤로 숨었다. 당유정이 죽마를 발처럼 휘둘러 찼다. 우지끈! 아름드리나무의 줄기가 대번에 꺾여서 부러졌다. 흙과 돌이 튀고 부러진 나뭇가지와 낙엽, 이파리들이 정신없이 날아다녔다.

이번에는 그 시야의 사각을 헌이 이용했다. 당유정의 기감에서 헌의 기척이 사라졌다. 당유정은 이상한 느낌이 들어 발아래를 쳐다보았다. 죽마를 타고 올라오는 헌이 보였다. 순식간에 반이나 기어 올라왔다. 이런 싸움에 굉장히 익숙하다. 쉽게 볼 수 있는 상대가 결코 아니었다.

"쳇."

당유정은 양손에 내공을 집중했다.

퍼엉! 죽마가 터져 나갔다. 올라오던 헌이 폭발에 휘말려 삼, 사장이나 날려졌다. 나뭇등걸에 허리를 부딪치고 엎어졌다가 몸을 일으켰다. 충격이 적잖을 텐데도 표정은 하나도 변함이 없었다. 오히려 눈빛은 더욱 강렬해졌다.

완전히 진자강이다. 도저히 아니라고 부정할 수 없을 정도로 닮은 꼴을 하고 있었다.

헌이 앞을 보았다. 뿌연 흙먼지와 톱밥처럼 갈린 나무의 먼지들이 사방에 흩날리고 있었다.

당유정의 모습이 보이지 않는다.

헌은 갑자기 눈을 부릅뜨곤 뒤로 손을 뻗었다. 하지만 헌의 뒤에 있던 당유정이 그보다 먼저 깍지 낀 주먹으로 헌의 뒷목을 내려쳤다.

빼억!

헌의 입에서 답답한 신음이 흘러나오며 그대로 고꾸라졌다. 당유정이 말했다.

"그전까지는 혹시 네가 오빠일까 봐 봐줬다."

순간 고꾸라지던 헌이 돌연 허리를 일으키면서 손을 뻗어 당유정의 목을 움켜쥐었다.

"큭!"

당유정은 깜짝 놀랐다. 당경도 당유정의 이 수법에 당하면 꼼짝없이 기절했다. 그런데 헌은 어떻게 바로 정신을 차린 것일까!

헌의 입술에서 피가 주룩 흘렀다.

'아!'

당유정은 깨달았다. 뒷목을 맞는 순간 혀를 깨물어 정신을 차린 것이다. 자칫하면 혀가 잘릴 수도 있었는데.

"위, 위험하게……!"

헌이 손에 힘을 주었다. 강인한 악력이 당유정의 목을 부러뜨릴 듯 조여 왔다.

"큭!"

헌의 눈빛이 차갑게 타오르고 있었다. 헌이 입에서 피를 뱉어 내곤 물었다.

"조금 전 그 말, 무슨 뜻이야."

당유정이 고통스러운 표정으로 자신의 목을 손가락으로 가리켰다. 목을 누르고 있으니까 말을 못 한다는 뜻이다. 헌이 조금 고민하는 듯하다가 살짝 손에서 힘을 뺐다. 힘을 빼는 그 찰나와 동시에 당유정이 헌이 뻗은 팔의 오금을 쳐서 강제로 굽히게 했다.

"안 가르쳐 주지!"

헌의 손가락이 당유정의 공격 때문에 목을 놓쳤다. 헌이 굽혀진 팔을 아예 완전히 접어서 팔꿈치로 당유정의 얼굴을 후려쳤다. 당유정은 손바닥으로 헌의 팔뚝을 위로 밀어 막았다. 헌이 다른 손으로 당유정의 목을 노렸다. 당유정이 금나수로 헌의 손목을 낚아챘다. 헌의 손이 당유정에게 잡혔다. 당유정은 너무 쉽게 잡혔다고 느꼈다. 손목을 잡히면 몸 전체가 제압당할 수도 있다. 그런데 이렇게 쉽게 잡힐

리가 없다.

아니나 다를까, 헌의 고개가 뒤로 젖혀져 있었다.

헌이 힘껏 당유정의 얼굴을 들이받았다.

"야!"

당유정이 기겁하며 얽혀 있는 헌과 자신의 팔 사이로 발을 들어 올려 헌의 턱을 찼다. 하지만 중간에 생각을 바꿨다. 아빠라면 맞더라도 절대로 도중에 공격을 중단하지 않을 터였다. 당유정은 끝까지 차지 않고 중간에 헌의 가슴을 발로 밀어 버렸다.

당유정의 예측대로 헌은 공격을 중도에 포기할 생각이 전혀 없었다. 헌의 박치기는 아슬아슬하게 당유정에게 닿지 않았다. 하지만 헛친 것을 되레 이용해 앞으로 구르듯 몸을 회전시켜 뒷발로 당유정을 찍었다. 당유정은 팔을 안으로 당겼다가 밖으로 힘껏 휘둘러 헌의 발을 쳐 내버렸다.

펑! 헌은 중심을 잃고 몇 바퀴나 옆으로 굴러갔다.

당유정은 굳이 뒤따라 추격하지 않았다. 헌을 지켜보며 팔짱을 끼었다.

"아직 아빠 따라가려면 멀었네."

그러나 팔짱을 끼다가 표정이 굳었다.

가느다란 선 하나가 목을 감고 헌에게까지 이어져 있었다.

"탈혼…… 사?"

헌이 흙 범벅이 된 몸을 일으키며 손가락을 까딱였다. 당유정의 목을 휘감은 탈혼사가 툭툭 당겨졌다.

헌의 얼굴은 아까와 달리 일그러져 있었다. 헌이 싸늘하게 말을 던졌다.

"말해. 아빠라니! 아까부터 그게 무슨 말이야!"

살기가 치밀어서 살갗이 따끔거릴 정도였다.

하지만 당유정은 코웃음을 쳤다.

"어디 해 봐. 하지만 내 목을 자르면 대답을 듣지 못할 텐데?"

헌의 눈이 살기로 물들었다. 당유정의 목을 감은 탈혼사가 조여들었다.

"당신 진짜 이럴 거야? 사람 막 이렇게 함부로 죽이면 안 돼."

헌은 대꾸도 하지 않았다.

당유정이 깜짝 놀라 소리쳤다.

"아냐아냐! 말할게, 말할게!"

헌이 그제야 멈추었다. 그러나 조금 전에 당한 게 있어 그런지 힘을 빼진 않았다. 목을 조이고 있는 그대로였다. 당유정이 입술을 삐죽거리면서 투덜거렸다.

"아오, 뭐 저런 거까지 닮아 가지고."

헌의 얼굴이 굳었다. 팽팽하게 탈혼사를 당기면서 대답을 재촉했다.

"말해."

"그 전에 한 가지만 묻자. 진짜 하나만 물을게."

"수작 부릴 생각 마."

"수작 아냐. 만약 내가 잘못 안 거라면, 물론 지금까지 한 행동을 봐서는 그럴 리 없겠지만…… 아무튼."

당유정이 헌을 똑바로 보며 물었다.

"당신 이름이 헌이야?"

"그걸, 어떻게 알았지?"

헌은 무언가 생각하는 듯하더니 곧 눈빛이 날카로워졌다.

"네가…… 아까의 그 노인이었구나!"

헌이 탈혼사를 잡아끌었다.

"감히 날 속이다니. 나를 기만했으니, 오늘 살아서 돌아갈 생각은 하지 마라!"

하지만 당유정은 끌려가지 않고 탈혼사를 맨손으로 잡고 버티며 물었다.

"당신 성(姓)은?"

헌이 이를 드러내며 살기를 줄기줄기 뿌렸다.

"죽기 직전에 알려 주지."

헌은 내공을 고도로 끌어 올렸다. 콰아아아! 옷이 팽팽히 부풀었다. 당유정을 당기는 힘이 더 강해졌다. 당유정은 질질 끌려가며 바닥에 깊게 흔적을 남겼다.

당유정을 바로 목전까지 끌어당긴 헌이 당유정의 얼굴에 자신의 얼굴을 가까이 대었다. 이글거리는 둘의 시선이 맞부딪쳤다.

이를 드러내고 있는 헌의 얼굴은 한 마리의 야수와도 같았다. 살기가 광기처럼 뿜어지고 있었다.

당유정이 덤덤하게 말했다.

"똑같네. 직접 본 적은 없지만."

진자강이 전성기 때에 아마도 이런 표정이었을 것이다.

헌의 동공이 커졌다.

이제야 당유정의 정체를 깨달았다. 헌은 탈혼사를 더욱 단단하게 그러쥐었다. 콱! 당유정의 목이 더 당겨져서 둘의 이마가 세차게 부딪쳤다.

쾅!

헌이 이를 갈며 소름 끼치는 살기를 담고 물었다.

"너 당 씨냐?"

당유정이 당겨진 와중에도 고개를 최대한 뒤로 젖혔다가 헌의 머리를 박았다.

쾅!

그러곤 똑같이 물었다.

"너는 손 씨냐?"

헌이 폭발했다.

"진 씨다!"

팽팽해진 탈혼사에 반대쪽 손을 걸어 힘껏 좌우로 펼쳤다. 한 가닥의 탈혼사가 당유정의 목을 완전히 분리시킬 것이다!

순간.

뚝!

탈혼사가 나풀거렸다.

끊겼다.

당유정의 손에 붙들린 부분에서부터.

헌은 당황했다. 당유정의 손에서 피가 흘러 탈혼사를 타고 떨어졌다.

당유정은 목에 걸린 탈혼사를 끌러 내었다. 목에 빨간 자국이 남았다. 쓸려서 살갗이 살짝 베인 데도 있었다. 당유정은 목을 잠깐 매만지더니 헌을 쳐다보았다.

잠시 얼이 빠져 있던 헌이 정신을 차렸다.

"으오오오오오!"

헌이 몸으로 덮치듯 달려들었다. 당유정이 가볍게 헌의 다리를 걸었다. 헌이 바닥을 구르면서 당유정의 다리에 자신의 다리를 끼우고 비틀었다. 무릎과 발목의 관절이 나갈 수도 있었다.

하지만 당유정은 선 채로 꼼짝도 하지 않았다. 헌이 온 힘을 다해 다리를 틀어도 움직이지 않았다.

당유정이 양손에 깍지를 끼우고 들어 올렸다. 헌이 엉킨 다리를 풀고 피하려 하는데, 당유정이 풀어 주지 않았다.

당유정이 힘차게 헌의 머리통을 가격했다.

콰앙!

헌은 그대로 바닥에 눌어붙듯이 처박혔다. 이번에는 교묘하게 옆으로 후려쳐서 혀를 물지도 못했다. 그런데도 여전히 정신을 잃지는 않고 있었다. 질려서 혀를 내두를 정도였지만 당유정은 이젠 아빠를 닮았으면 그러려니 했다.

당유정이 헌의 팔을 잡고 일으켜 주었다.

"나 열여섯 살. 넌 몇 살?"

헌이 엉거주춤 일어선 채 당유정의 팔을 쳐 내곤 피를 토하듯 외쳤다.

"열일곱이다!"

헌의 눈에 녹빛 기운이 서렸다. 살기가 극도로 응축되며 독기를 흘리려 하고 있었다.

당유정이 다시 깍지 낀 손을 쳐들었다.

"그런 거 하지 마."

헌의 눈이 커졌다.

쾅!

헌은 다시 맞고 바닥에 자빠졌다.

"커헉!"

당유정이 쪼그려 앉아 헌에게 말했다.

"내가 네 누나다, 임마."

* * *

당경은 해남도에 도착했다.

그러나 남해검문으로는 가지 않았다. 막상 가려고 보니 만약 헌이라는 사람이 아빠의 배다른 자식이 맞다면 지금 남해검문에는 진자강이 있을 가능성이 높지 않은가!

괜히 갔다가 잡히면 강호행도 여기서 끝이 나고 만다.

그래서 당경은 근처를 돌아다니며 남해검문에 대해 수소문을 했다. 지금까지 십수 년이 지났다. 아무리 비밀로 하더라도 진자강이 매년 찾아왔고 자식이 있다면 주변에 소문이 다 났을 터였다.

한데 놀랍게도 물어보는 이들마다 고개를 갸웃거렸다.

"남해검문에 헌이라는 이름의 젊은이가 있느냐고? 글쎄……."

"독룡? 독룡은 이 근방에서 본 적이 없어. 독룡이 여길 올 일이 있나? 왜 여길 와."

오래 수소문할 순 없었다.

「누가 우리 검문에 대해 묻고 다닌다고?」

「독룡의 행적까지 묻는다니 수상한 놈이군.」

남해검문 사람들이 나눈 전음이 당경의 귀에 걸려들었다. 남해검문의 힘이 아무리 약해졌어도 해남도에서의 장악력은 여전했다.

당경은 바로 튀었다. 더 버티고 있으면 잡힌다. 아예 배를 타고 해남도를 나와 버렸다.

"아이 씨, 일이 왜 이렇게 꼬여."

당경이 발을 동동 굴렀다.

"하필이면 아빠가 자식을 숨겨 놨을 줄 알았나."

동동동.

한참 고민하던 끝에 당경은 서신을 썼다.

본좌의 오래된 벗, 금룡대협(擒龍大俠)에게……

*　*　*

진헌은 너무 충격을 받았는지 한동안 주저앉아서 일어나지도 못하고 멍한 얼굴을 했다. 그렇게 얻어맞고도 감정을 드러내지 않았던 진헌이었다. 당유정의 말 한마디가 얼마나 충격적이었는지 알 만했다.

"진헌?"

"……."

"진~ 헌?"

"……."

"지인헌?"

당유정이 경쾌하게 진헌의 이름을 불렀다.

"이야, 이름 착착 달라붙네. 진헌."

진헌이 정신을 차리고 화를 냈다.

"자꾸 남의 이름을 함부로 부르지 마!"

"뭐 어때."

당유정이 진헌의 머리를 꾹꾹 눌렀다.

"하, 하지 말라고!"

진헌이 불같이 화를 내며 머리에 얹힌 당유정의 손을 뿌리쳤다.

"왜 안 돼. 내가 네 누난데."

진헌이 눈에 힘을 주고 당유정을 노려보았다.

"누가 내 누나라는 거지? 난 누나를 둔 적이 없어."

"그게 니가 싫다고 아닌 게 되는 거니?"

"뭐?"

진헌의 눈에 살기가 떠올랐다.

특유의 싸늘함 때문에 눈초리가 무시무시했다. 보통 사람이라면 몸이 움츠러들 정도였다.

"난, 너 같은 누나도, 아빠도, 둔 적이 없어. 알겠나?"

하지만 당유정은 당연히 아니었다. 살기를 뿌리는 진헌을 빤히 내려다보더니 손가락으로 깍지를 끼웠다.

움찔.

진헌은 자신이 저도 모르게 움츠러들었다는 사실을 깨닫곤 얼굴이 일그러졌다. 그래서 조금 전보다도 더 사납게 눈을 치켜뜨고 이를 드러내었다.

진헌을 보고 있던 당유정이 갑자기 웃기 시작했다. 처음엔 머쓱하게 웃다가 곧 웃음을 참지 못하겠다는 듯 폭소까지 했다.

"야아, 미치겠다 진짜."

그 말에 진헌은 다소 당황했다가 곧 이를 갈았다.

"너는 지금 이게 웃겨? 웃기냐고!"

당유정이 말했다.

"너, 똑같은 거 알아?"

"뭐? 내가 누구랑 똑같……."

진헌은 말을 하다 말고 입을 다물었다. 당유정이 무슨 말을 하려는지 순간 깨달은 때문이었다. 이를 악물었다. 자기가 인정할 수 없는 사람과 닮았다는 것이 소름 끼치게 싫었다.

당유정이 진헌을 바라보며 말했다.

"네가 받아들이기 힘들듯, 나도 널 받아들이기 힘들긴 마찬가지였어. 조금 전까지만 해도 나 역시 너처럼 갑자기 생긴 가족을 어떻게 생각해야 할지 고민하고 있었다고."

"그런데?"

"그렇게 아빠랑 똑같은 얼굴을 하고 있는데 내가 어떻게 받아들이지 않을 수 있겠어. 이젠 받아들이고 아니고의 문제가 아니게 되었는걸."

진헌은 화가 머리끝까지 솟구쳐서 소리를 질렀다.

"그건 네 생각이겠지!"

"맞아 내 생각이야. 하지만 너도 그렇게 생각하길 바라. 받아들이지 않으면 뭐 어쩔 거야."

진헌의 얼굴이 일그러졌다.

"도대체가 자기 마음대로……. 자기는 정실부인의 자식으로 편하게 살아왔으면서, 남이 얼마나 힘들게 살아왔는지는 생각도 않고? 남 사는 게 장난처럼 보여?"

진헌이 악에 받쳐 소리쳤다.

"사람 가지고 놀지 마!"

당유정은 진헌의 말을 들으며 가만히 말했다.

"갑작스럽다는 거 이해해. 나도 아버지의 다른 자식이 있다는 얘기를 들었을 때에는 그랬으니까. 그리고 너와는 달리 적어도 고민할 시간이 있기도 했고."

당유정이 고개를 끄덕였다.

"그러니까 네게도 시간을 줄게."

당유정은 아직 분개하고 있는 진헌을 바라보며 손을 내밀었다.

"그 시간 동안, 네가 말한 그거. 네가 당연히 가졌어야 할 것들. 내가 그동안 누려 왔던 것들을 네게 나눠 줄게."

순간 진헌은 당유정에게 주먹을 날릴 뻔했다. 같잖은 동정하지 말라는 말이 목까지 차올랐다. 부들부들. 주먹이 떨렸다. 눈에 열기가 몰리는지 눈알이 터질 듯 뜨거워졌다.

그런데…….

이상하게 가슴 한구석이 미어지듯 아파 왔다. 그리고 동시에 뭉글거리면서 녹아내리는 기분이 들었다. 녹아서 뻥 뚫려 있던 구멍이 채워지는 게 느껴졌다.

진헌은 자신의 눈가가 축축해져서 깜짝 놀랐다.

눈이 뜨거워진 것은 화가 나서가 아니었다. 눈물이 고이고 있었다. 진헌이 고개를 숙이면서 당유정의 손을 툭 쳐 냈다.

"저리 치워."

당유정이 환하게 웃었다.

"그럼 일어나."

"뭐?"

당유정은 밝은 얼굴로 말했다.

"밥이나 먹으러 가자. 저번에 거기 나루터에 맛있는 데 있던데."

진헌은 자기도 모르게 당유정을 멍하니 바라보았다. 자신도 언젠가는 저렇게 티 없이 밝게 웃을 수 있을까……. 아무런 고민 없는 것처럼?

밝은 대낮에 눈치 보지 않고 진헌이란 이름을 마음껏 불릴 수 있을까?

"안 와? 안 오면 내가 먼저 간다?"

당유정이 앞장서서 가 보이며 따라오라고 손짓했다.

진헌은 잠시 당유정을 쳐다보더니, 당유정과는 반대 방향으로 몸을 돌려 갔다. 절대로 해남도 쪽으로는 돌아가지 않겠다는 의지였다.

"아, 씨…… 저 망할 똥고집. 진짜 똑같다니까."

* * *

당경은 해남도를 나와 당유정과 함께 있던 나루터 쪽에서 대기했다. 당유정이 남긴 표식은 보았지만 당장은 떠날 수 없었다.

안절부절못하면서 서신의 답장을 기다렸다. 언제 아빠가 해남도에서 나올지 몰랐다. 진헌을 쫓아간 당유정도 돌아오지 않아서 당경은 신경을 곤두세우고 계속 기다렸다.

하루 만에 답장이 왔다. 전서구를 이용했다고 해도 굉장히 빠른 답장이었다. 그것은 그만큼 이번 일의 사안이 중하다는 증거이기도 했다.

친애하는 나의 벗 지존수라(至尊修羅)여.

그대의 급박한 서신을 받고 부랴부랴 가용할 수 있는 모든 정보망과 인맥을 가동하였네. 어찌 되었는지 알겠는가?

껄껄껄, 걱정하지 마시게. 결국은 나의 벗이 요청한 정보를 알아내었으니.

자네의 의심이 정확하였네. 헌이라는 아이는 독룡의 서자가 맞네.

벗이여.

그대가 오랜 은거를 깨고 밖으로 나왔다는 사실을 먼저 축하하였어야 하거늘, 축하가 늦었네. 이제 강호에 한 명의 의기지사가 나타났으니 더는 악인들이 활개 치지 못하겠군.

잊지 말게. 나 금룡대협은 언제든 자네를 만날 준비가 되어 있음을.

당경의 얼굴이 환해졌다.

"이야, 하루 만에! 역시 금룡대협이야. 역시 사람은 인맥이 최고지. 진작 물어볼걸. 도대체 이 사람이 모르는 건 뭘까 궁금하다니까."

이제 서둘러 누나를 뒤쫓아갈 때였다.

당경은 가판에서 육포와 몇 가지 주전부리를 사서 보따리로 싼 후 당유정을 따라가려 하였다.

"응?"

당경은 주전부리 하나를 입에 물다가 문득 이상한 기분이 들어 주변을 둘러보았다.

나루터의 배로 가는 한 명의 여인이 보였다. 머리를 틀어 올리고 비녀를 꽂았는데 완연한 백발이었다. 그러나 얼굴은 중년 정도로밖에 보이지 않았다.

무림인이다. 그것도 상당한 고수.

얇은 천인 피견을 어깨에 둘렀는데 오른쪽 소매가 비어서 펄렁거렸다.

'우웅? 설마?'

그때 백발의 여고수와 당경의 눈이 마주쳤다.

당경은 퍼뜩 깨달았다. 오른팔이 없고 저런 외모를 가진 고수가 아빠가 있는 해남도로 가는 것은 우연이 아니다!

'우와아아! 그분이시구나! 마음고생이 너무 심해 모든 일이 끝난 뒤에 머리가 새하얗게 세어 버렸다던 그분!'

아빠의 전설적인 이야기 속에 상당한 비중을 차지하고 있던 이.

그런 이를 이곳에서 만나다니! 생각 같아서는 가서 인사말이라도 여쭙고 싶었지만 그럴 만한 처지가 아니었다. 당경은 우연히 눈이 마주쳐서 머쓱한 양 살짝 눈인사를 함으로써 최대한의 존중과 경의를 표했다.

백발의 여고수는 당경이 귀엽다는 듯 살짝 미소를 짓고는 고개를 돌렸다. 당경은 여고수가 배에 오를 때까지 한참이나 눈을 떼지 못했다.

"어차피 날 알아보진 못했겠지?"

아무리 아빠의 지인이라 해도 자기 얼굴을 알아볼 수 있을 리가 없었다. 당경은 태어나서 이제껏 한 번도 당가대원을 나온 적이 없었으니까.

당경은 군것질거리를 하나 더 꺼내어 입에 문 후 당유정이 간 방향으로 떠났다.

* * *

"진 대협, 자네 아들이 해남도에 들어오는 나루터에 와 있던데? 경이라고 했던가?"

단령경의 말에 진자강과 손비, 안령이 단령경을 쳐다보았다. 어떻게 알았느냐는 표정을 지었다.

"워낙 똑같이 생겨서 알아보지 못하려야 못할 수가 없었네. 그러고 보니 내가 처음 자네를 만났을 때의 나이도 그 아이와 비슷할 때였겠군, 아마."

안령이 깔깔대며 웃었고, 진자강은 한숨을 쉬었다.

"그 녀석이 여기에……."

"다른 둘은 보지 못하였네."

손비가 진자강의 손을 잡고 다독였다. 그러곤 단령경을 보며 탁자에 글을 써서 물었다.

'뭘 하고 있던가요?'

"날 보고 인사를 하였네. 아, 주전부리를 잔뜩 사서 먹고 있었지."

단령경은 맑은 눈으로 미소 지었다.

"밝게 자랐더군. 구김 하나 없이."

안령이 말했다.

"안타깝게도 이쪽 아이는 구김살이 좀 많습니다. 그쪽은 가출이 한 번인데 이쪽은 철들 때부터 벌써 매년 의례거든요. 질풍노도의 시기가 꽤 오래가고 있답니다."

안령의 말에 손비가 못내 미안한 얼굴을 했다. 단령경이 웃었다.

"그만한 때에는 어쩔 수 없는 법이지. 아, 그리고 내가 찾아온 이유는 말일세. 방금 그 아이를 본 것도 그렇지만 근방을 지나가다가 묘한 소문을 들어서일세."

단령경은 다소 진지하게 한 손으로 턱을 괴고 말했다.

"독룡의 세 아이가 모두 강호에 나왔다. 그런 소문이 들고 있더군. 아귀왕의 후예라는 자들이 노리고 있다는 소문도."

"선랑께서도 들으셨군요."

안령이 끼어들었다.

"이 양반, 걱정 하나도 안 한답니다. 자기는 더 고생했다 이거죠. 애들도 고생해 봐야 한다는 못된 심보임에 틀림없어요."

"그럴 리야 있겠는가."

"적어도 애들 일로 본인이 나설 일은 없다는 거죠."

"그랬으면 좋겠네. 하지만 아이들 문제보다 더 심각한 소문이 있으니 주의 깊게 듣게."

세 사람이 단령경을 주목했다.

"진 대협, 사람들이 모든 일을 자네 탓으로 돌리고 있네. 경제 상황이 어려워진 것도, 도적이 들끓고 있는 것도, 강호의 혼란도. 모두가 독룡의 탓이라는 말이 돌기 시작했네. 얼마 가지 않아 강호 무림이 망할 거라는 말마저도 나오는 시점일세."

안령이 어이없어했다.

"이제 와서요?"

"그러니 하는 말일세. 누군가가 진 대협을 의도적으로 끼워 넣고 있어."

"아이들과 관계가 있을까요?"

"아이들을 인질로, 혹은 명분으로 삼아서 진 대협을 궁지로 몰아넣으려는 것이겠지."

안령이 픽 웃으며 술잔을 들었다.

"그런 정도로 독룡이 궁지에 몰릴 거라고 여기다니. 아귀왕의 후예라는 것들, 너무 낙관적인 것 아닌가요?"

"잊고 있는 것 아닌가? 거대 문파의 고수들이 불만을 갖고 있다는 것을. 누군가가 명분만 던져 준다면 언제든 물어뜯을 준비가 되어 있지."

"독룡을요?"

손비가 길게 글자를 썼다.

'이이의 굴레는 본인이 세우고 만든 규칙이에요. 어이없게도 반대하는 이들은 이이가 만들어 낸 규칙으로 이이를 옭아매려 하는 것이지요.'

손비는 글자를 쓰다가 쿨럭거리며 기침을 했다.

단령경이 잠깐 손비를 안쓰러운 눈빛으로 보았다가 말했다.

"그들은 조만간 행동할 걸세. 진 대협의 세 아이가 모두 나와 있는 이때를 놓칠 리 없지."

"아귀왕의 후예들이요, 아니면 그 불만 많은 고수들이요?"

"둘 다겠지."

안령이 몸을 뒤로 젖히며 한탄했다.

"쳇, 웃긴 놈들. 웃긴 세상. 역시 술이나 마시다가 조용히 가는 게 최고라니까."

단령경이 진자강을 보았다.

"정말 괜찮겠는가? 나서지 않아도?"

진자강은 조금도 고민하지 않고 고개를 끄덕였다.

"그럴 줄 알았네."

단령경이 일어섰다.

"어, 벌써 가시게요?"

"진 대협이 움직일지 어떨지 확인을 하러 온 걸세. 이제 진 대협의 결심을 알았으니 그들에게 알려 주어야지."

단령경이 웃으면서 힘주어 답했다.

"독룡에게는 친구들이 있다는 걸."

*　　*　　*

당유정과 진헌은 굉장히 고급스러운 요리점에 들어갔다. 손님마다 방이 모두 따로 있었고 방 가운데의 커다란 원형 탁자에는 진수성찬이 잔뜩 차려졌다.

"많이 먹어. 흐흐흐."

당유정은 신기한 듯 진헌을 계속 보았다. 진헌은 당유정의 시선이 부담스러워서 내내 미간을 찌푸렸다.

"너 말 되게 없다."

"당신은 말이 너무 많아. 그리고 여기보다 저 앞쪽에 있는 허름한 가게가 더 맛있어."

무의식적으로 당유정을 칭하는 단어가 너에서 당신으로 바뀌었다는 걸 헌 본인은 눈치채지 못한 모양이었다. 하지만 당유정은 알아챘다.

"뭐야. 알면 좀 미리 얘기해 주지."

진헌이 조용히 먹으면서 말했다.

"겉모습만 화려한 가게를 찾으면 결국 맛있는 집은 찾을 수 없게 돼."

"좋은 교훈이네."

"당가에서는 평소에도 이런 가게만 찾겠지?"

"그럴 리가. 용돈이 박한걸. 임무 때나 되어야 가 볼 수 있을까 말까 하지."

당유정이 히히 웃으면서 말을 덧붙였다.

"업무 비용으로."

진헌은 다소 의외라는 투로 당유정을 쳐다보았다.

"당가는 누가 뭐래도 당대의 천하제일가문이야. 그런데 용돈이 박하다고?"

당유정이 젓가락으로 입술을 누르며 회상하듯 말했다.

"어렸을 때부터 딱 정해진 액수 외에 용돈을 받아 본 적이 없어. 그나마 임무를 시작하면서부터는 용돈도 딱 끊겼어. 엄마는 그런 면에 있어서 아주 냉정하시거든."

진헌은 그럼 아빠는 어떠냐고 물으려 입을 벌렸다가 아빠라는 말을 입에 담기가 싫어 다물어 버렸다. 진헌이 무슨 말을 하려 했는지 알겠다는 듯이 당유정이 말했다.

"아빠는……."

진헌이 말을 잘랐다.

"듣고 싶지 않아."

그러곤 아예 안 듣겠다는 듯 국수를 시끄럽게 후루룩거리며 먹었다.

"아빠는 백수야."

푸웁!

진헌은 국수를 쏟을 뻔했다.

"용돈 아껴서 우리한테 몰래 조금씩 주거나, 가끔 뭐 이것저것 만들어서 팔면 주시기도 해."

"자, 장난해?"

천하의 독룡이, 수라왕이, 전 무림맹주가 집에서 용돈 받으며 살고 다닌다고!

"그런 말을 누가 믿어! 그가 매년 우리 검문에 들고 오는 돈이 얼만 줄 알아? 내게 주라고 놓고 가는 용돈도……."

"아빠가 돈이 있을 리 없는데?"

당유정의 눈꼬리가 치켜 올라갔다.

"엄마가 따로 챙겨 줬구나!"

움찔.

사나운 분위기에 진헌은 입을 다물었다. 당유정이 씩씩거리더니 물었다.

"용돈 얼마 줬어?"

진헌은 당유정을 무시하고 밥을 먹었다.

"용돈 얼마 줬냐구. 응? 응? 좀 알려 주라."

마치 평생에 걸쳐 좇은 원수의 이름이라도 알아야겠다는 양 절박하기까지 했다. 진헌이 들릴 듯 들리지 않을 듯한 목소리로 대답했다.

"열 냥."

"매년?"

"올 때마다."

당유정의 눈이 휘둥그레졌다. 갑자기 당유정이 화를 냈다.

"그러니까!"

"……?"

"하여간 우리 엄마 아빠는 본가 자식들한테만 엄격하다니까!"

"그래 봐야 고작 열 냥이라고. 그걸 어떻게 많다고 하지?"

「고작이라니. 이게 배가 불렀네. 어쩐지 산적들한테 막 돈 흘리고 다니더라니. 난 임무 전까지 분기마다 반 냥씩 받았어.」

진헌이 고개도 들지 않고 밥을 먹으면서 말했다.

"거짓말하지 마. 내게 본인이 용돈을 적게 받는다고 거짓말해서 얻을 수 있는 게 뭐야."

"응? 거짓말 아닌데."

"그럼 그 얼마 되지 않는 용돈으로 어떻게 이런 고급 요리점을 올 수 있지? 지금 시킨 것만도 닷 냥은 나올걸."

"고마운 줄 알어."

"뭐가."

당유정이 씁쓸한 표정으로 처량하게 말했다.

「시집가려고 한 푼 두 푼 알뜰하게 모아 놓았던 비상금이야. 그러니까 나는 시집가는 걸 포기하고 네게 이 밥을 먹이고 있는 거라고.」

진헌은 갑자기 부담스러워졌다.

"뭘 이렇게까지……."

"미안, 이번엔 진짜 거짓말이었어."

진헌은 속에서 왈칵 치밀어 눈을 치켜떴다. 당유정이 후후 웃으며 말했다.

"시집은 아니고 임무 하면서 안 쓰고 모은 돈이야. 나 불쌍하지."

"아니! 전혀!"

"그럼 네가 사."

"뭐라고?"

"우리 집안의 가훈, 내가 말 안 해 줬던가?"

"갑자기 무슨 가훈이야. 그런 것 알고 싶지도 않아. 그리고 나는 당 씨가 아냐."

「진 씨지.」

진헌의 얼굴이 붉어졌다. 당 씨든 진 씨든 결국 진자강의 자식인 것은 마찬가지 아닌가.

"우리 집안의 가훈은 '염방(廉防)'이야. 다른 건 몰라도 우리 가문에서 몰염치한 건 절대로 용납이 안 돼. 내가 네 돈을 찾아 줬으므로, 염치를 아는 자라면 당연히 네가 사야 하는 거야. 알겠니, 헌아?"

진헌이 말했다.

"부탁 하나만 하지. 내 이름을 아무 데서나 함부로 부르지 마. 나는 해남에서 이제껏 본래 이름으로 불린 적이 없어."

"어? 너는 벌써 알고 있는 거야?"

"뭘 안다는 거지?"

"사실 우리가 널 찾아온 건, 이상한 얘기를 들어서야. 누군가 우리들을 노리고 있다고. 아빠를 흔들려는 모양이야."

"미안하지만 그런 거라면 나는 아주 어렸을 때부터 익숙해. 당신은 그나마 당가의 보호를 받고 살았겠지만 나는 다 망해 가는 문파에서 태어났으니까."

진헌은 담담한 얼굴로 말했다.

"나는 철저히 숨겨졌지. 어렸을 때부터 어딜 가든 아명 외에 이름을 들은 적이 없을 정도로. 어머님도 이모님도 모두 내게 그렇게 가르쳤어. 그의 자식인 걸 알게 되면 어떤 마음을 품은 놈이 달려들지 모르니까."

"서신에는 헌이라고 썼던데? 그래서 우리가 찾았잖아."

"……."

진헌이 대답하지 않았다.

당유정은 실쭉 웃었다.

"뭐야아. 일부러 헌이라고 이름을 쓴 건 반항한 거였어? 너 되게 소심하다."

"상관하지 마."

"아니, 뭐. 나이가 있는데 아명을 쓰는 것도 웃기고 부모 자식 간에 암구호로 서신을 나누는 것도 웃긴 건 이해하겠는데. 쿡쿡쿡."

"상관하지 말라니까!"

"알았어, 알았어."

당유정이 이해했다는 듯 끄덕였다.

진헌에게 누군가가 자신들을 노리는 것이 강호 무림 전체의 안위와 관계가 있을 거라는 등의 말을 굳이 하진 않았다.

어차피 진헌에게는 이미 사문이 망해 있는 것과 마찬가

지였다. 그러니 강호 무림이 또 망한다고 해도 진헌의 세상은 이전이나 앞으로나 별반 다를 바가 없는 것이다. 그것이 기득권의 입장에 있는 자와 언제 사라져도 이상하지 않은 쇠락한 문파의 입장 차이일지도 몰랐다.

당유정은 복잡한 감정이 들어서 고개를 흔들어 상념을 떨쳐 내곤 물었다.

「아명은 뭐였는데?」

"그런 게 궁금해?"

진헌은 대답하지 않았다. 하지만 예전에 들었던 얘기를 떠올리고는 피식 웃었다.

"독천?"

당유정이 흠칫했다.

"야! 너 그거 어떻게 알아. 그리고 남의 아명을 말하곤 왜 웃는 건데? 응?"

당유정은 멱살까지 잡으려 들었다.

"관둬. 밥 먹잖아."

"칫. 내 아명을 비웃는 걸 보면 분명 너는 아명이 귀여운 아이였을 거야. 그래서 굳이 헌이라는 이름을 쓸 수밖에 없었던 거지. 창피하니까."

"이상한 데 집착하지 마. 뭐라고 해도 알려 주지 않을 테니."

핀잔을 들은 당유정은 입술을 삐죽 내밀더니 밥을 먹으며 말했다.

"사실 궁금한 건 딴 거야. 네가 다른 사람들이 있는 데에서 아명으로 불렸다는 건, 어렸을 때부터 밖을 나갈 수 있었다는 거겠지?"

"당연하지."

"우린 그러지 못했어."

"어느 쪽이 더 고생했는지 비교해 보기라도 하자는 거야? 그래 봐야 욕먹는 사람은 한 명뿐일걸."

"그게 누구…… 아아."

아빠다.

"너는 아빠가 널 고생시켰다고 생각해서 아빠를 싫어하는구나."

"그렇게 단순한 얘기인 것 같아? 그리고 그 남자에 대해서 남과 얘기하고 싶은 생각도 없어."

"우린 남이 아니고 남매라니까."

"오늘 처음 만난."

"아, 그래 뭐. 그건 그렇지."

당유정이 머리 뒤로 손을 끼우곤 뒤로 몸을 젖혔다.

"근데 말야. 뭐 나도 마찬가지야. 아빠가 좋을 때도 있고 싫을 때도 있어. 하지만 더 싫은 건 아빠가 아니라, 아빠의 딸인 나야. 그리고 그런 처지를 누구에게도 얘기할 수가 없다는 것은 더 싫었고."

당유정이 천장을 보고 있을 때, 진헌은 고개를 살짝 들어 당유정을 쳐다보았다.

당유정이 한탄하듯 말했다.

"우리는 집 밖을 못 나갔어. 독기 조절을 못 해서 혹시라도 다른 사람에게 해를 끼칠까 봐. 엄마와 아빠는 우리보다 남들 눈에 비치는 게 더 중요했는지 마치 결벽증에라도 걸린 것처럼 도덕적으로도 윤리적으로도 흠이 없어야 한다고, 그걸 우리에게 강요했어."

"당연한 일이지."

당유정이 진헌을 바라보았다.

"독기를 조절하는 건 남에게 피해를 입히기 싫으면 당연히 해야 할 일이야. 그걸 불평할 순 없어. 나만 해도 내가 잘못하면 해남도가 지옥이 되어 버릴 테니 죽기 살기로 독기를 제어했지."

진헌도 자신의 몸에 흐르는 독의 힘을 안다. 그러나 그 힘은 안령 이모를 앉은뱅이로 만들었고, 엄마에게 평생 달고 살아야 할 폐병을 안겼다. 얼마나 끔찍하고 무서운 독인지 누구보다 피부로 느끼고 있었다.

저주받은 피. 가능하면 사용하고 싶지 않았다.

「맞아. 우리 골수에 있는 독은 여차하면 지옥을 만들 수도 있지. 나도 그게 제일 두려워. 만약 바람이라도 타고 퍼진다면 수천, 수만의 애꿎은 사람들이 죽을 거야.」

남창에 있던 구 무림총연맹의 본단은 진자강이 정화 작업을 했음에도 불구하고 수년간 일반인의 출입이 금지되었다. 최근까지 풀 한 포기 자라지 않고 벌레들마저도 꺼리는 죽음의 땅이었다.

"아니, 잠깐. 근데 그걸 알면서 아까 그 독을 나한테 쓰려고 했어?"

당유정의 말에 진헌이 당유정을 째려보았다. 뒤통수가 아직도 얼얼했다. 오히려 피해를 본 사람은 당유정이 아니라 진헌인 것이다.

"그런다고 당신이 눈이나 깜박할 것도 아니잖아."

「뭐, 그건 그렇지.」

진헌은 뭔가 이상한 기분이 들었다. 당유정은 아까부터 중간중간 전음으로 대화를 하고 있었다. 혹시나 남들이 듣지 말아야 할 말을 하나 했더니 그것도 아니었다.

"뭐 하는 짓이야? 왜 사람을 앞에 두고 전음을 해? 습관이야?"

"아, 별거 아냐. 동생 부르고 있어."

당유정이 말했다.

"거의 온 것 같아. 나중에 경이 만나면 잘해 줘."

"그럴 일 없어."

"경이는 최근까지도 내원 밖으로 못 나왔어. 독기 조절을 못 해서."

"민폐만 끼치는 남매들이로군."

당유정이 웃었다.

"이제 거기에 너도 있다."

진헌은 밥맛이 떨어지는 것 같은 기분이 들었다.

그때 발랄한 목소리가 방 밖에서 들려왔다.

"누나!"

벌컥! 문을 열고 당경이 들어왔다.

진헌은 당경을 빤히 바라보았다. 그러곤 다시 당유정을 보았다.

누나라고 부르지 않았어도 한눈에 남매임을 알 수 있었을 듯했다. 닮았다.

당경도 진헌을 힐끔힐끔 보았다. 진헌과 똑같은 생각을 하고 있음이 분명했다.

"뭐야, 늦었잖아."

당유정의 말에 당경이 대답했다.

"알아냈어. 누나가 생각한 게 맞아. 그리고 중요한 일이 있는데."

"내가 준 돈은. 다 썼어?"

"아, 눈곱만큼 줬잖아. 남은 것도 없어. 그보다 중요한 일이 있다니까?"

"괜찮아. 말해도 돼. 우리 가족이니까."

진헌은 누가 가족이냐고 따지려다가 말았다. 그래 봐야 말만 길어질 뿐이다.

당경이 말했다.

"여기 우리 말고 다른 사람들이 많아."

진헌은 아까부터 심기가 매우 불편했다.

"쉬지 않고 이상한 말을 하는 남매로군. 식당인데 사람이 많은 건 당연한 것이지."

"아뇨, 형. 손님도 많은데요. 우릴 찾는 사람들도 있다고요."

"누가 형이라는 거지?"

"그럼 동생인가? 아닌데, 형으로 들었는데."

당경이 당유정을 보고 물었다.

"이 형한테는 말 안 해 줬어?"

"말해 줘어."

"근데 왜 그래, 형."

이젠 말까지 짧아졌다.

'언제 봤다고…….'

심지어 여태 갇혀 있다가 이제 밖으로 나온 거라면서 말이다. 그래서 당경의 천진난만함이 진헌에게는 불편하다. 세상을 바라보는 시선이 순수하기 짝이 없었다. 순백으로 태어나서 그을음 한번 묻힐 기회가 없었던 것처럼.

진헌은 일어섰다. 밥맛이 떨어져서 억지로 먹으라고 해도 더는 먹을 수가 없을 것 같았다.

"여기까지만 하지. 역시 난 당신들과 어울리지 않아."

하지만 당유정과 당경은 진헌을 무시했다.

"왔다!"

"이봐! 사람이 말을 하고 있잖아!"

쾅!

동시에 문짝이 날아갔다.

"찾았구나."

살기등등한 목소리 속에 기쁜 웃음이 섞였다.

문밖에 십수 명의 험상궂은 자들이 와 있었다. 특정한 문파의 사람들 같지는 않았다. 짐승 가죽으로 만든 옷을 입거나 평범한 복장을 하고 있어 오히려 사냥꾼처럼 보였다.

뒤에서 말리는 점소이의 목소리가 들려왔다.

"아니 이러시면 안 된다니까요."

"우리가 누군 줄 알고! 저리 안 꺼져?"

이어 얼굴이 푸르뎅뎅하니 퉁퉁 붓고 입술이 터져선 목

발을 짚은 남자가 당유정과 진헌을 손가락질했다.

"저것들이 맞습니다."

당유정이 아는 얼굴이었다.

"어라? 저번에 그 산적 아냐. 근데 아저씨, 얼굴은 왜 그래요? 난 그렇게 때린 적 없는데."

산적은 당유정이 무서운지 뒤로 물러나서 소리쳤다.

"시끄럽다! 이대로 갈 수 있을 줄 알았겠지만, 마침 우리 산채에 귀한 고수분이 와 계셨다. 네년은 이제 아주 탈탈 털릴 줄 알아!"

산적이 옆에 서 있는 이를 눈짓으로 가리켰다. 단단한 골격의 산적이 허리춤에 손도끼 두 자루를 꽂고 팔짱을 낀 채 당유정과 진헌, 그리고 당경을 차례로 보았다.

"나는 비정쌍부(非情雙斧)다. 무공 한 수 배웠다고 우리 녹림이 너희들의 눈에 우스워 보였던 모양이로구나. 건방진 핏덩이들 같으니."

비정쌍부는 붉은 참새 깃털이 꽂힌 머리띠를 하고 있었다. 작건(雀巾)은 녹림에서 한 지역을 담당하고 있는 고수라는 뜻이다. 그 정도면 아래에 서너 채의 산채를 거느릴 수 있었다.

하지만 그의 말이 끝나기도 전에 진헌이 바로 일어섰다.

"난 상관없는 일이니 가 봐도 되겠지. 귀찮은 일은 질색이야."

진헌은 당유정이 찾아 주었던 돈주머니를 꺼내 통째로 비정쌍부에게 던졌다.

"돈이라면 가져가."

비정쌍부가 번개처럼 도끼를 뽑아 돈주머니를 갈랐다.

"내가 거지로 보이느냐! 무시당하고도 돈 받고 넘어가면 이 세계에서 못 버텨!"

쫘악!

안에 든 은자와 동전들이 우수수 떨어질 줄 알았다.

하나 비정쌍부의 도끼는 허공을 가르고 바닥을 찍었다. 돈주머니를 분명히 베었다고 생각했는데 아무것도 베지 못했다.

당유정이 돈주머니를 챙기고 있었다.

"진짜 돈 귀한 줄 모르네. 너 이거 압수."

비정쌍부의 눈에 불똥이 피었다.

"이…… 망할 계죄송합니다!"

비정쌍부는 바로 무릎을 꿇고 납작 엎드렸다.

"……."

당유정이 고개를 갸웃했다.

"뭔가 중간에 이상한 말이 끼어 있었던 것 같은데."

"아닙니다. 그럴 리가 있겠습니까."

비정쌍부가 바로 일어나서 굽신거리며 돌아가려 했다.

"제가 사람을 잘못 본 거 같습니다. 그럼 저는 이만."

함께 온 산적들이 어리둥절했다.

"형님 뭐 하십니까?"

당유정이 비정쌍부의 도끼질보다 빠르게 돈주머니를 낚아챈 건 산적들도 보았다. 아무렴 도끼보다야 손이 빠른 건 당연하지 않은가.

하지만 비정쌍부가 일어났을 때 알았다. 도끼 머리는 바닥에 여전히 박혀 있고 비정쌍부는 빈 도끼 자루만 들고 있었다.

"그래도 우리 숫자가……."

비정쌍부가 도끼 자루를 산적들에게 보여 주었다. 단면은 아주 깨끗했다. 당유정은 손에 아무것도 들고 있지 않았는데!

"무, 무림고수!"

당유정이 산적들을 힐끗 보며 말했다.

"가긴 어딜 가."

"예? 그럼……."

"아저씨들이 갈 데는 내 주머니…… 아니 관아밖에 없어. 밖에 현상금까지 붙어 있던데 간이 부으셨나 봐요들."

산적들의 얼굴이 일그러졌다.

주머니라니!

비정쌍부가 비굴한 표정으로 말했다.

“아니, 여협께선 저희가 뭘 그리 잘못했다고 그러셔요. 아무것도 안 하였잖아요.”

“백주에 칼 들고 나타나서 강도질하기 전에 법의 오라를 받을 것도 생각하셨어야지.”

당유정이 당경과 진헌에게 손짓했다.

“할 수 없지. 우리가 알아서 끌고 갈 테니까 그럼 밥값은 깎아 주세요.”

이대로 잡혀갈 수 없다고 생각한 산적들 몇이 당유정이 딴짓하는 사이 달아나려 했다.

“에이이! 도망가!”

다른 이들이 입구를 잔뜩 막고 있으니 자기들을 잡으려 해도 시간이 걸릴 거라는 계산이었다.

당유정이 불렀다.

“동생아.”

진헌은 움찔했고 당경은 아무렇지 않게 대꾸했다.

“왜.”

“오 대 오?”

“육 대 사.”

투덜투덜.

당경은 모습이 흐릿하게 사라지는 순간 천장에 붙어 뛰고 있었다.

"으아악!"

"컥!"

우지끈 퍽퍽 소리가 잠깐 나는가 싶더니 금세 조용해졌다. 방 앞에 진을 치고 있던 산적들의 얼굴이 허예졌다.

당유정이 점소이를 보고 빙긋 웃었다. 점소이가 점주에게 할인을 알아보기 위해 내려갔다. 상황이 이러니 안 해줄 수가 없을 터였다.

그사이에 당유정과 당경은 산적들을 묶었다.

"산적 잡아서 포상금도 받고 음식값도 굳고. 오늘 완전 운 좋네."

진헌은 한숨을 내쉬었다.

"귀찮게."

*　　*　　*

한 남자가 뒷짐을 지고 창을 통해 먼 산을 바라보고 있었다.

방에 누군가가 헐레벌떡 뛰어 들어왔다.

"권령(拳令)! 그게 사실인가? 개 같은 독룡의 애새끼들이 전부 강호에 튀어 나왔다는 게?"

권령이라 불린 남자가 감격에 겨운 눈으로 들어온 이를 돌아보며 고개를 끄덕였다.

"그래. 암령(暗令). 그 말이 맞다."

암령이 잠시 멍하게 서 있다가 곧 눈물까지 지으며 발을 쿵쿵 굴렀다.

"드디어…… 드디어 복수할 날이 온 건가! 그 망할 개자식에게 대인의 복수를 할 날이! 그래서, 그 애새끼들은 지금 어디 있는 거지?"

"해남도에서 나왔다는 얘기가 있어. 아마 그쯤일 거야."

암령의 입가에 살기 어린 웃음이 잔뜩 뱄다.

"대유령산맥의 녹림이 이번에 아주 제 역할을 해 주겠군. 누구도 산에서는 녹림의 눈을 피할 수 없지."

암령이 눈을 희번덕대며 이를 갈았다.

"그 애새끼들, 내가 모두 갈아먹어 버리겠어. 독룡에게도 똑같이 피눈물을 흘리게 만들어 버리겠어."

"아니. 지금 그것들을 죽여 버려서는 안 돼. 사냥감이 안에 완전히 들어올 때까지 함부로 올가미를 조여선 안 되는 법."

"권령!"

"일부러 우리가 나타났다는 소문을 흘리고, 독룡의 악소문을 퍼뜨린 것은 모두 그날을 위해서다. 신중하게 행동해야지."

"다 좋아. 하지만 마지막은 절대로 양보 못 해. 핏덩이들의 목은 내가 따도록 해 주게."

"그리하고 싶은 건 다른 삼령도 마찬가지인 것을."

권령의 눈도 살기로 빛났다.

"하나 독룡의 아이들을 쫓기고 쫓겨서 만신창이가 되도록 만드는 건 암령, 너에게 맡기지. 더 피할 구석이 없을 만큼 몰아붙여서 처절하게 죽일 것을 명한다!"

암령이 외쳤다.

"존명! 피는 피로! 임무를 목숨으로 완수하겠다!"

권령과 암령은 동시에 자신의 손을 들었다. 손바닥과 손등을 관통한 아주 작은 구멍은 아물지 않아서 여전히 구멍이 난 채였다.

"우리가 당한 만큼…… 반드시 갚아 주마."

권령이 주먹을 꽉 쥐었다.

"그리고 대인께서 남긴 유지는 우리를 통해 다시 한번 세상에 펼쳐질 것이다."

*   *   *

편복은 머리가 하얗게 세고 허리가 굽었다. 그래도 제법 잰 걸음으로 중경의 홍등가들 사이를 걷고 있었다. 그러다가 한 주점 앞에서 멈춰 섰다. 아직 대낮이라 문을 닫아걸고 있었다. 편복은 익숙하게 뒤로 돌아가 뒷문에서 문을 두드렸다. 뒷문의 문지기가 나와 편복을 내실로 안내했다.

내실에는 이미 편복을 기다리는 여인이 있었다. 여인은 짙은 화장을 하였는데 좀처럼 나이를 알아보기 어려울 정도로 미색이 고왔다. 그리고 그 옆에는 중장년의 남자가 서 있었다.

"오랜만이올시다아."

편복의 인사에 여인이 인사했다. 남자도 가볍게 눈인사를 했다.

"멀리까지 오시느라 고생하셨습니다. 정말 오랜만에 뵙네요. 아직도 현역으로 계십니까?"

"아이고, 죽어야 할 때 죽지 못하니 늙어 죽을 때까지 노마(老馬)가 되어 부림을 당하는구려. 그래도 이 노구를 아직까지 부려 먹어 주니 감사하고 또 감사하며 그저 두 다리가 버틸 수 있을 때까지 걷고 또 걸을……."

편복이 말을 하다가 자기 입을 쳤다.

찰싹, 찰싹.

“어허, 그저 이놈의 입이 방정이지. 아직도 뒈지지 않은 게 용하다니까. 미안합니다, 홍화선자.”

앞에 있는 여인은 예전 독문 사벌 중의 한 곳인 환락천의 홍화선자 육하선이었다. 당하란은 당가의 조직이 비대해지도록 두지 않았다. 예전의 독문 사벌은 모두 독립하여 별개가 되었다.

육하선이 옆에 두었던 목발을 툭툭 쳤다.

“괜찮습니다. 내일이라도 필요하게 만들어 드릴 순 있어요.”

“에헤이, 우리 사이에 뭘 또 그렇게까지……. 어디 한두 해 알고 지낸 것도 아니고 특별한 사이에…….”

특별한 사이란 말에 옆에 서 있던 남자가 눈을 부라렸다. 편복이 한숨을 쉬며 또 입을 때렸다.

“어휴……. 주둥이, 그저 이놈의 주둥이.”

찰싹찰싹.

“그만 때리십시오. 정작 필요할 때에 구실을 못 하겠사옵니다.”

육하선이 말리며 용건이 무엇이냐는 투로 돌려 말했다.

“아, 미안하오. 선랑의 서신을 가지고 왔소이다.”

편복이 서신을 탁자 위에 내려두었다. 육하선이 서신을

읽었다. 그러더니 금세 알았다는 듯 고개를 끄덕였다.

"독룡에 대한 소문이 수상하니 소문의 근원지를 찾아보자…… 그런 이야기군요."

편복은 단령경의 서신을 들고 독룡의 예전 지인들을 찾아다니고 있었던 것이다.

"독룡의 아이들은요? 무림총연맹에서 나서지 않나요?"

"독룡은 개인적인 일이라 무림총연맹의 힘을 빌리지 않겠다고 고집을 부리고 있소이다. 무림총연맹의 권력을 당가가 사사로이 쓴다는 말을 듣기 싫어서겠지만, 그래도 자기 몸이 어디 자기 한 사람의 것인지 원…… 여러 사람 귀찮게 한다니까. 그래서 내가 이리 돌아다니는 게요."

편복이 요청했다.

"도와주시겠소?"

"당연히 도와야지요. 이제는 당문의 일원이 아니지만 독룡의 친구로서 응당 해야 할 일입니다. 하지만……."

육하선이 빙긋 웃었다.

"이미 소문의 근원지 중에 한 곳은 알고 있습니다."

"으응? 아니, 벌써 말이오?"

"선랑께서 나서셨듯, 나도 마찬가지 생각을 하였습니다. 잠깐 나온 말도 아니고 독룡에 대한 안 좋은 소문이 본격적으로 확산되니 참을 수가 있어야지요. 대체 이 말도 안 되는 헛소문들을 누가 퍼뜨리는가 궁금하기도 하고요. 하여 바로 추적해 보았지요."

"그렇긴 하오. 나도 사람들이 독룡에 대한 욕을 할 때마다 속이 울컥울컥해서 여기까지 오는 동안 멱살잡이를 몇 번이나 하였는지…… 에잉."

육하선이 호호 웃었다.

"자, 그러니까 제가 우선 드릴 수 있는 답 하나는 이것입니다."

육하선은 손가락으로 먹을 찍어 종이 위에 글씨를 썼다.

녹림(綠林).

편복이 눈을 크게 떴다.

그러곤 종이를 들어 양팔을 쭉 뻗고 아랫눈으로 내려다보았다.

"아이고, 미안하오. 노안이 와서……. 대충 글자는 알아보겠구려. 녹림?"

"맞아요. 녹림. 독룡에 대한 안 좋은 소문의 일부는 녹림에서 흘러나오고 있었습니다."

"애들이 뭘 잘못 먹었나……."

"녹림에는 큰 고수가 없어 우습게 보기 십상이지만 세력이 풀씨처럼 퍼져 있어서 막상 대응하기가 꽤 까다롭지요."

녹림은 당대의 강호에서 가장 빠르게 세력을 확장한 단체 중 하나였다. 토벌 작전도 주기적으로 벌어지고 무림 문파들도 개별적으로 녹림을 잡기 위해 노력하고는 있으나 쉬이 잡히지 않았다.

무림 문파의 고수들이 무림총연맹의 일 처리에 대한 반발로 협조를 등한시하고 있다는 소문이 돌았다. 일부러 아래 제자와 같은 영내의 문파들에게도 무림총연맹의 행사에 적당히 대강대강 하라 압력을 주고 있어 그리되었다는 것이다.

"깊은 산중으로 숨어든 산적들을 잡아내기란 쉽지 않소. 전 무림 문파의 도움이 필요하지. 여기서 잡으면 저리로 가고, 저기서 잡으면 또 다른 데로 가 버리니까. 몇 년이 걸릴지 모르겠구려."

"그래도 일이 이렇게까지 되었으니 할 수밖에요. 몇 년이 걸리더라도."

"고맙소이다. 방향이 정해졌으니 좀 더 수월해지겠소."

"아 참, 그거 아세요? 여기까지 오시는 동안 계속 미행하는 자가 있었다는 것을."

"그렇소? 전혀 몰랐소이다."

"독룡의 옛 지인들을 모두 감시하는 모양입니다. 개중에는 몇 번 들키기도 한 것 같더군요."

"나야 워낙 무공에 뜻을 둔 사람이 아니니……. 허어, 어쩐다. 아직 전해야 할 서신이 많이 남아 있는데……."

육하선이 옆에 있는 남자를 쳐다보았다.

"편복 노사를 당신이 좀 도와 드려야겠는데. 당분간 수행 좀 해 드릴 수 있을까?"

남자가 무뚝뚝하게 대답했다.

"나는 그런 일을 하기 위해 있는 사람이 아니오."

"당신이 원래 해야 할 일을 하지 않았으면 해서 부탁하는 거예요."

남자가 왠지 실망하는 눈빛을 했다.

"싫은 거야?"

남자의 표정이 처음보다 많이 어두워졌다.

"좋고 싫고는 없소. 내 임무는 하나뿐이니까."

남자가 눈을 부릅떴다. 순식간에 방 안에 묵직한 공기가 가득 찼다.

"독룡이 세상에 해악이 되면 그의 심장을 벨 뿐. 그게 내 살아가는 유일한 목적이며 남겨진 임무……."

육하선이 남자에게 손가락을 까딱였다.

"왜 그러오?"

남자가 고개를 가져가자 육하선이 남자의 목을 끌어안고 뺨에 입술을 맞추었다.

"뭐라는 거야, 자기. 우리 자기가 사는 유일한 목적은 나야. 독룡은 두 번째고."

"어? 음…… 음. 하지만 무각 사부께서……."

남자의 얼굴이 빨개졌다. 무거운 외모와 달리 육하선에게 쩔쩔매는 남자였다.

"무각 대사님도 딱히 융통성이 없는 분은 아니었어. 그러니까 우리가 독룡을 막아야지. 당신이 나설 일이 없도록."

"누이의 말을 들으니 그게 옳은 것도 같소. 하지만……."

남자가 얼굴을 붉히고 우물쭈물했다.

"하지만…… 독룡이 죽지 않으면 나는…… 으음, 그러니까…… 나는 평생……."

육하선이 귀엽다는 투로 남자의 뺨을 쓰다듬으며 말했다.

"알았어. 이번 일만 잘 마치면 내가 무각 대사를 찾아가서 잘 말해 볼게. 당신도 은퇴하고 후임을 들일 때가 됐다고."

"고맙소. 누이."

남자의 얼굴이 한결 밝아졌다.

"그러니까 편복 노사님 잘 모시고, 독룡의 아이들도 가능하면 별일 없도록 돌봐 주어요."

"알았소. 흠흠."

편복이 혀를 찼다.

"쯧쯧, 혹시 녹이라도 슨 거 아뇨? 그래서야 제대로 일은 할 수 있겠소이까. 멸마승이 알면 대로하겠소. 칼이 무뎌졌다고."

남자가 종이를 말아서 손에 들고 빠르게 휘둘렀다.

핏! 피피핏!

편복의 머리카락이 마구 날렸다. 편복의 뒤쪽 벽에 찰나간 십수 개의 검흔이 생겼다. 편복은 조금도 상처 입히지 않고! 게다가 검흔은 하나같이 깊이가 일정하고 길이가 같았다.

"어이익! 대단하구려!"

무각의 칼, 서균이 다시 종이를 펴며 냉철한 목소리로 말했다.

"칼은 조금도 녹슬지 않았소이다. 그러니, 노인장께서는 독룡에게 똑똑히 전해 주어야 할 것이외다. 만일 독룡이 허튼짓을 하게 된다면! 칼은 반드시 그 역할을 하게 될 것이노라고."

육하선이 핀잔을 주었다.

"자기? 멋있긴 한데 너무 세게 나갔다."

"아, 미안하오. 으흠흠. 근데…… 멋있었소?"

서균이 헤벌쭉 웃는 것을 보면서 편복은 고개를 설레설레 내저었다.

*　　*　　*

당경이 앞장서서 산적들 십수 명을 줄줄이 묶어서 화도의 관아로 끌고 갔다. 당유정과 진헌은 좀 떨어져 뒤에서 걸었다. 당경은 처음 당가대원을 나왔으니 그래도 알아보는 사람이 없을 거란 생각에서였다.

하지만 턱수염이 덥수룩한 비정쌍부는 양손이 묶여 끌려가면서도 뒤를 돌아보고 당유정에게 눈웃음을 쳤다.

"아저씨 자꾸 돌아보지 마요. 남들이 보면 우리가 일행인 줄 알잖아."

"에이, 이러지 말고 대화로 해결해 보아요. 세상에 대화로 안 되는 일은 없는 것이어요."

당경이 역겨워했다.

"어휴, 저 산적 아저씨는 말투가 왜 저래? 얼굴은 험악해 가지고."

비정쌍부가 험악한 표정으로 당경에게 눈을 부라렸다.

"뭐, 임마?"

"아저씨. 개 성격 나보다 드러운데."

비정쌍부가 눈을 동그랗고 귀엽게 떴다.

"동생분도 여협 누님을 닮아서 얼굴이 훤하시어요. 가족분들이 다 미남 미녀이셔요."

"어? 가족처럼 보여요?"

"그럼요. 닮았는걸요. 누가 봐도 한 핏줄이어요."

진헌이 화를 내려고 하자, 당유정은 진헌을 끌고 멈췄다가 좀 더 뒤처져서 걸었다. 그러면서 중얼거렸다.

"아아, 그 생각을 못 했다. 셋 다 닮았다는 걸."

진헌이 어이없이 쳐다보았다.

"나 보고 그 남자랑 닮았다고 했으면서 정작 본인은 닮았을 줄 몰랐다고? 누가 노리고 있다는 둥 그러지 않았나?"

"아하하, 생각 못 했어. 진짜야."

당유정이 해맑게 웃었다. 이미 지나가던 사람들이 산적들이 줄줄이 꿰여 가는 모습을 보고 놀라서 수군거리고 있었다.

진헌은 한숨을 내쉬었다.

"이러고도 사람들의 눈에 띄지 않기를 바라는 건가. 도둑놈 심보가 따로 없군."

비정쌍부가 바로 돌아보았다.

"저기요. 저기요? 저 부르셨나요?"

* * *

당경과 산적들은 관아 앞에 도착했다.

한데 멀리서 누군가가 뛰어오며 크게 소리쳤다.

"멈추시오! 거기 소협은 잠시 기다리시오!"

당경은 힐끔 보고선 무시하고 관아로 들어가려 했다. 어차피 아는 사람이 없으니 부를 일도 없다고 생각했다.

달려오던 무인들이 그 모습을 보곤 더 죽어라 뛰어왔다.

무인들이 당경의 앞을 가로막았다.

"잠시…… 기다리라는데…… 우리 말을 후우, 못 들은 건가."

당경이 왜 그러냐는 듯 되물었다.

"저요? 왜요?"

중년의 무인이 말했다.

"나는 송일파에서 왔네. 송일파의 부문주로 강호의 동도들은 호문검(虎刎劍)이라는 과분한 별호로 불러 주고 있지."

당경은 누나에게 들은 대로 인사말을 건넸다.

"아예, 호문검 대협이셨군요. 저는 그냥 지나가던 진 모라고 합니다."

"지나가던? 아, 뭐 좋네. 우리 송일파는 백도정파의 무문으로 이 지역을 오랫동안 지켜 왔네. 뭇 민초들의 삶에 아주 밀접하게 관계하고 있지."

호문검이 이제 알아듣겠냐는 듯 느긋하게 뒷짐을 졌다. 당경이 멀뚱하게 되물었다.

"그런데요?"

"어허."

호문검이 짐짓 한숨 섞인 탄식을 내뱉자, 뒤에서 젊은 무인이 나섰다.

"우리가 이 지역의 치안을 담당하고 있다는 뜻일세."

당경이 여전히 모르겠다고 고개를 갸웃거리자 다른 이가 답답하다는 투로 말했다.

"이 동네에 나타난 산적을 지나가던 뜨내기가 잡아서 관아에 넘긴다면 우리 체면이 안 서지 않겠는가."

"근데 이 산적들 막 길거리 활보하고 요리점에도 들어오고 그러던데요."

젊은 무인이 산적들에게 호통을 쳤다.

"네 이놈들! 우리 송일파가 있는데도 감히 백주에 마을에서 도적질을 하였단 말이지!"

비정쌍부는 저 뒤에 당유정과 진헌이 있는 걸 알기에 함부로 대답을 못 하고 눈알을 굴리면서 입을 최대한 비틀어

삐죽삐죽 뒤를 가리켰다.

"구안와사가 왔나, 이 친구 얼굴이 왜 이래. 누가 좀 대신 말해 줄 사람 없나?"

다른 산적이 눈치를 보다 대답했다.

"어떻게 송일파의 대협객들이 계신 곳에서 저희가 산적질을 합니까요. 저흰 그런 적 없습니다."

"그럼 설마 이 소협이 거짓말이라도 한단 말인가! 똑바로 대답하지 않으면 경을 칠 줄 알아라!"

"정말 억울합니다. 저희는 밥도 못 먹습니까? 밥 먹으러 갔다가 사소한 시비가 붙어서 그만……."

"흐음. 그렇단 말이지."

호문검이 슬쩍 눈짓했다.

한 무인이 돈주머니를 꺼내었다.

"이게 뭔가요?"

"관아에 데려가도 꼭 처분이 되는 게 아닐세. 심문도 해야 하고 증거도 내야 하고, 그 와중에 잘못하여 누명이라고 밝혀지면 무고로 소협이 무거운 처벌을 받을 수도 있네. 본명을 알려 주지 않은 것으로 보아 사문을 밝히기 싫은 모양인데 관아에서는 그마저도 다 사실대로 말해야 하지."

당경이 눈을 끔벅거렸다. 무인이 당경에게 돈을 쥐여 주며 말했다.

“좋은 게 좋은 거 아니겠나. 우리 체면을 좀 보아서 오늘은 이만 참아 주게.”

당경이 뺨을 긁적거렸다. 막 세상에 나온 당경으로서는 지금의 사태가 잘 이해가 되지 않는 부분들이 있었다.

「누나? 어떻게 해야 돼? 복잡해진대. 누나?」

당유정과 진헌은 멀리서 당경과 옥신각신하는 송일파 사람들을 보고 있었다. 그들이 나누는 대화도 모두 듣고 있는 중이다.

진헌이 냉소하며 말했다.

“뻔한 수작이지. 산적이 있어야 사람들이 겁을 먹을 테고, 그래야 무림 문파에 의지하게 될 테니까. 다 한 패거리야. 관아에서도 하리(下吏) 정도는 뇌물을 받았을걸. 거봐, 내가 귀찮아진다고 했지?”

“아아, 그래서 산적들이 잡혔다고 하니 부리나케 달려온 거구나.”

당유정이 진헌을 빤히 보았다.

“넌 근데 그걸 알면서도 내버려 뒀어?”

“크게 사람을 해치지 않으니 내버려 둘 수밖에. 괜히 끼어들어서 내가 누구인지 밝히기라도 하란 말야?”

“흐응.”

당유정과 진헌이 대화를 하는 사이에 당경은 더 조급해

지고 있었다.

당경이 당유정의 말을 기다리느라 대답을 않고 있으니, 송일파의 호문검이 고민하는 줄 알고 넌지시 설득했다.

"이보게, 소협. 소협의 의협심이 매우 뛰어남은 알겠네. 하나 세상을 살다 보면 꼭 흑백으로 따질 수 없는 일들이 있지. 저들도 알고 보면 좋아서 산적이 된 것은 아닐세. 화전을 일구다가, 혹은 과도한 세금으로 나라에 시달리다 못해 호구지책으로 산에 들어간 이들일세. 그런 이들을 법으로 처리한다면 너무 과하지 않겠는가."

"그야……."

"그러니 이대로 저들을 놓아주고 우리 송일파로 함께 가세. 내 소협을 손님의 예로 성대히 맞이하겠네. 어떠한가?"

당경이 설득된다고 생각한 송일파의 무인들이 옆에서 거들었다.

"소협. 사실은 나도 저들과 마찬가지가 될 뻔했소. 독룡 때문에 강호가 개판이 되어 벌이도 잃고 망하기 직전에 호문검 대협이 거두어 주셨지."

"……아, 네?"

"여기 호문검 대협이 아니셨으면 묶여 있는 건 저들이 아니라 내가 되었을 수도 있네. 그러니 소협은 호문검 대협의 말씀에 따라 우리와……."

당경은 진자강의 추종자다. 그냥 일반 사람들이나 산적들이 욕하는 건 참을 수 있었으나, 같은 정파의 무인들이 대놓고 아빠 욕을 하니 속에서 열이 올랐다.

"그게 독룡과 무슨 상관이죠? 산적이 되기로 한 건 결국 이 아저씨지 독룡이 산적 하라고 시키신 건 아니지 않아요?"

참으려고 했지만 말에 가시가 돋쳤다.

송일파 무인이 당경을 이상한 눈으로 쳐다보았다.

"소협, 왜 그리 흥분하시는가. 나야 있는 대로 말했을 뿐일세."

"아무리 그래도 전 무림맹주를 그렇게 말하시면 안 되죠."

"나라님도 없는 데서는 욕을 할 수 있네. 하물며 흠 많은 전 맹주 욕 좀 하는 것이 뭐 어때서."

"그렇게 마음대로 전 맹주 욕을 할 수 있는 것도 사실은 바로 그 전 맹주 덕분 아니에요? 설사 전임 맹주라고 하더라도 개인이 마음대로 사사로이 불이익을 주거나 하면 안 된다고 무림맹의 규칙을 정했으니까. 예전 금강천검 때에는 맹주 욕도 함부로 못 했다면서요."

다른 무인이 옆에서 거들었다.

"아, 규칙 따위야 안 지키면 그만이지. 독룡이 안 지킨다고 하면 누가 뭐라고 할 수 있어?"

"십 년이 넘도록 강호의 일에 개입도 안 하고 스스로 규칙을 지키고 있잖아요."

정작 그렇게 욕을 먹고 의심받는 본인은 불쌍하게 백수가 되어 가지고 바둑돌이나 깎고 앉아 있는데 말이다. 당경은 그 말이 목까지 올라왔으나 참았다.

"어허, 젊은 친구가 잘 몰라서 그러는 모양인데…… 독룡은 말이야. 아주 지독하지. 복수를 하려고 십 년 동안 맨손으로 굴을 파고 나온 독종이야. 그런데 이제 십몇 년 지난 걸로 독룡을 알 수 있다고?"

당경은 또 핏대가 솟아서 송일파 무인들과 계속해서 설전을 벌였다.

"그러니까 십 년이 지나도 모르는 건 귀하나 저나 똑같은데, 왜 다 아는 것처럼 단정 지으시냐구요."

진헌이 청력을 집중해서 듣고 있다가 피식 웃었다.

"세상 경험이 부족한 게 이런 데에서 티가 나는군. 어쩔 거야. 안 말려도 되겠어? 들키면 안 된다며."

당유정이 욱했다.

"아빠 욕하는데 당연히 화가 나야지. 안 나면 그게 이상한 거 아냐?"

"그 정도도 참지 못하니 여태 밖으로 나오지 못한 거겠지."

"남 아니다. 너한테도 아빠야."

진헌이 간만에 느긋한 투로 팔짱을 끼고 남의 일처럼 말했다.

"난 그 남자를 아빠로 인정한 적 없어."

"잘났다."

당유정도 당경만큼이나 마음이 불편해져서 입을 삐죽 내밀었다.

그런데 갑자기 '남해검문'이란 말이 들려왔다. 진헌의 귀가 절로 쫑긋해졌다.

송일파의 무인이 말했다.

"말이야 바른 말이지, 당장에 해남도에 남해검문을 보게. 독룡에게 대들었다고 개박살 나서 망한 꼬라지를 보면…… 아니, 어떻게 멀쩡한 문파를 그렇게 만들어. 그게 생각이 올바른 자가 할 짓인가?"

송일파의 무인이 예를 든답시고 남해검문을 거론한 것이다.

당경이 답했다.

"그야 반대파였으니까 어쩔 수 없는 거였잖아요."

산적들 중에 한 명이 송일파의 편을 든답시고 욕지거리를 섞으며 말했다.

"반대파니까 그럴 수 있긴? 거긴 한때 독룡 좋다고 쫓아다니던 여자가 있었어. 그런데 독룡은 그 여자를 단물만 쪽쪽 빼먹고 갖다 버렸지. 지금은 완전히 퇴물이 되어 가지고, 어유…… 오늘내일하면서 맨날 기침만 콜록거리고. 그럼 여자는 반대파야? 사람이라면 아니, 적어도 남자라면 그럼 안 되지.”

“그게 누군데요?”

“소협이 누군지 말하면 알긴 아나? 남해검문의 자랑이던 빙봉이라고…… 예전에는 아주 미색도 곱고 남해 최고의 미인이었는데…….”

그 순간 진헌의 눈이 치켜 올라갔다. 앞으로 뛰쳐나가려 하였다.

그런 진헌을 멈추게 한 건 당유정의 웃음소리였다.

“풉!”

당유정이 입을 막고 있었는데 눈은 웃고 있는 표정이 완연했다. 진헌이 부들부들 떨면서 주먹을 꽉 쥐고 뛰쳐나가려는 걸 참았다.

당경과 송일파는 아직도 말싸움을 계속하고 있었다. 거기에 산적들까지 가세해서 당경은 이십 대 일로 싸우는 꼴이었다. 한 마디를 하면 열 마디가 날아오니 안쓰러울 정도였다.

그 대부분은 이상하게도 ‘독룡이, 독룡 때문에,’ 라는 말이었는데 밑도 끝도 없이 계속 같은 말만 반복되고 있었다.

당유정이 웃지 않으려고 입을 막고는 고개를 갸웃거렸다.

"뭐지이?"

뒤에서 가만히 지켜보고 있으니 조금 이상하다는 느낌이 들었다.

"저 아저씨들 왜 이렇게 친해 보여. 혹시 헌이 너 송일파에 대해 알아?"

"몰라. 그리고 이름 부르지 말랬지."

"아까는 아는 것처럼 말했잖아."

"이름은 들어 봤다는 거지 안다는 건 아냐."

"흐으응?"

송일파 무인의 목소리가 커졌다.

"듣자 듣자 하니까 너무 심하군. 소협은 왜 그리 아까부터 독룡을 옹호하는 것이오?"

당경의 목소리도 커졌다.

"그러는 송일파 여러분들께서는 왜 산적들의 편을 들고 있는 거죠?"

"우리 송일파가 산적 편을 든다는 건가? 어허, 남들이 들으면 큰일 날 소리를. 우리 정통 백도무문인 송일파를 뭘로 보고 하는 말이오!"

"산적이 돈 뺏는 건 괜찮고 청빈하게 사는 독룡은 그냥 싫은 거죠? 권력도 내려놓고 욕심 없이 모든 일 처리도 투명하게 하고. 뇌물도 매수도 안 통하는 세상이 되니 그런 게 싫은 거 아녜요?"

"소협이 뭘 안다고!"

송일파가 화를 냈다.

"우리는 이 지역 사회에 살고 있는 목소리를 대변하여 내는 것이네! 우리가 독룡이 못된 놈이라고 하면 다들 그런 거야! 알지도 못하면서 함부로 말하지 말게!"

"아니, 뭘 모른다고요! 독룡에 대해서는 제가 송일파 분들보다는 더 잘 알걸요?"

"뭣이?"

"뭐라구요?"

분위기가 점점 더 험악해졌다.

그런데 그때 당경이 귀를 쫑긋했다. 뭔가 걸리는 게 있어서 유심히 당경을 보고 있던 당유정은 대번에 그것을 알아챘다.

누군가 보낸 전음을 엿들었을 때 깜짝 놀라서 하는 행동이다.

"으응?"

당유정이 궁금해서 지켜보고 있는데 당경이 갑자기 허탈한 듯 말했다.

"아 씨. 뭐야. 괜히 쓸데없이 열 냈잖아."

당경은 투덜거리면서 당유정을 돌아보며 말했다.

"누나! 여기 이 사람들 한패야."

*　　*　　*

부유한 태가 나는 뚱뚱한 상인이 홀로 커다란 창고 안에 있었다.

"예전처럼 숨길 필요가 없어. 그런 세상도 아니고. 그럴 필요도 없어. 오히려 햇볕에 나와 있는 것이 유리하지."

그림자 속에서 음산한 목소리가 말했다.

"금령(金令). 나를 빗대는 것인가?"

"그럴 리가, 귀령(鬼令). 나는 권령을 칭찬하고 있는 거야. 그가 십 년에 걸쳐 준비한 계책은 아주 훌륭해."

"갑자기 무슨 소리야. 나는 이 시간에 독룡의 아이들을 어떻게 죽일지 고민하고 싶다."

"독룡이 만든 제도가 우리의 토양이 되어 우리를 키웠으니까. 신기하지 않나?"

뚱뚱한 상인, 금령이 말을 이었다.

"독룡은 분명 철두철미하게 강호를 바꾸었다. 큰 문파가 작은 문파를 억압하지 못하고, 정당한 명분이 없으면 상대에게 심각한 무력을 사용하는 걸 인정하지 않았다."

"그랬지."

"그 덕분에 우리는 아주 수월하게 강호에 자리 잡을 수 있었던 게지."

금령이 길게 웃었다.

"독룡이 맹주이던 시절 무림맹의 보호를 받으며 중소 문파들이 난립하던 시대에, 우리 역시 왕 대인이 남긴 유산으로 수많은 문파들을 창설하였지. 정정당당히 백도문파의 명패를 걸었는데도 누구도 뭐라 하지 못하였어."

귀령이 그림자 속에서 킥킥 웃었다.

"아아, 그랬지. 아주 수월했어. 텃세를 부리는 놈들이 있으면 크든 작든 무림맹에 고발해 버리면 그만이었으니까."

"그랬으니 토착 문파들이 무림맹과 독룡에 대해 불만을 터뜨릴 만도 하지. 낄낄낄."

"녹림을 장악한 것도 최고의 한 수였다. 녹림이 핏줄이 되고 새로 만든 지역 문파는 우리의 손발이 되어 움직인다. 그럼으로써 우리는 십 년 동안 풀뿌리가 되어 완벽하게 강호에 정착했다. 독룡이 우리를 잡고자 한다면 살 거죽을 뜯어내듯이, 자신이 일으킨 중소 문파들을 죄 뜯어낼 수밖에 없게 되겠지. 어마어마한 저항에 부딪히게 될 게야."

“살 거죽을 뜯어내면 아파. 그리고 굉장히 피도 많이 날 테고.”

금령과 귀령이 신나게 웃어 댔다.

금령이 양팔을 힘껏 벌리고 뒤를 돌아보았다.

수많은 금은보화가 창고에 가득했다.

“다시 강호를 지옥으로 만들거나, 얌전히 우리에게 넘기거나. 독룡! 이젠 우리가 너를 잡아먹으러 간다!”

* * *

당유정이 나섬으로써 자연스레 진헌도 드러났다.

송일파 무인들은 당유정을 보았다가 진헌을 보았다가 당경을 다시 보았다. 당경을 보았다가 당유정을 보았다가 진헌을 보았다. 표정이 알쏭달쏭해졌다.

세 사람이 묘하게 닮은 것이다.

「야. 확실해? 생사람 잡는 거 아냐?」

당유정이 당경에게 전음으로 물었다. 당경이 어떤 전음을 들었는지 내용을 이야기해 주었다.

「아이 씨, 말싸움은 그만 좀 하고 우리나 빨리 보내 달라고! 저 뒤에 고수들이 더 있다니까! 라고 했어.」

당유정이 한숨을 내쉬었다. 전음을 보낼 정도의 고수는

호문검과 비정쌍부뿐이다. 말투만 봐도 빼도 박도 못할 정도의 친분이 있는 것이다.

"어쩐지 이상하더라."

송일파 무인들이 정신을 차리곤 극렬하게 반발했다.

"무슨 증거로 그따위 말을 하는가!"

"우리 송일파는 정통 백도무문의 후계로서 산적들 따위와 내통하는 일은 결코 없다."

"함부로 우리를 모함하였으니 결코 이를 용납하지 않을 것이야!"

송일파 무인 한 명이 목에 핏대까지 세우면서 당유정에게 손가락질을 했다.

"한패는 무슨 한패! 오호라, 너희야말로 한패지. 대체 무슨 꿍꿍이로 우리를 몰아세우느냐!"

당유정이 슬쩍 손가락을 피해서 송일파 무인의 손가락이 진헌을 가리키게 만들었다. 진헌은 굉장히 기분이 찜찜해졌다.

당유정이 가까이 다가가 말했다.

"내통했는지 아닌지 확인해 보면 알지."

당유정은 비정쌍부를 스윽 쳐다보았다. 비정쌍부가 왜 자신을 바라보냐는 듯 해맑게 웃으며 당유정을 보고 있었다.

당유정이 고개를 끄덕였다.

"맞네. 한편."

산적들과 송일파 무인들이 비정쌍부를 죽일 듯 노려보았다.

비정쌍부가 어리둥절해하다가 이유를 깨닫곤 깜짝 놀랐다.

"나 아무 말도 안 했어! 진짜야!"

하지만 이미 산적들과 송일파가 비정쌍부를 원망함으로써 같은 편이라는 것이 더 드러난 셈이었다.

호문검이 나섰다.

"우리는 너희들과 초면인데, 우릴 산적과 한패로 몰아 무슨 이득을 취하려 하는가! 내 이를 묵과할 수 없으니 무림맹에 정식으로 고발하겠네. 그대들의 사문과 성명을 밝히게! 무림맹의 처벌이 얼마나 지엄한지는 잘 알고 있겠지!"

무림맹 얘기가 나오자 당경과 진헌이 동시에 움찔했다.

전 무림맹주의 아들로서 어떤 식으로든 진자강에게 피해를 줄 만한 일은 하지 말아야 한다는 강박관념이 있었다. 당경은 독기를 제어하지 못한다고 십칠 년을 내내 갇혀 살았고, 진헌은 태생을 숨기고 살았으니까.

그런데 당유정은 달랐다.

당유정이 당당하게 호문검에게 물었다.

"저기요. 아저씨 나 아세요?"

"모르지만……!"

"근데 어떻게 고발해. 누군지도 모르는데."

흠칫.

송일파 무인들이 긴장했다.

"그리고 꼭 잘못한 놈들이 고발, 범법 운운하더라."

당유정의 말에 송일파 무인들이 항의했다.

"그럼 우리를 살인멸구라도 해서 입을 막겠다는 셈이냐!"

"살인멸구는 무슨…… 산적들하고 내통했으면 관아에 넘기면 되지."

"증거도 없이!"

그 말에 당유정이 비정쌍부를 쳐다보았다.

비정쌍부는 이제 울 것 같은 얼굴이 되었다.

"아니, 도대체 여협께서는 저한테 무슨 억하심정이 있어서 그러시는 것이여요?"

당유정이 히, 하고 웃었다.

비정쌍부가 가슴을 치며 한탄했다.

"속상하다, 증말."

하지만 비정쌍부가 속상하다고 해 봐야 그 말이 다른 이들에게 들릴 리 없었다.

"아저씨는 협조 잘 해 줬으니까 빼 줄게. 개과천선해요."

"아, 정말 왜 그러셔요. 내가 그냥 혀를 콱 깨물고 죽어 버리는 꼴을 보고 싶으셔요?"

"산적질 안 하면 되지, 죽긴 왜 죽어요."

비정쌍부가 묶인 손으로 송일파 무인들을 가리켰다.

"차라리 잡혀갈게요. 저 사람들하고 다 같이. 그럼 되겠어요?"

"그래요, 그럼."

"아니, 저기요. 그런 뜻이 아니잖아요."

송일파 무인들이 비정쌍부를 어이없다는 듯 쳐다보았다. 왜 자기들까지 묶어 가지고!

일부가 당유정에게 항의했다.

"우리는 백도무문의 정통 후계자로서 무림맹에 정식으로 가입도 되어 있소!"

당유정이 답했다.

"억울한 건 관아에 가서 말하시죠."

호문검이 노하여 칼을 뽑았다.

"도저히 말로는 안 되겠구나!"

송일파 무인들도 제각기 칼을 꺼내 쥐었다.

당유정이 팔짱을 끼더니 진헌을 돌아보았다.

"좋아. 가라! 동생아!"

진헌이 인상을 썼다.

"난 귀찮은 일은 안 한다고 했지."

"아까 저 아저씨들이 뭐라고 했는지 기억 안 나? 정말 그냥 두어도 괜찮겠어?"

남해검문이 어쩌고…….

진헌의 눈에 불이 켜졌다. 진헌이 번개처럼 발을 박차고 움직였다.

호문검이 검초를 펼치며 응대했다. 수 개의 검영을 만들어 전면을 보호하고 다가오지 못하게 하려 했다. 진헌의 주먹이 검영을 무시하고 들어갔다.

빼억! 호문검이 나가떨어졌다.

호문검은 일어나지도 못하고 꿈틀거렸다. 송일파 무인들은 얼어붙었다. 그들의 우두머리나 다름없는 호문검이 별 초식도 없이 한 방에 나가떨어졌으니 다른 이들이야 싸우지 않아도 결과가 뻔하다.

진헌이 송일파 무인들의 사이에 서서 스산한 목소리로 물었다.

"아까, 남해검문과 빙봉이…… 라고 함부로 입을 놀린 자가 누구지?"

송일파 무인들이 억울해했다.

'그건 우리가 아니……!'

* * *

당경과 진헌이 송일파 무인들을 줄줄이 묶었다. 산적들은 그저 멍하니 그들이 묶이는 걸 바라볼 따름이었다. 그 와중에 비정쌍부의 결박은 풀어 줌으로써 비정쌍부는 더 남들의 눈총을 받았다.

당경이 어떻게 할 거냐는 듯 당유정을 보았다.

"관아 가야지."

"근데 아까 저 삼촌이 한 말이 신경 쓰여서……."

신분을 밝혀야 하고 심문과 재판 과정을 거쳐야 하고, 무고도 확인해야 하고.

"으음."

당유정이 고민하자, 진헌이 살짝 빈정대듯 말했다.

"뭘 망설이는 거야. 아까는 그렇게 정의로운 것처럼 굴더니. 정작 귀찮아지려니 싫은 거야?"

"널 위해서였잖아."

"뭐?"

"잠깐 저쪽 가서 얘기하자."

당유정이 눈만 멀뚱하게 뜬 송일파와 산적들을 두고 멀

리 이동했다.

그들이 들리지 않을 거리에서 말했다.

"원래 우리는 널 만나려고 온 건 아니었어. 사천을 처음 나왔고, 남들처럼 강호행을 하며 세상 구경을 하고 싶었을 뿐이야. 독룡의 아들딸이라는 선입견에서 자유로워지고 싶어서."

"그런데?"

"네가 있는 걸 알게 됐고, 노리는 자도 있다는 걸 들었지 뭐. 그걸 어떻게 모른 척해. 네가 혹시나 잘못될까 봐 찾아서 지켜줘야 한다고 생각해서 남해로 온 거야."

진헌이 미간을 찌푸렸다.

"쓸데없는 오지랖 피우지 마. 내 집에서 그 남자가 나가기만 하면 바로 돌아갈 테니."

"그래. 그런 것 같아."

당유정이 힘차게 미소를 지었다.

"그러면 더 고민할 거 없네. 자, 그러니까 우린 여기서 이만 헤어지자."

"……."

진헌은 잠깐 이해가 되지 않아서 당유정을 쳐다보았다.

"뭐?"

당경도 소리쳤다.

"누나! 관아에 가서 우리 이름을 밝힐 생각이지? 반 시진도 안 돼서 아빠 친구들이 들이닥칠걸? 그럼 우린 꼼짝없이 집으로 잡혀가야 돼."

"응, 알아. 하지만 그 전에 아빠도 먼저 날아오시겠지."

당유정이 진헌을 보고 고개를 끄덕였다.

"네가 원하는 대로 집이 빌 거야. 집으로 돌아가면 밖에서 다니는 것보다는 훨씬 안전할 거고."

"뭐야…… 나 때문에 강호행을 포기하겠다고? 진심이야?"

"네가 말했잖아. 정의는 귀찮은 거라고. 때로는 노력과 희생도 필요한 법이지."

진헌이 저도 모르게 당경을 쳐다보았다. 당경은 울상이었다. 처음 집 밖에 나왔는데 벌써 돌아가게 된다는 사실에 낙심한 듯 보였다. 당유정이 위로하듯 말했다.

"경아, 힘내. 우리만 조금 포기하면 다들 원하는 대로 잘되는 거야. 헌이도 안전해지고, 산적들과 내통하던 문파도 잡았고. 아마 우리 정체를 밝히면 관아에서도 무시하지 못하고 조사를 하겠지."

"……."

당유정이 밝게 웃으며 진헌에게 포권했다.

"잠깐이지만 만나서 정말 즐겁고 행복했어. 우리, 언젠가 또 보자. 그때는 웃으면서 인사할 수 있기를 바라. 내 동생 헌아."

"……."

당경이 소리쳤다.

"누나!"

진헌은 기분이 이상해졌다. 차마 당유정에게 맞포권으로 인사 응대를 할 수가 없었다.

당경이 한숨을 쉬었다.

"하……. 누나 고집 완전 장난 아닌데. 내 인생 최초의 강호행도 끝이구나."

당경도 진헌에게 포권하며 작별을 고했다.

"아빠랑 마주치지 않게 얼른 가요, 형. 아빠 진짜 순식간에 올 거예요."

진헌은 이번에도 포권의 예를 다하지 못했다.

당유정과 당경이 돌아가서 산적들을 묶은 줄을 끌고 관아로 향했다.

"가자, 아저씨들. 오래 기다리게 해서 미안해."

산적들과 송일파 무인들이 줄줄줄 당유정을 따라 걸어갔다. 심지어 비정쌍부는 묶이지도 않았는데 묶인 것처럼 손을 모으고 산적들의 뒤를 따르고 있었다.

진헌은 그들의 뒤를 바라보고 있었다. 왠지 가슴이 먹먹했다. 형언할 수 없는 느낌이 들었다.

이대로…… 이대로 그냥 보내도 되는 건가?

'나 때문에…….'

"나중에 경이 만나면 잘해 줘."

"그럴 일 없어."

"경이는 최근까지도 내원 밖으로 못 나왔어. 독기 조절을 못 해서."

"민폐만 끼치는 남매들이로군."

당유정이 웃었다.

"이제 거기에 너도 있다."

그런데 벌써 이게 마지막이란 말인가?

정말로 이상했다. 남매랍시고 친한 척하고 귀찮게 굴어서 빨리 헤어지고 싶었던 건 진헌이었다. 한데, 막상 헤어진다고 하니 뭔가 자꾸만 마음이 불편해지는 것이었다.

진헌이 고민하는 사이에 당유정과 당경은 어느새 관아의 거의 앞까지 가 있었다.

진헌은 더 늦으면 후회할 것 같았다.

"잠깐!"

당경은 멈추었지만 당유정은 멈추지 않았다. 당유정이 당경이 잡은 오랏줄까지 대신 끌고 갔다.

진헌은 이를 질끈 물고 뛰어가서 당유정의 앞을 가로막았다.

"멈추라니까!"

진헌이 당유정이 쥔 오랏줄을 빼앗아서 자신이 들었다.

"근처에 친구가 있어. 그 친구의 문파에 도움을 청해 볼게."

"헌…… 아?"

당유정이 놀란 눈으로 진헌을 바라보았다. 눈에 왠지 눈물까지 살짝 어린 듯했다.

진헌은 무안해서 고개를 돌리고 앞장서서 걸었다. 얼굴이 화끈거려서 돌아볼 수 없었다.

당경이 진헌에게 뛰어왔다.

"고마워, 형."

"됐어. 내가 빚지기 싫어서야. 그리고 내게 나눠 준다는 것도 받아야 하니까."

"그럼 한마디만 조언해도 돼, 형?"

"조언?"

"우리 누나 굉장히 사악해. 사람은 진짜 착하고 좋은데, 이상하게 집착하는 거는 아빠를 닮았거든."

진자강을 닮아? 겉으로 보면 늘 생글생글 웃고 있어서 전혀 진자강의 성격을 닮았을 거라 생각하지 못했다. 하지만 자기도 진자강과 비슷한 성격이란 말을 듣고 사는데, 당유정이라고 다르겠는가.

"……?"

진헌은 약간 혼란이 왔다.

"난 솔직히 아빠보다 누나가 더 무서워. 형도 누나 손에 걸린 이상, 이제 뭐 그냥 형의 인생은 끝났구나…… 하고 생각해. 그럼 마음 편해."

당경은 그러곤 뒤로 물러나는 것이었다.

진헌은 무의식중에 뒤를 돌아보려 하였다가 멈칫했다. 고개가 반쯤 돌아갔는데 불안해서 더 돌릴 수가 없었다. 만약 당경의 말이 사실이라면…… 당유정의 얼굴 표정은 지금쯤…….

심한 갈등이 왔다.

하지만 진실을 외면할 수는 없는 일이었다!

어떤 상황에서든 물러나지 않는 것이 진자강이고 진헌도 그 피를 받았다.

진헌은 이를 악물고 고개를 돌려 뒤를 보았다.

당유정이 자기 입을 양손으로 막고 있었다. 그 표정이 아까 자신을 보며 풉 하고 웃었을 때와 똑같았다.

진헌이 오랏줄을 내팽개쳤다.

"에이 씨!"

*　　*　　*

진헌이 당유정에게 화를 낸 것과는 별개로 일 처리는 말한 바를 지켰다.

염가문(染家門).

예전에는 남해검문의 일원이었다가 남해검문의 행사에 반발하여 떨어져 나온 곳으로 덕분에 독룡에 의한 횡액을 면했다. 그러나 남해검문이 어렵게 되었을 때 도움으로써 의리를 지킨 오래된 가문이었다.

진헌이 주의를 주었다.

"아무리 당가와는 척을 지지 않았더라도 남해검문의 일파였어. 나에 대해서도 예전 이름만 알아. 그러니 입조심해. 당신들이 당가 사람인 걸 알면 그쪽이 어떻게 나올지 모르니까."

"알았어."

하지만 당유정은 다른 걸 기대하고 있었다. 진헌은 이제 당유정의 생각을 읽을 수 있을 것 같은 기분이 들었다.

"옛날 이름이라면, 아명이겠네?"

"그럴 줄 알았다. 듣고 웃지 마. 웃으면 죽인다."

"응. ……응? 왜? 왜?"

진헌은 대답 없이 곧바로 스무 명 가까운 이들을 묶은 채로 염가문의 장원 앞으로 걸어갔다. 문지기가 놀라서 안쪽에 보고를 했다.

전갈을 받은 염가문의 염웅이 반갑게 진헌을 맞이했다.

"아니, 이게 누구야. 추몽이가 아닌가!"

"오랜만이네, 친구!"

진헌의 아명이 어떤 건지 기대했던 당유정은 의외라는 표정을 지었다.

"추몽(秋夢)?"

생각보다 이상한 아명은 아니었다.

"추몽……."

당유정이 다시 한번 읊자 당경이 옆에서 중얼거렸다.

"괜찮은데? 추몽. 근데 왜 웃지 말라고 한 거지?"

남자아이인 당경은 모르겠지만 당유정은 그 말이 어디에서 연유했는지 알 것 같았다.

석류꽃 활짝 핀 밖 환하기도 하네.

石榴開遍室外明

무정한 저 꾀꼬리는 속절없이 울기만 하고

無情鶯叫嘰嘰喳喳

부질없는 주렴을 열어 하염없이 님을 기다려 보지만

麻搭珠簾撩以待

내 마음은 끝나지 않는 가을의 꿈이어라.

秋夢未完我的心

한때 규방에서 유행한 작자 미상의 시였다. 실패한 첫사랑을 어설프고 미숙하지만 생명력이 가득한 봄의 꿈에 비유하고, 이별 후에 과거를 그리워하는 마음을 가을의 꿈에 비유하여 큰 호응을 받았다.

당유정도 첫사랑에 실패하고 훌쩍훌쩍하면서 춘하추동몽(春夏秋冬夢)의 시 네 편을 밤새 외운 적이 있었던 것이다.

진헌의 아명을 추몽으로 지은 것은, 아마도 진자강을 향한 손비의 마음이 아니었을까.

그래서 당유정은 우습기보다는 손비의 마음이 전해져서 오히려 동병상련의 아픔을 느꼈다.

인연은 늘 꼬이고 삶은 마음대로 되는 것이 없어서 더욱 슬픈 법이었다. 진헌이 추몽이란 아명으로 불리다가 철이 들었을 때 그 말의 의미를 알고는 얼마나 서운했을지 이해할 수 있었다.

어쩌면 더 큰 사고를 치지 않은 것만으로도 대견한 일인지도 모른다.

당유정은 왠지 모를 뿌듯한 기분이 들어 작은 미소를 짓고 진헌을 바라보았다.

진헌과 인사를 주고받던 염웅이 뒤쪽을 보았다. 송일파 사람들과 산적들, 그리고 당유정과 당경을 차례로 보며 의아한 빛을 띠었다.

"그런데 여기 이분들은 누구……."

당유정은 상념에서 현실로 돌아왔다. 나름 사천을 처음 나와 만난 또래의 청년 무인인데 출신을 당당히 밝힐 수 없는 것에 살짝 아쉬움이 남았다. 게다가 염웅은 남자답게 선이 굵고 잘생긴 편이어서 아쉬움이 더했다.

"안녕하세요. 화란이라고 불러 주세요. 추몽이와는 아주 오래전부터 누나 동생 사이죠."

화란이에요, 가 아니라 화란이라고 불러 달라는 건 본명을 드러내지 않겠다는 의미이기도 하다.

염웅이 빠르게 알아채고 포권했다.

"아아, 화란 소저셨군요. 추몽이가 어디서 이렇게 멋진 소저를 알고 있으면서도 얘길 안 했을까요. 하하하."

당경도 자신을 '지수'라고 소개했다. 당유정은 엄마의 이름을 따서 화란이라고 가명을 지었고 당경도 지존수라의 별호를 따서 지수라고 한 것이다.

문득 염웅이 의아한 표정을 지었다. 같이 있는 세 사람이 왠지 닮아 보였던 것이다.

"굉장히 닮으셨네요."

"어머, 그런 얘기 많이 들어요. 호호. 그래서 남매라고 하는 분들도 있어요."

염웅이 웃었다.

"하하. 이 친구도 미남인데 소저의 옆에 있으니 푹 꺼진 수세미를 닮았네요. 하하하."

진헌이 퉁명스럽게 말했다.

"수세미가 그리 쉽게 꺼지던가?"

"내가 누르고 있으면 되지. 하하하."

진헌은 코웃음을 쳤다.

"넉살은 여전하군. 부탁할 게 있어 왔네."

사람이 잔뜩 몰려왔다 하니 곧 염가문의 사람들도 하나 둘 모습을 드러냈다.

"아니, 호문검 대협!"

"송일파? 대체 이게 무슨 일이오."

호문검은 점혈로 입을 막아 놓아 대답을 할 수가 없는 신세였다.

진헌이 말했다.

"산적들의 습격을 받았는데, 송일파가 산적들과 내통한 정황을 발견했습니다."

"허어, 송일파가?"

염가문의 어른들이 서로를 쳐다보았다.

"그 말이 사실이라고 해도 산적들과 함께 묶어 놓는 것은 예의가 아닐세. 산적들은 광에 가두고 송일파 분들은 잠시 마당의 그늘에 모시게. 그리고 자네들은 안으로 들지. 가주님을 모시고 천천히 얘길 들어 보세."

당유정은 뒤로 손짓했다. 고개를 돌리고 구석에 얼굴을 박고 있던 비정쌍부를 불렀다.

"아저씨? 안 가요?"

산적들이 비정쌍부를 노려보았다.

"하아."

비정쌍부는 한숨을 푹 내쉬고 터덜터덜 일어나서 당유정을 따랐다.

"갑니다, 가요."

*　　*　　*

염가문의 가주는 염량이라는 팔십 대의 노인으로 강호에서 침사검(沈思劍)이라 불리고 있었다. 사람이 신중하고 도의가 있어서 함부로 행동하지 않는다는 뜻이다.

나이가 들고 허리가 굽었지만 의협심은 여전해서 진헌의 설명을 듣고는 깊이 탄식을 내뱉었다.

"송일파는 오래전부터 뿌리가 있던 문파는 아닐세. 한

십여 년 전에 무림맹이 재건된 후에 자리 잡은 문파이지. 기존에 있던 토착 문파들과 상당한 갈등을 빚기도 하였네."

가주 염량이 옆의 가신들을 보고 물었다.

"우리하고도 문제가 몇 번 있었지, 아마?"

"그렇습니다. 무림맹에 계속 중재를 요청하는 바람에 상당히 곤혹스러웠던 적이 있지요."

"그랬다네."

당유정과 당경이 서로 눈빛을 주고받았다. 역시나 의심스럽더니 이유가 있었다.

진헌이 포권하며 부탁했다.

"정황은 확인하였으나 외부 사람인 제가 나서기에는 어려움이 많아 저들을 관아에 넘기려 하는데, 도와주십사 염치 불고하고 찾아뵈었습니다."

그런데 옆에서 당유정과 당경이 '염치 불고하고'란 진헌의 말을 듣더니 굉장히 불편해했다. 진헌이 왜 그러냐는 듯 쳐다보니 당경이 아니라고 고개를 막 저어 보였다.

이상한 일을 한두 번 하는 것도 아니고 하여 진헌은 무시했다.

염량이 주변의 식솔들과 가신에게 의견을 물었다. 식솔들과 가신들이 다소 꺼려 했다.

"확실하지도 않은 일로 저희가 나섰다가 역풍을 맞게 될까 우려됩니다."

"명확하게 하자면 송일파를 찾아가 증거를 확보해야 하는데 송일파의 반발이 적지 않을 것입니다."

"게다가 녹림과 관계가 있다면 후에 보복을 감당해야 합니다. 작건인 비정쌍부야 그렇다 쳐도 응건(應巾)급이 나서서 녹림도들을 끌고 오면 어려운 싸움을 해야 합니다."

"만약 응건을 쳐 내더라도 노조건(老雕巾)이 있고, 그러면 녹림도의 숫자 단위가 수천을 넘을 게 분명하니……."

응건은 한 성의 책임자고, 독수리 깃털을 꽂은 노조건은 구주 각각의 지배자다. 남해의 중소 문파인 염가문이 감당할 수 있는 수준은 아니다.

진헌의 친구인 염웅이 나섰다.

"언제부터 우리가 불의를 보고도 불이익을 우려하여 싸우지 않았습니까. 우리에게도 남해에서 뜻을 같이하는 문파들이 있습니다. 녹림이 몰려온다면 합심하여 싸워서 이겨 낼 수 있습니다."

가신들이 더욱 우려가 깊은 표정으로 만류했다.

"남해의 문파들은 남창의 혈사를 버텨 내고 이제 겨우 회복하고 있다. 이런 마당에 확실하지 않은 일로 가운을 걸 수는 없지 않으냐."

"확실하지 않다면 확인해 보면 될 일이지요. 제가 직접 송일파로 가겠습니다."

염웅의 굳건함도 대단했다.

당유정의 눈에는 염웅에게서 빛이 나는 것처럼 보였다. 저렇게 뚜렷한 협의를 가지고 자기주장을 하는 이가 또 있을까.

아쉽지만 당가대원에서는 그만한 이는 보기 어려웠다. 규칙에 너무 얽매여서 쉽게 깨뜨릴 수 없었고, 무엇보다 다들 천하제일고수 진자강과 천하제일가문의 가주 당하란의 기세에 눌려 있는 편이었다. 진자강과 당하란의 일 처리가 명확하고 무류(無謬)에 가깝다 보니 반발 없이 따르는 경우가 많았다.

그래서인지 자기주장을 내세우는 염웅의 모습이 생소하면서 멋져 보이기도 했다.

염웅의 옆에서 염웅과 닮은 중년의 남자가 나섰다. 염웅의 부친 염기상이었다.

"웅이의 말이 일리가 있습니다. 확인해 보면 될 일입니다. 우리가 두려운 것은 무림맹의 간섭과 다소의 귀찮음이지만, 녹림과의 결탁으로 인한 민초의 어려움에는 생존이 달려 있습니다."

그의 말에는 반발하던 어른들조차 다들 고개를 끄덕였다.

가주 염량이 물었다.

"그러고 보니 비정쌍부는 상당한 고수인데, 그를 잡은 것이 누구인가? 거기 소저인가? 혹 남매지간인지? 묘하게들 닮았구먼."

당유정이 재빨리 당경을 앞으로 밀었다. 당경이 얼떨결에 나서서 포권했다.

"제가 잡았습니다!"

"허어, 저리 젊은 소협이?"

"대단하군."

"이름이 무엇인가?"

"강호에 초출이라 아직 많이 부족합니다. 지수라고 합니다."

당유정의 뒤에서 꿇린 채로 듣고 있던 비정쌍부가 픽 하고 웃었다.

"누가 날 잡아? 웃기고 자빠……."

당유정이 지긋하게 비정쌍부의 허벅지를 밟았다. 비정쌍부가 하품을 하며 재빨리 말을 이었다.

"져 자고 싶네요. 저는."

염가문의 사람들이 이상한 눈으로 비정쌍부를 쳐다보았다. 비정쌍부는 그들의 시선을 받으며 눈을 부라렸다.

"뭘 봐!"

염량이 허허 웃으며 비정쌍부를 타일렀다.

"강호에서는 굳이 밝히고 싶지 않다면 넌지시 모른 척 넘어가 주는 것도 예의라네."

"아, 예예."

염웅의 부친 염기상이 말했다.

"상황은 알았으니 자네들은 잠시 나가서 쉬고 있게. 이제 우리가 결정을 하여 알려 주겠네. 그 흉악한 산적도 데려가고."

염기상의 시선이 당유정과 잠깐 마주쳤다. 당유정은 떨떠름했지만 고개를 살짝 숙였다. 왠지 염기상이 웃고 있는 듯했다.

* * *

회의가 길어졌다. 가문의 존망이 달린 만큼 쉽게 결정할 수 없는 일이었다. 호문검도 불려 가고 산적들도 몇몇이 불려들어가기도 했다.

한참 뒤에 염웅이 나왔다.

초조하게 기다리고 있던 세 사람이 벌떡 일어났다.

다소 피로한 얼굴로 염웅이 손을 치켜들며 웃었다.

"됐네! 이번 일, 우리 염가문이 책임지고 진행할 거야!

산적과 결탁한 증거 수집을 비롯해서 관아에 넘기는 일까지 전부."

세 사람은 환호를 지를 뻔했다.

"고마워, 웅이!"

"잘됐다!"

"감사합니다."

염웅이 웃었다.

"하하. 당연히 정파로서 해야 할 일인걸요."

염기상도 곧 나왔다. 셋이 염기상에게 감사 인사를 했다. 염기상이 끄덕이면서 말했다.

"자네들, 시간을 좀 내주겠나? 잠시 얘기를 하고 싶은데."

"저희와요?"

당유정과 당경, 진헌은 어리둥절했다. 살짝 불안한 마음이 들었다.

*　　*　　*

"그를 닮았군."

흐에엑!

염기상이 툭 던진 그 말에 당유정과 당경, 그리고 진헌까지 소스라치게 놀랐다. 다행인 것은 이 방에는 염기상과 세 사람밖에 없다는 점이었다.

"사실 추몽 자네를 보고도 비슷하다는 생각은 했었네만, 굳이 캐묻지는 않았지. 지금도 마찬가지일세. 자세히는 묻지 않겠네. 그런데 내 이 이야기만은 해 주고 싶어 자네들을 불렀네."

염기상이 물었다.

"남해검문에 속해 있던 우리 염가문이 어떻게 살아남았는지 혹시 아는가?"

진헌이 염웅과 친구라고 해도 일 년에 나오는 날이 몇 번 되지 않는다. 자신의 정체도 밝히기 어려운 마당에 깊은 이야기를 할 사이까지는 되지 못했다.

"떠도는 소문으로, 남해검문의 행사에 반발하여 나왔다고만 들었습니다."

진헌의 답에 염기상이 말했다.

"당시에 내가 가주님과 어른들을 설득했네."

"예?"

당시에, 라고 했다. 그 말이 의미하는 것은…….

염기상이 옛일을 회상하듯 시선을 위로 하고 말했다.

"모든 개개인에게는 각각의 정의가 있다. 각각의 정의가 합하고 갈라져 거대한 대의가 이루는 것이 올바른 협의 기준이다. 강호는 누구 개인의 것이 아니라 우리가 곧 강호를 지탱하는 뿌리이니, 강호를 바꿀 수 있는 것은 결국 우리 자신이다."

진자강의 과거를 달달 외다시피 하고 있는 당경은 염기상의 말에 소름까지 끼쳤다.

그건 해월 진인으로부터 진자강에게로 이어진 계지가 아닌가!

"그가 나와 같은 젊은 무인들을 앞에 두고 하신 말씀이었네. 나이는 나와 비슷하였으나 존경스러웠네. 굉장한 울림이 있었지. 몸에 열이 달아올랐어. 나를 비롯한 몇몇 친구들은 술집에 앉아 며칠을 마시고 또 마셨네. 그런데도 충격은 사라지지 않았고 뜨거워진 마음이 식지 않았네. 부끄럽지만 울기도 했네. 왠지, 이해할 수 없는 거짓된 세상의 이면에 숨어 있던 진실을 안 듯한, 그런 기분이었지. 눈물이 한동안 그치지 않았어."

염기상이 그때를 생각하면 아직도 격정이 차오르는 듯 눈을 감았다.

"그 이면을 알기까지 그는 얼마나 많은 고초를 겪어야 했을까. 그런 그에게 올바른 뜻을 전수한 진인께선 또 얼마나 오랫동안 모진 세상의 시선을 혼자 견뎌 내어야 하셨을까……. 실로 큰 사람들이었네."

염기상은 희미하게 미소 짓고는 고개를 내렸다.

"그래서 돌아와 죽을 각오로 어른들을 설득했네. 다행히도 집안 어른들은 내 말을 믿고 어려운 결정을 내려 주셨네."

그렇게 염가문은 살아남았다. 하지만 윗사람들을 설득하지 못한 다른 친구들의 가문은 말할 것도 없이 남창의 무림총연맹에서 한 줌 독수가 되었을 것이다.

"아아……."

저도 모르게 감탄을 한 당경이 급히 입을 막았으나, 염기상은 개의치 않았다.

당유정이 조심스럽게 물었다.

"저…… 그런데 그런 말씀을 왜 저희에게 해 주시는지……."

"최근에 그에 대해 나쁜 소문이 도는 것은 나도 알고 있네. 아마 자네들도 들었겠지."

"그건 그렇지만 저희는 어…… 그분하고는 딱히…… 헤헤."

천하의 당유정도 웃음으로 말을 얼버무릴 수밖에 없었다. 염기상이 빙긋 웃었다.

"그저 말해 주고 싶었던 거라네. 그를 아는 사람이라면 누구도 그 소문을 믿지 않을 거라는 걸. 시대의 도덕적 기준으로 그는 천하의 대살성일지 모르나 결코 악한 사람은 아니었다는 것을."

대살성과 악한 자는 서로 모순되는 말이 아니다.

전장에서 수천, 수만을 죽인 장군이 환호를 받고 도적을 토벌한 왕이 성군으로 인정받는 것처럼.

"실제로 그는 매우 담백한 사람이었지. 속마음을 숨기려 하지도 않았고 거짓으로 치부를 감추려 하지도 않았네."

당유정은 진헌을 힐끗 보았다. 진헌은 염기상의 말에 무언가 깊이 생각에 잠긴 모습이었고, 당경은 눈을 반짝반짝 빛내는 중이었다.

"자. 내 얘기는 여기까질세. 피곤할 텐데 너무 많은 얘기를 했군."

말을 마친 염기상이 셋에게 고개를 끄덕여 보이곤 나가려 하였다. 당유정은 황급히 그를 불렀다.

"저……!"

"할 말이 남았는가?"

"저희랑 저…… 별로 상관은 없는 분 얘기였지만…… 위로해 주셔서 감사합니다."

"위로라……."

염기상이 빙긋 웃었다.

"내가 받은 걸 돌려주는 것뿐일세. 자네를 보니 그때 옆에 계셨던 분도 생각나고 해서."

염기상이 웃으며 방을 나갔다.

당유정은 금세 염기상이 말한 옆에 있던 사람이 누군지 깨달았다. 당하란이다. 당유정은 염기상이 나간 뒤에 다리가 풀린 것처럼 털썩 의자에 앉았다.

"하아……. 미처 생각 못 했다. 아빠와 엄마를 동시에 본 사람이 있을 줄이야. 그렇겠네. 헌이는 아빠를 닮았고 나는 엄마를 더 닮았으니까 둘을 같이 보면…… 하아."

진헌은 묵묵히 있었고 당경은 되물었다.

"나는?"

"너는 중간. 그냥 엄마 아빠 다 닮았어."

잠깐의 침묵이 흐른 뒤에 당유정이 물었다.

"있잖아. 분명히 우릴 알아보신 거 맞지?"

당경이 생각 없이 대답했다.

"모르면 이상하지. 만나는 사람마다 닮았다고 다 물어보잖아."

그제야 진헌도 한마디 했다.

"애초에 우리가 숨기고 다니는 게 불가능한 거 아냐?"

세 사람은 서로의 얼굴을 쳐다보았다. 분명히 그 말대로였다. 왠지 숨기려고 해도 별 의미가 없는 것 같은 기분이 들었다.

*　　*　　*

회의가 늦게 끝났기 때문에 당유정들은 손님으로서 염가문에 하루를 묵기로 했다.

당유정은 잠이 오지 않아 밖으로 나왔다. 작은 연못이 딸린 정원이 있었다. 수국이 환하게 피어 있는 정원을 천천히 걸으며 복잡한 생각을 정리했다.

산적들을 관아에 넘기고 송일파도 조사하겠다는 약속을 받아 냈지만, 뭔가를 이뤄 낸 기분은 들지 않았다.

"내가 한 게 아니었어."

당가대원에서와 다를 바가 없었다. 거기서나 여기서나 결국은 독룡의 딸이기 때문에 자기 자신을 마음껏 드러내지 못하고 있었다. 산적과 송일파도 남의 손에 뒤처리를 맡기고 말았다. 도움을 받았다기보다는 자신이 해야 할 일을 미룬 것처럼 생각되었다.

"이런 건 내가 원하던 게 아냐."

진헌의 마음도 이해가 되었다. 상황은 다르지만 독룡이란 꼬리표가 다리를 붙들고 있는 건 마찬가지였다.

당유정이 뒷짐을 지고 사뿐사뿐 연못을 돌고 있는데, 염웅이 나타났다.

"아, 이런. 방해가 됐습니까, 화란 소저?"

"아뇨. 괜찮아요."

염웅은 손에 든 호리병을 살짝 감추려 했다.

"뭐예요?"

염웅이 얼굴을 붉혔다.

"싸구려 술입니다. 저는 추몽이 나와 있을 줄 알았는데."

"술이요?"

당유정은 잠깐 고민하는 듯하다가 손을 내밀었다.

"주세요."

"네? 하지만 이건 소저가 마실 만한 술은……."

"술을 마시면 시름을 잊을 수 있다면서요. 시성(詩聖)의 시구에도 있잖아요."

앞마을 산길은 험준한데

前邨山路險

대구를 염웅이 읊었다.

"취하여 돌아오니 근심이 없구나(歸醉每無愁)."

염웅은 자격이 있다는 듯 술병을 내밀었다. 당유정은 손에 들고도 갈등하다가 한 모금을 들이켰다.

"켁켁! 써!"

염웅이 웃었다.

"하하하. 근심이 별로 없으신가 봅니다."

"켁켁켁. 왜요?"

"술은 근심이 많을수록 달아진답니다."

"콜록콜록, 그래요?"

당유정은 다시 한번 술병을 노려보더니 입술에 대고 아주 천천히 마셨다. 달빛에 한 방울의 술이 반짝이며 고운 턱을 타고 흘렀다. 염웅은 잠깐 정신이 나간 듯 당유정을 보았다가 금세 고개를 흔들어 털었다.

"카하아……."

당유정은 아저씨들처럼 크게 헛숨을 내쉬었다. 하지만 여전히 얼굴은 찌푸린 채였다.

"써어!"

"하하하. 미안합니다. 너무 거칠어서 처음 마시는 사람이 마시기 적합한 술은 아닙니다."

"처음인 줄은 어떻게 아셨어요?"

"추몽이를 처음 만났을 때와 똑같아서요. 그 친구도 술을 전혀 하지 못했었지요. 꼭 화란 소저 같았습니다."

"이런 술을 왜 마셔요?"

당유정에게서 술병을 건네받은 염웅이 가볍게 마셨다.

"후우! 좋은 술은 아니지만, 그래서 더 좋지 않습니까?

좋은 술을 먹기에 우린 아직 이른 나이니까요."

"하지만…… 술기운에 취해서 실수를 하면 어쩌죠?"

"실수는 당연히 하게 되죠. 하하하."

"후웅. 그럼 안 되는 거 아닌가……."

이번엔 염웅이 되물었다.

"왜요?"

당유정이 입술을 삐죽 내밀곤 고개를 좌우로 까딱였다.

"가문의 명예를 실추시키는 행동을 할 수도 있고…… 주사를 부리면 다른 사람들이 곤란해할 수도 있고……."

"실수를 하지 않는 사람이 어디 있습니까. 사람이니까 실수도 하고 부모도 못 알아보고 할 수도 있죠."

"네?"

염웅이 진절머리가 난다는 듯 고개를 절레절레 내저었다.

"술 때문에 많이 맞았습니다. 부모님도 못 알아보고 덤비다가요. 무공을 익힌 주제에 밖에서 자다가 얼어 죽을 뻔도 했고요. 덕분에 지금은 아무리 취해도 잠은 방에 들어가 잘 잡니다."

"그래도…… 괜찮아요?"

염웅은 마치 그의 부친인 염기상처럼 빙긋 웃었다.

"아버님이 그러시더라고요. 사람은 실수를 통해 배운다

고. 특히나 타고난 사람이 아니고 저처럼 평범한 보통 무인들은 더 그렇다고요. 그러니까 소저도 실수할까 봐 너무 걱정하지 마십시오."

"하지만 그러면 누군가가 내가 저지른 일의 뒤처리를 해야 하잖아요. 예를 들어 친구라거나 부모님이라거나 사문이라거나……."

"사람은 다들 그렇게 삽니다. 신세도 지고 가끔은 피해도 끼치고. 친구도, 부모님도 다들 마찬가지였을 겁니다. 누군가가 도와주지 않으면 인간은 살 수 없어요."

당유정은 눈을 휘둥그레 떴다.

"아……."

생각해 보니 아빠인 진자강도 그러했다. 힘도 없고 어린 시절에 도와준 이가 없었다면 진자강은 지금 살아 있지 못할 거라고 계속 말했다. 언제가 되더라도 운남 약문의 후손들을 만나면 그들에게 무공을 전하고 감사를 전해야 한다고, 아직까지도 입버릇처럼 말하는 진자강이었다.

"그리고 소저 역시 나중에 시간이 지나면 누군가에게는 똑같이 베풀게 되겠죠. 그러니까 괜찮습니다."

당유정은 염웅을 빤히 올려다보았다.

"나한테…… 실수해도 좋다고 하는 사람이 있을 줄 몰랐어요."

거짓말이 아니라 사실이었다. 당가대원에서는 실수할까 봐 매사 조심하고, 부모의 명예를 더럽히지 않도록 조심해야 했다. 임무 중에 조금씩 농땡이를 부린 건 당유정이 할 수 있는 한도에서 최대한의 반항이었다.

그런데 염웅은 당당하게 실수해도 좋다고 한다. 당당하게 뒤를 맡기라고 한다.

성공하란 말이 아니라, 실수해도 좋다는 말이 왜 이렇게 큰 위안이 될까. 당유정은 코끝이 찡해졌다.

염웅이 화들짝 놀라 말했다.

"아앗, 울지 마십시오. 누가 보면 제가 소저를 울린 줄 알잖습니까."

"울린 거 맞잖아요."

"그러다 제가 맞아요. 이 나이 돼서 철없이 소저 울린다고."

"치이."

염웅의 너스레에 당유정도 웃었다.

"많이 힘들어하시는 걸 보니 소저의 주변에는 대단한 분들만 있는 모양이군요."

"맞아요. 그래서 더 갑갑해요."

"괜찮습니다. 그분들도 숨기고 있지만 어렸을 땐 다 실수하고 혼나고 그러셨을 겁니다."

당유정은 술기운이 살짝 올라서인지 뺨이 붉어졌다.

"고마워요……."

"기분은 좀 나아졌습니까?"

"네. 덕분에. 아직도 내가 실수하면 안 된다는 생각은 여전하지만요."

"그건 술이 부족해서 그런 겁니다. 하지만 안타깝게도 오늘은 이것뿐이군요."

염웅의 넉살에 당유정도 미소가 지어졌다. 술이 아니라, 사람이 당유정의 마음을 풀어 주고 있었다.

그리고 그 둘의 대화를, 별당에 들어오는 수화문 뒤에서 진헌이 듣고 있었다.

진헌은 팔짱을 끼고 가만히 듣고만 있었다.

'실수라…….'

실수에 대해서는 생각해 본 적이 없었다. 살아온 내내 주변인들 대부분은 진헌의 행동에 관대했다. 아마 독기를 다루는 걸 빨리 깨친 덕에 가장 큰 시름을 던 탓일 수도 있었다.

덕분에 진헌은 자신이 독룡의 서자라는 걸 밝히지만 않으면 상당히 자유롭게 살 수 있었다. 그것이 가장 큰 멍에였을 뿐이다.

하지만 자신이 만약 독룡이나 당가주 같은 거물과 같은 집에서 살았다면, 아마 진헌도 당유정만큼의 압박을 받고 살았을 터였다. 아니라고 자신할 수가 없었다.

'서로가 짊어진 짐은 달라도 무게는 같다는 건가.'

진헌은 당유정의 마음을 조금은 이해할 수 있을 것도 같았다.

당유정과 염웅은 이제 분위기가 많이 풀어져서 도란도란 이런저런 얘기를 하는 중이었다. 염웅은 친구라고 했지만 진헌보다 나이가 두 살 더 많고 당유정과도 동갑이라 잘 어울릴 수 있을 터였다. 진헌은 씁쓸한 웃음을 지으며 자리를 비키려 하였다.

그런데 그때, 염웅이 말했다.

"화란 소저와 이야기를 하니 훨씬 좋습니다. 추몽이는 과묵해서 말없이 술만 마시는 편이거든요."

"아 참, 근데요."

당유정이 생각난 듯 물었다.

"그럼 추몽이는 대체 언제부터 술을 마셨다는 거예요?"

"몇 년 됐지요. 아, 이건 우리끼리의 비밀…… 인가요? 어라, 화란 소저 표정이 조금 이상하신 거 같은데요. 웃는…… 건가요?"

그 말에 진헌의 얼굴이 달아올랐다.

약점 잡혔다.

*　*　*

당경도 쉽게 잠이 오지 않았다. 당가대원이 아닌 강호의 다른 문파 장원에서 맞는 첫 밤이었다.

두근두근. 당경은 당유정과는 다른 의미로 설레었다.

형도 생기고 염가문과의 친분도 생겼다. 방구석에서만 꿈꾸던 강호행이 현실로 이루어졌다.

"이제 시작이야."

당경은 품에서 서신을 꺼내었다.

최근에 금룡대협에게 또다시 답장을 받았는데, 너무 좋은 말들이 있어 버리지 않고 갖고 있었다.

일전에 당경이 보낸 서신의 내용은 다음과 같았다.

존경하는 벗 금룡대협에게.

본좌는 오늘 모처럼 즐거운 협행을 하였소. 수십 명의 악인을 처단하여 세상에 정의가 살아 있음을 보이고, 숨겨진 비화를 찾아 감춰진 과거를 규명하였소. 길고 긴 시간의 폐관 수련으로 인하여 아직은 강호가 어색하나, 조금씩 익숙해지는 기분이오.

하나, 아직도 본좌는 고심하고 있소.

과연 이대로 세상에 나를 알리는 것이 옳은가. 그

로 인해 잘못될 것들은 어찌 수습해야 하는가.

세상이 나를 감당하지 못할까 그것이 가장 두려운 일이오.

별빛이 총총하여 오늘도 잠이 오지 않는구려.

일전의 도움에 감사하오.

언젠가 본좌도 금룡대협의 호의에 반드시 보답할 날이 올 것이오.

금룡대협이 그에 대한 답을 이렇게 보내왔다.

친애하는 벗, 지존수라여.

나의 작은 도움이 벗에게 이로움을 주었으니 기쁘기 한량없네. 자네의 협행은 또한 매우 반가운 소식이었네.

하지만 강호행에 나선 뒤로 무림의 걱정에 잠을 이루지 못한다는 말에, 자네의 협의지심에 다시 한번 숙연해지지 않을 수 없었네.

내 감히 권하노니, 물러서지 말게.

오늘 걷지 못한 한 걸음은 내일 열 보를 후회하게 만들고, 오늘 내디딘 한 걸음은 내일의 스무 걸음이 된다네.

설사 강호가 그대를 감당하지 못한다면, 그것 역시 강호가 치러야 할 업인 걸세. 그때에는 단연코 내가 자네를 도와 업을 짊어지겠네!

나의 벗, 지존수라여. 선택은 자네의 몫이지만 그대라면 어떤 어려움이 닥치더라도 이겨 내리라고 믿네.

걷고 또 걸어서 강호에 자네를 알리게. 그리고 그때가 오면 지존수라. 내 감히 벗에게 청컨대.

세상에서 가장 멋진 대업을 함께 도모하자 손을 내밀고 싶네.

당경은 서신을 몇 번이나 읽고는 뿌듯한 기분으로 침상에 누웠다.

매일 별채에만 갇혀 있던 당경은 사람이 고팠다. 세상이 어떻게 돌아가는지 누나에게만 듣는 것으로는 부족했다. 그러다가 우연히 당가에 찾아온 손님으로부터 유생들의 서신 교환에 대해 들었다.

본래 이 서신 교환은 선생이 없고 생활이 어려운 유생들을 돕고자 유명한 학사들이 자신의 정체를 숨기고 서신으로 조언을 해 주던 데에서 시작하였다. 그러다가 점점 규모가 커져 나중에는 아예 누군지 모르는 이와 서로의 시와 생각을 교환하는 식으로 발전하였다.

어차피 심심하여 할 일이 없던 당경은 무기명 서신 교환에 동참했고 몇 번의 서신을 교환하였다. 그러나 문장에 조예가 없어 주로 무공 초식에 대한 글을 쓰는 바람에 유생들에게는 거의 답장을 받지 못했다.

그때에 답장을 보낸 것이 금룡대협이었다.

처음엔 무공, 특히 아빠 독룡의 무공에 대해 많은 얘기를 주고받았고 그러다가 마음이 통했다. 신분을 굳이 드러내고 싶지 않았던 당경으로서는 자신의 나이와 정체가 탄로나는 것이 가장 애매하였는데, 연락하는 방식도 매우 간단했다. 지정 표국에 전하면 파발을 통해 연결이 되는 형태였다.

이후 당경은 금룡대협과 서신을 주고받으며 친분을 쌓았다. 그게 벌써 칠팔 년 동안 이어진 일이었다.

*　　*　　*

당유정과 당경, 진헌은 염가문의 아침 식사 자리에 참석했다. 많은 식솔들 수십 명이 모여서 함께 밥을 먹었다. 격식이 있는 자리도 아니고 딱히 당유정들을 위한 자리도 아니었다. 염가문에 머무르던 여러 식객들도 함께하고 있어서 같이 밥을 먹는 것이 이상하지는 않았다.

하나 남들의 시선을 받지 않을 수는 없었다. 일단 당유정이나 진헌의 외모부터가 상당하기 때문에 수많은 이들이 눈길을 주었던 것이다. 당유정에게도 여러 젊은이들이 말을 걸어왔다. 통성명을 하고 안면이라도 익혀 두려는 듯했다. 당유정은 그때마다 화란이라는 이름으로 자신을 소개해야 했다. 염웅이 당유정의 옆으로 와 앉고 나서야 조금 질문 세례가 줄었다.

"예전에는 추몽이가 그랬지요. 저 친구가 찾아올 때마다 본 가의 소저들이 밤잠을 설렌다고들 할 정도였죠."

진헌은 묵묵하게 혼자 밥을 먹고 있다가 자기 얘기가 들리자 고개를 들고 째려보았다.

"지금은 말을 안 거는데요?"

"여자에게 관심이 없는 걸 알아서지요. 여자들에겐 더더욱 무뚝뚝하기가 이를 데 없는 친구라 본 가의 소저들이 마음의 상처를 많이 입었습니다. 하하."

진헌이 한마디 했다.

"쓸데없는 소리 하지 마."

염웅은 저거 보라는 듯 어깨를 으쓱하고 말했다.

"화란 소저는 앞으로 계획이 있으십니까?"

"글쎄요. 아직 잘 모르겠어요."

"괜찮으시다면 좀 더 계셔도 됩니다. 실력 좋은 고수가 한 분이라도 더 계시면 든직할 겁니다."

"어머, 저 고수 아니에요. 염 대협께서 저를 지켜 주셔야죠. 호호호."

당유정의 말에 진헌의 표정이 일그러졌다. 그러나 당유정과 염웅은 진헌을 무시하고 즐겁게 대화를 나눴다. 당경도 생각 외로 사교성이 좋아서 옆에 있는 이들과 잘 어울리는 중이었다.

*　　*　　*

식사를 마친 당유정은 할 말이 있어 아침 일찍 광에 갇힌 비정쌍부에게 갔다.

"아저씨. 이따 여기 분들이 관아로 모시고 간다니까 그때도 협조 잘 부탁해요."

비정쌍부가 멀뚱하게 당유정을 보았다. 그러다가 당유정이 광을 나가려고 하자 당유정을 불렀다.

"저기요."

"유언 같은 거 안 남기셔도 돼요. 아저씨는 최대한 선처해 달라고 부탁드려 놨어요."

"뭐, 여기 찌끄레기들은 뭐 하든 별로 관심 없고요. 그냥 혹시나 해서 하나만 여쭙는 거여요. 제가 정말로 밤—새 생각하고 고민해서 물어보는 건데요."

비정쌍부가 다른 산적들에게는 들리지 않게 전음으로 당유정에게 물었다.

「혹시 독룡하고 관계된 분들 아니시죠? 그분의 아들딸이라거나…….」

염기상이 훅 던진 말에 놀랐던 것처럼, 일개 산적의 입에서 같은 말이 나오니 당유정도 놀라지 않을 수 없었다. 어떻게 비정쌍부의 입에서 그 같은 말이 나온 것인지도 의아할 지경이었다. 당유정은 태연하게 아니라고 말을 하려 했지만 아주 짧은 순간의 침묵에 비정쌍부는 눈치를 챈 듯했다.

비정쌍부가 벌떡 일어나서 소리를 질렀다.

"망— 했— 어! 이 망할, 혹시나 했는데 재수도 없지!"

비정쌍부는 욕을 내뱉으려다가 말고 급하게 고개를 돌렸다. 그러곤 당유정의 반대 방향으로 힘껏 달렸다. 광의 벽에 몸을 부딪쳐 뚫고 달아나려는 듯했다.

훅.

벽으로 달려드는 비정쌍부의 옆에 당유정이 나타났다. 당유정이 비정쌍부의 목덜미를 잡았다. 달려가던 비정쌍부의 몸이 그대로 공중에서 정지됐다.

엄청난 내공과 악력이 아닐 수 없었다. 어떻게 달려가던 거구를 그대로 잡아 세울 수 있단 말인가.

비정쌍부가 공중에 떠서 몸을 웅크리고 대롱대롱 매달린 채 헤벌쭉 웃었다. 당유정도 똑같이 헤벌쭉 웃어 주었다.

"일단 아저씨가 말한 거랑 저는 상관이 없는데요."

"아무렴요, 아무렴요. 제가 잘못 생각하였어요."

"근데 왜 망했다는 건지는 궁금하니까 말해 보실래요?"

"우리 녹림 전체에 공문이 내려온 것이여요. 세 분, 그러니까 여협을 말씀하는 건 아니고요. 독룡의 자녀분들을 발견하기만 해도 승진. 한칼만 먹여도 집 한 채와 은 백 냥. 사로잡으면 산채 하나와 열 수레의 백은."

당유정도 눈이 휘둥그레질 만큼 어마어마한 포상금이었다. 어떻게든 잡으려고 난리일 듯했다.

"으흠. 뭐 그건 그럴 수 있는데요. 그러니까 왜 망했다는 거냐구요. 나는 아저씨가 생각한 사람이 아니지마아안, 만약 내가 독룡의 자식이라고 하면 아저씨는 돈 버는 거잖아요."

비정쌍부가 환하게 웃으면서 손을 저었다.

"아이고, 아니어요. 에이, 그럴 리가 있나요. 저는 어렸을 때부터 부모님께서 말씀하시기를, 돈 보기를 돌 보듯 하라 그래서 지금까지도 돈을 돌처럼 보면서 살자는 마음으로 살고 있는 그런 사람이어요."

당유정이 손가락을 자기 입에 대고 비정쌍부에게 말했다.

"아저씨. 쉬."

"네, 쉬이이."

당유정은 그대로 벽에 비정쌍부의 머리를 박았다.

콰직! 비정쌍부의 머리가 두꺼운 판자에 박혔다. 정확하게 머리만 밖으로 나가고 몸은 걸려서 손까지 묶인 채로 기절하고 말았다. 당유정이 다시 잡아당겨서 쑥 뽑아냈다. 비정쌍부가 얼떨떨하게 깨어났다.

당유정은 방금 무슨 일이 있었냐는 것처럼 다시 물었다.

"아 참! 방금 뭐 물어보다가 말았던 거 같은데요. 그러니까 왜 망했다고 하신 거였죠?"

"에헤헤, 에헤헤헤. 헤……."

당유정이 다시 입에 손을 올렸다.

"아저씨, 쉬."

비정쌍부의 목덜미에 소름이 돋았다.

"아니요, 저기요. 잠깐만요."

비정쌍부가 급히 뒤쪽에서 숨을 죽인 채 엿듣고 있는 산적들 보며 소리를 질렀다.

"귀 막아, 이 새끼들! 귓구멍 몰래 열고 있으면 대가리에 귓구멍 만들어 버린다!"

산적들이 손이 묶여 있는데 어떻게 안 듣냐는 듯한 항의의 표정을 지었다. 비정쌍부는 산적들에겐 눈을 부라린 후에 당유정을 보고서는 활짝 웃으면서 전음을 보냈다.

「사실은 제가 아주 조금 도망을 가고 싶어 가지고서요. 저, 그…… 잡혀 오는 동안 좀 몰래 표식을 남겨 놨었던 거여요.」

"표식?"

「헤헤헤.」

독룡의 세 아이들이 나타났으니 날 구해 달라, 하고 표식을 남겨 놨는데 알고 보니 진짜 독룡의 세 아이들이었던 것이다.

"그럼 승진?"

비정쌍부가 왜 그러냐는 듯 말했다.

"출세해서 뭐 하나요. 그냥 조용히 가늘게 살다가 가는 게 저 같은 놈들은 복이어요. 요즘 같은 때에 응건 단다고 좋은 게 뭐가 있겠어요."

독룡의 아이들을 두고 분위기가 흉흉한 때였다. 재수 없으면 휘말려서 죽기 딱 좋은 것이다.

하기야 처음 만날 때부터 빠르게 실력 차를 눈치채고 무릎을 꿇었던 걸 보면 그럴 만한 일이었다.

"그러니까…… 곧 오겠네요?"

끄덕끄덕.

당유정은 비정쌍부를 내려두고 바로 광을 나왔다. 염가문 사람들이 구멍이 뚫린 벽을 보고 웅성거리고 있었다.

당유정이 외쳤다.

"가주님께 알려 주세요. 녹림이 쳐들어올 거라구요!"

소란을 듣고 당경도 달려왔다.

"누나, 무슨 일이야?"

"못 들었어?"

"그거? 그거는 어제부터 일부러 안 듣고 있었는데. 남의 문파에서 그러면 실례일 것 같아서. 누나가 잘 모르는 거 같은데 말야. 남의 비밀은 늘 재밌지만은 않아. 때로는 추악하고 때로는 은밀한 사이의 대화가 오가기도 하고……."

당유정이 당경의 등을 떠밀었다.

"가서 추몽이나 불러와. 곧 녹림이 쳐들어올 거야."

당유정과 당경, 진헌은 앞으로 어떻게 할 것인지 상의했다.

진헌이 바로 잘랐다.

"떠나자. 우리가 있어 봐야 짐이야."

"하지만 쌍부 아저씨가 우리인 줄 모르고 독룡의 자식들이 있다고 거짓말을 했대. 그러니까 몰려오는 수가 만만치 않을 거야."

그냥 구하러 오는 게 아니라 독룡의 아이들을 잡으러 온 거라면 얘기가 달라진다. 염가문이 대응하기 버거울 것이다.

"젠장. 그러니까 내가 귀찮아진다고 했지."

"지금 잘잘못 따질 때는 아니잖아."

하지만 당경은 굳은 어조로 말했다.

"난 도망가는 거 반대. 오늘 한 걸음을 나아가지 않으면 내일은 열 걸음을 뒤로 후퇴하게 돼. 그러니까 나는 물러설 수 없어."

"뭐야, 너. 갑자기 어른스러운 말을 다 하고."

"아무튼 난 싸울 거야."

진헌이 눈을 찌푸렸다.

"그러다가 우리의 정체가 발각되는 수가 있어."

"어떻게든 되겠지, 뭐. 그렇다고 우릴 도와준 사람들의 고초를 본체만체할 수는 없잖아."

그런데 그때 염기상이 염웅을 데리고 왔다.

"얘기 들었네. 아무래도 싸움을 피하기 어렵겠지. 내 아들이 광동 밖까지 길을 안내할 테니 자네들은 피신하게."

"네?"

당경이 말했다.

"저희도 도울 수 있습니다! 저희 때문에……!"

"우리는 자네들을 보호할 수 없네."

"보호하지 않으셔도 돼요."

"누군가가 자네들을 노리고 있다는 소문은 자네들도 알고 있지 않은가. 어서 본가로 돌아가도록 하게."

"하지만……."

당유정이 다시 말해 보려 하였지만 염기상이 거절했다.

"시기가 빨랐을 뿐, 녹림과 척을 지기로 결정할 때부터 각오한 일이네. 결정한 건 우리고, 책임도 우리가 지네. 그게 올바른 일이겠지? 자네들이 잘못되기라도 한다면……."

염기상이 고개를 저었다.

"강호는 돌이킬 수 없는 상황으로 치닫게 될 거야. 자네들도 그건 원치 않겠지."

염웅은 궁금한 눈빛이었다. 염기상은 염웅에게도 당유정들의 신분에 대해 말하지 않은 것이다.

당유정과 당경은 아무 말도 할 수 없었다. 해남도에 있는 아빠를 부른다면 순식간에 해결될지도 모른다. 하지만 스스로 백수를 자청한 진자강이 스스로의 맹세를 깨게 만들면 자식으로서 면목이 없다. 아니, 애초에 나설지도 의문이다.

그렇다고 이들이 위험에 처하도록 그냥 두어야 하는가.

"자, 복잡하게 생각하지 말고 떠나게. 사천까지는 생각보다 머네."

당유정은 울컥했다. 자신들의 존재가 이들에게 피해가 되었다는 생각에 죄책감이 들었다.

염웅이 당유정을 보다가 머쓱하게 웃었다.

"나중에, 일이 끝나면 언제든 좋습니다. 그땐 좀 더 좋은 술을 준비해 놓을 테니 편하게 이야기 나눌 날이 오겠지요."

당유정은 뭐라고 말도 못 하고 고개를 끄덕였다. 다시 볼 수 있게 될지조차 기약할 수 없는 상황이었다.

하지만.

당유정의 눈빛이 변했다.

"왔다……!"

쿠당탕탕.

염가문의 무사가 정문으로 뛰어 들어오며 소리쳤다.

"녹림이…… 녹림이 쳐들어왔습니다!"

*　　*　　*

염가문은 포위되었다. 오백 명에 달하는 녹림도가 장원

전체를 둘러싸고 담에 올라가 진을 쳤다.

염가문과 당유정들이 마당으로 나왔다.

녹림도 한 명이 대문의 지붕 위에서 마당으로 나온 이들을 싸늘하게 내려다보고 있었다. 머리에는 매의 깃털이 꽂힌 두건을 두르고 있었다.

"응건이다! 광동녹림의 성주 혼괴살(魂壞殺)이야!"

그리고 그의 옆에는 작건 네 명이 함께였다.

혼괴살이 오만하게 아래를 내려다보며 말했다.

"어떤 놈이 건방지게 본 성주의 존성대명을 함부로 부르느냐."

가주 침사검 염량이 구부정한 허리로 지팡이를 짚고 나섰다.

"산적 놈들이 백주에 산을 내려오다니 간이 부었구나."

"간이 부은 것은 네놈들이지. 감히 본 녹림의 형제들을 건드려?"

"네놈들이 뭐라고 건드리지 말아야 하느냐?"

"낄낄, 혹시나 버티면 관군이라도 올 것 같지? 하지만 그전에 너희들은 다 죽는다."

"혼괴살, 네 악명은 들었으나 여기에서까지 통하진 않는다. 혼나기 전에 썩 꺼지거라."

"앞으로 한 시진 이내에 광서의 형제들도 이곳으로 올

것이다. 그때에도 네놈이 큰소리를 칠 수 있을까?"

광동녹림뿐 아니라 광서녹림까지?

사실 염가문의 입장에서는 지금 광동녹림도들만도 쉽지 않았다. 거기에 광서녹림까지 가세하면 추가 순식간에 기울 터였다.

염가문의 사람들이 술렁거렸다.

혼괴살이 염가문의 마당으로 가래침을 뱉더니 크게 소리쳤다.

"잘 들어라! 지금부터 너희들이 할 일을 알려 주마."

혼괴살이 손가락을 들었다.

"사로잡은 우리 녹림의 형제들을 풀어 주고 사죄금으로 금 백 냥을 내놓아라. 만일 그게 싫다고 하면! 우리가 모조리 죽여 버리고 알아서 탈탈 털어 가 주마."

녹림도들이 왁 웃었다.

"두 번째가 좋다!"

"성주님은 너무 마음이 좋으셔. 첫 번째는 우리 형제를 건드린 놈들에게 너무 후한 처사지."

하지만 금 백 냥은 일개 장원에서 내놓을 수 있는 금액이 아니다. 그런 돈을 내놓으면 장원이 거덜 날 정도인 데다 산적들에 굴복했다는 소문이 돌아서 무림 문파로서도 끝이다.

염가문의 이들이 화를 내며 소리쳤다.

"어림도 없는 소리 하지 마라!"

"그런 돈이 어디 있느냐!"

혼괴살이 종이쪽지를 흔들어 보였다.

"모자란 놈들. 어음이란 것도 있다."

염가문의 모두가 조롱을 받았다고 생각해서 더욱 분개했다. 돈을 빌린 것처럼 하여 갚으라는 뜻이 아닌가! 돈을 빼앗기는 것보다 알아서 바쳐야 하니 더욱 모멸스러운 일이었다.

"아 참, 그러고 보니 재밌는 얘기를 들었는데 말야. 혹시나 너희들이 내 말을 따른다면 이 어르신이 정성을 보아 딱 한 번 살길을 열어 주마. 어떠냐?"

염량이 거절했다.

"들을 필요도 없다."

혼괴살이 무시하고 말했다.

"내놓으면 살려 준다."

"누굴 말이냐? 비정쌍부를?"

"아니."

독룡의 애새끼들을.

순간 염가문의 모든 이들이 입을 다물었다. 삽시간에 분위기가 가라앉았다.

녹림도들이 비웃었다.

"정파는 겁쟁이 놈들뿐이야!"

"허수아비가 된 독룡 따위, 이름만 말했는데 아직도 두려워하다니!"

*　　　*　　　*

권령이 말했다.

"독룡은 허수아비야. 스스로 팔다리를 묶었다."

머리에 타오르는 듯한 붉은 화룡의 비늘로 만든 건을 쓴 복령(幞令)이 말했다.

"하지만 우린 허수아비가 아닌 쪽이 더 좋지. 스스로 자신의 팔다리를 묶은 사슬을 푼 순간, 그간 자신이 해 온 모든 업적이 부정되고 말 테니까."

"그가 부르짖던 정의가 가식이란 것이 밝혀지면, 지금껏 억울하게 대악(大惡)으로 치부되던 왕 대인의 오명도 벗겨지게 된다."

권령이 옥으로 만든 작은 약병을 들어 보였다.

"수라를 잡을 유일한 방법, 천신루(天神淚)."

권령은 햇살에 약병을 비추며 말했다.

"소림사의 대불을 중화시킨 데 쓰인 약과 수라혈에 면역이 된 금강천검에게서 취해진 피로 만들어진 해독약. 당시에는 아쉽게도 완성되지 못했던 미완의 약이었으나, 결국 완성본이 우리 손에 쥐어졌다."

"대인이 남긴 가장 큰 유산이지. 그것이 없었다면 애초에 이런 대업은 꿈도 꾸지 못했을 테니."

"독룡의 피에 섞이면 수라혈과 반발하여 피가 끓어오르고 단전이 타서 말라비틀어져 고통스럽게 죽는다."

"그러고 보니, 독룡의 피라는 건 그 자식들에게도 해당되는 말이겠지?"

복령이 자신의 손에 덮고 있던 가죽 덮개를 들었다. 그의 손등에도 역시 아물지 않는 작은 구멍이 나 있었다. 주먹을 꽉 쥐자 핏방울이 맺혀 흘러나왔다.

"독룡. 부디 스스로의 금제를 풀고 나오지 마라. 그래야 네놈도 자식들을 모두 잃고 피눈물을 흘릴 테니."

*　　*　　*

"독룡의 아이들이라니."

염량이 물었다.

"그게 무슨 뜻인가?"

혼귀살이 말했다.

"독룡의 애새끼들이 너희들 중에 섞여 있다는 신뢰할 만한 첩보를 입수했다. 혹시 너희들이 그놈들을 잡아서 어르신의 앞에 대령한다면 모든 일을 용서해 주고 이대로 아무 일 없었던 것처럼 돌아가마."

염가문의 이들이 웅성거렸다.

독룡의 아이들이 섞여 있다니? 그 말이 사실이라면 굉장히 큰일이었다. 염가문으로서도 녹림하고 싸우는 정도로 끝날 일이 아니게 되었다.

"아아, 독룡에게 혼날까 봐 말 못 하겠다고? 괜찮아. 그럼 비정쌍부 좀 불러와 봐. 그놈이 알아서 골라 줄 테니까."

"거절한다!"

"내가 너희들에게 부탁하는 걸로 보이나?"

혼귀살이 손을 까딱이자, 녹림도들이 활과 부싯돌을 꺼내 들었다. 담에서 일제히 불화살을 날릴 태세였다.

가신이 조용히 염량을 불렀다.

"가주님."

식솔들이 아직 피신하지 못했다는 뜻이다. 염량이 고민하다가 고개를 끄덕였다.

“데려와라.”

비정쌍부는 꽁꽁 묶인 채 염가문의 무인들에게 들려 왔다.

“여어, 비정쌍부. 수고했다.”

하지만 비정쌍부는 좌우로 고개를 까딱거리면서 모른 척했다.

“누구시죠?”

“저 새끼 또 또 지랄하네. 저건 아주 습관이야. 개수작하지 말고 말해. 누구야, 누가 독룡의 애새끼들이야.”

“모르는데요.”

혼귀살의 표정이 변했다.

“너 지금 장난해? 너 하나 때문에 여기 와 있는 인원이 안 보여?”

녹림도들이 흉흉한 기세로 비정쌍부를 쳐다보았다.

“잠깐. 네놈이 이렇게 나온다는 건…….”

혼귀살이 호오, 하고 감탄성을 냈다.

“확실히 여기 있다는 뜻이군.”

비정쌍부가 깜짝 놀라 외쳤다.

“아닌데요! 없는데요!”

“됐으니까 입 다물고 기다려. 내가 찾아낼 테니.”

혼귀살이 마당에 나와 있는 이들을 날카로운 눈으로 찬찬히 살펴보았다.

수십 명을 둘러보는 데에는 일각도 걸리지 않는다.

군계일학이라고, 염가문의 이들 사이에서 아까부터 딱 눈에 띄는 이들이 있었다.

하물며 외모마저 비슷한.

혼귀살의 눈이 당유정들에게 머물렀다. 그의 입술이 길게 찢어지면서 웃었다.

"흐흐흐."

염가문의 이들이 긴장하며 혼귀살과 당유정들을 번갈아 보았다.

"뭐야. 독룡의 핏줄이라고 해서 얼마나 대단한가 했더니, 그냥 고만고만한 핏덩이들이잖아."

혼귀살이 손가락을 들어 당유정과 당경, 진헌을 차례로 가리켰다. 그러곤 가느다란 입술로 싸늘하게 웃었다.

"너희들이로구나? 독룡의 세 자식들."

염가문 쪽의 이들이 움찔했다. 사연이 있겠다 싶었지만 설마하니 독룡의 자식들일 줄이야! 자신들이 방금까지 독룡의 아이들과 얘기를 하고 함께 밥을 먹었던 것인가?

그런데 그 순간.

진헌이 정색하고 대답했다.

"난 아냐."

"……응?"

분위기가 이상해졌다.

혼귀살도 얼떨떨해했다.

"궁해졌다고 제 아비를 부정하는 거냐?"

진헌이 인상을 잔뜩 쓰면서 소리쳤다.

"누가 아비야! 아니라니까!"

"……아니 뭐, 아니면 아니지 왜 화를 내, 어린 새끼가. 너는 이따가 이 어르신과 따로 면담을 좀 해야겠구나."

혼귀살이 어이없어하며 당유정을 쳐다보았다.

"너는?"

당유정이 눈치를 보다가 덩달아 대답했다.

"나도 아냐."

당유정의 부정에 염기상과 염웅까지도 떨떠름해했다. 특히나 염기상은 완전히 헷갈려 하고 있었다.

"네가 아니라고 하면 내가 아니라는 걸 믿을 줄 아느냐!"

당유정이 다시 강조하여 대답했다.

"아닌데요."

혼귀살이 어처구니없는 표정으로 비정쌍부를 보았다.

비정쌍부도 대답했다.

"아닌데요."

"뭐야. 이게 어떻게 된 거야. 비정쌍부 이 새끼야, 어떻게 된 거냐고!"

"내가 아니라고 했잖아요. 잘못 봤어요."

"이게 그 한마디로 끝날……."

혼귀살이 마지막 용의자를 뚫어져라 보았다. 닮은 셋 중에 아직 물어보지 않은 용의자가 있었다. 게다가 왠지 안절부절못하며 혼귀살의 눈을 피하려 들고 있었다.

당경이었다.

혼귀살이 조용히 불렀다.

"야."

움찔.

당경이 시선을 회피했다.

혼귀살이 아주 조심스럽게 물었다.

"너도 독룡 아들 아니냐?"

당경은 크윽 소리를 내며 오만상을 다 찌푸렸다. 자신에게는 묻지 않기를 바랐다. 차마 존경하고, 따르고 싶고, 되고 싶어 하는 사람을 부정할 수는 없는 것이다.

세상을 다 포기한 것 같은 얼굴로 당경이 한숨을 쉬었다.

"후. 난 맞아."

당유정과 진헌, 심지어는 비정쌍부까지 소리를 질렀다.

"야!"

혼귀살의 얼굴이 발갛게 달아올랐다.

"이 어린 핏덩이 새끼들이…… 감히 이 어르신을 놀려? 아직도 세상이 장난인 줄 아는구나!"

당유정은 자신을 바라보는 염량과 염기상, 그리고 염가문의 사람들에게 합장하듯 손을 모아 사과했다.

"죄송합니다. 정말로 폐를 끼치고 싶지 않았어요."

"아니, 뭐…… 괜찮네. 사람 사는 세상에 그럴 수가 있긴 한데……."

"진짜 독룡이 부친인……."

"네, 맞아요."

염가문의 사람들은 눈을 끔벅거리기만 했다. 방금까지 격의 없이 얘기를 주고받던 소저와 청년들이 그 무시무시한 전임 맹주의 자녀들이었다!

진헌이 시간 끌기가 싫었는지 바로 나섰다.

"이렇게 됐으니, 저 두목은 내가 맡는다."

진헌은 혼귀살을 턱짓으로 가리켰다. 아까 혼귀살이 했던 말을 잊지 않고 있었던 것이다.

그것마저도 진자강을 닮아서 당유정은 살짝 소름이 끼쳤다.

"알았어."

화가 잔뜩 난 혼귀살이 비수를 들어 명령했다.

"쏴! 다 죽여 버려!"

궁수들이 부싯돌로 불을 붙이고, 남은 녹림도들은 담을 뛰어내려 공격해 왔다.

염량도 즉시 대항을 명령했다.

"우리 염가문이 호락호락하지 않다는 걸 보여 주어라!"

"와아아아아!"

녹림도와 염가문이 충돌했다.

당유정이 외쳤다.

"경아!"

"알았어!"

당경은 뒤늦게 달리기 시작했는데 벌써 염가문 사람들을 따라잡고 가장 앞에 있었다. 그러더니 단박에 담 위 궁수들에게 날아올랐다. 궁수들이 급하게 시위를 먹이고 활을 쏘았다. 당경은 공중에서 여러 방향으로 회전하며 쏘아지는 화살을 모두 피했다.

퍽! 퍼억! 주먹으로 때리고 발로 찰 때마다 궁수들이 담 아래로 나가떨어졌다. 나중에는 스스로 내려가는 자들도 있었지만 당경은 끝까지 따라 내려가서 때려눕히고 다시 올라왔다. 그런 모습을 보면 당경도 역시 진자강의 피를 잇긴 한 모양이었다.

진헌은 혼귀살을 향해 일직선으로 걸어갔다. 염기상이 대신 나서려 했다.

"위험하네!"

"놈은 제 겁니다."

진헌의 눈에서 살기가 뻗어 나왔다.

진헌은 염기상의 만류에도 불구하고 그대로 걸어갔다. 그 분위기와 차가운 표정에 주변이 압도되었다. 일반 녹림도들은 진헌의 압도적인 기세에 눌려 아예 다가설 생각도 못 하고 뒤로 물러났다.

작건을 두른 녹림도가 진헌을 향해 화살을 쏘았다. 진헌은 아주 살짝 어깨를 틀어 화살을 피했다. 다른 작건의 녹림도가 도를 내려쳤다. 태산압정의 묵직한 압력이 진헌을 짓눌렀다. 진헌은 오히려 앞으로 나아가 작건의 녹림도와 딱 붙었다.

"큭!"

너무 가까워져서 도를 내려치지 못했다. 진헌이 녹림도의 인중을 들이받았다. 와작! 이빨이 부서지며 녹림도가 비명을 지르고 나가떨어졌다. 그래도 작건이라고 녹림도는 나가떨어지면서도 도를 휘둘러 진헌의 발에 상처를 입혔다.

"집 한 채다!"

이빨이 부러진 녹림도가 입에서 피를 줄줄 흘리면서 바로 달아나려 했다. 진헌은 발을 들어서 녹림도의 허리를 밟았다. 녹림도는 즉사했다.

팍!

진헌의 어깨에 화살이 박혔다. 진헌은 잠깐 주춤했다가 화살을 중간에서 부러뜨리고는 다시 걸음을 옮겼다.

"던져!"

진헌의 머리 위로 무거운 추가 달린 쇠 그물이 떨어졌다. 진헌은 피하지 않았다. 동시에 쇠 그물이 덮인 진헌을 녹림도들이 달려들어 곤봉으로 치고 칼로 쳤다. 쇠 그물이 덮여 있어서 칼은 잘 먹히지 않았고, 오히려 곤봉이 효과가 있었다.

카캉캉!

퍽퍽퍽!

진헌이 맞는 것을 본 염가 무인들이 도우려 했다.

"조금만 버티게!"

진헌이 쇠 그물의 망 사이로 한 손을 쑥 내밀었다. 막 곤봉을 휘두르던 녹림도의 목이 잡혔다.

우두둑!

여지없이 목이 부러지며 녹림도가 비명횡사했다.

녹림도들이 깜짝 놀라 뒤로 물러났다.

진헌은 쇠 그물을 벗어서 던져 버렸다. 하도 얻어맞아 피투성이가 되어 있었다. 그러나 눈빛은 전혀 죽지 않았다. 오히려 더 살기가 짙게 흘러나와 공기마저 끈적거리는 듯하였다.

진헌은 혼귀살을 노려보며 똑바로 걸어 나갔다.

쭈욱 길이 열렸다.

어마어마한 기세였다. 주변이 압도되어 일대의 싸움이 순식간에 소강상태가 되고 있었다.

혼귀살도 오싹오싹해져서 이를 드러냈다.

"뭐야 저 새끼. 뭐 저런 놈이 다 있어."

염웅은 당유정의 곁에 있다가 진헌의 모습에 소름이 돋아서 헛숨을 들이켰다.

"진짜 기세가 엄청나군요. 추몽이……. 예전에도 한 번 비슷한 모습을 본 적은 있었지만 이 정도까지인 줄은……."

당유정이 물었다.

"예전에도 그랬어요?"

"몇 년 전입니다. 그땐 사람이 아니고 곰과 싸우고 있었지요."

염웅이 물었다.

"전성기 때의 전임 맹주께서도 저런 모습이셨을까요?"

진헌은 벌써 여기저기 몸이 터져 피투성이가 되었고 한쪽 어깨엔 화살까지 관통되었다.

얼마나 저런 짓을 많이 해 보았는지 독기를 전혀 품지 않고 있었다. 제정신이고 다분히 의도적이라는 뜻이다.

독기 조절을 잘하는 이유가 있었다.

당유정은 묵묵히 진헌의 모습을 보고 있다가 대답했다.

"아니요. 아빠는 자신보다 강한 다수와 싸워 살아남기 위해서 그럴 수밖에 없었어요. 하지만 헌이는……."

잠깐 말을 멈추었던 당유정은 뒷말을 속으로 삼켜 버렸다.

차마 자신을 극한까지 몰아붙여서 혼란스러운 감정을 떨치고 겨우 안도감을 느끼는 것 같다는 말을 할 수는 없었다.

"건방진 놈!"

혼귀살이 일갈하며 양손에 비수를 뽑아 들었다.

"그런 몰골로 나를 상대할 거라고? 내가 우습게 보이냐!"

혼귀살은 공중에서 진헌을 향해 비수를 수차례 베었다. 날카로운 기운이 검기처럼 비수의 끝에 맺혀 있었다.

핏, 핏.

진헌이 몸을 살짝살짝 틀면서 비수를 피했다. 몸에 닿지도 않았는데 상처가 나고 피가 튀었다.

"왜? 이건 못 맞아 주겠느냐?"

진헌이 손을 뻗었다. 혼귀살은 당연히 피한다고 피했는데 어느새 손목이 잡혔다. 혼귀살은 기겁했다. 반대 손의 비수로 진헌의 팔뚝을 찍었다. 퍼퍼퍽. 비수가 진헌의 팔뚝에 몇 번이나 박혔다가 빠져나갔다. 팔뚝에서 피가 뿜어지며 진헌은 잡았던 혼귀살의 손목을 놓쳤다.

만약 두 팔이 멀쩡했으면 순식간에 싸움이 끝날 뻔했다. 혼귀살이 진헌의 머리를 비수로 내려찍었다. 진헌은 화살이 박힌 어깨의 팔을 억지로 들어 막았다. 그 팔의 팔뚝도 비수에 수차례 찍혔다. 진헌은 양팔을 들어 올리지 못하고 축 늘어뜨렸다.

"죽어!"

혼귀살의 비수가 진헌의 미간을 찍었다. 순간 진헌이 목을 돌리면서 이로 비수를 물었다.

콱. 비수가 봉쇄된 순간 진헌이 혼귀살의 복부를 발로 찼다.

퍼엉! 살짝 빗맞았는데도 배 속 내장이 뒤흔들렸다. 혼귀살은 비수를 놓고 물러났다. 표정이 핼쑥해졌다. 맞았으면 내장이 전부 터져 나갔을 터였다.

그 와중에 진헌이 위험하다고 생각한 염가문의 중년 무인이 도를 휘두르며 혼귀살에게 덤볐다.

"소협은 보중하시오!"

혼귀살은 피하지도 않고 도광 사이로 길게 팔을 뻗었다. 중년 무인의 옆 목에 순식간에 비수가 박혔다가 떨어졌다.

"으윽!"

염가문의 중년 무인은 피가 솟는 목을 잡고 물러났다. 겨우 일 초도 버티지 못했다.

가벼운 언행과 달리 혼귀살의 실력은 상당한 수준이었다. 아무리 녹림이 전체적으로 수준이 떨어진다 하더라도 광동을 다스리는 웅건이면 어지간한 중형 문파의 최고수급은 된다.

"어디 피라미 주제에."

진헌은 여전히 혼귀살을 노려보며 다가오는 중이었다. 혼귀살이 뒤로 훌쩍 물러났다.

"면담한 시간이라면서, 어딜 가는 거지?"

혼귀살은 혀를 차며 자신의 머리를 비수 끝으로 툭툭 두드렸다.

"어린놈이라 그런지 아직 생각이 모자라구나. 이 어르신이 굳이 네놈을 상대해야 할 이유가?"

혼귀살이 부하들에게 명령했다.

"얘들아! 저놈은 양팔을 못 쓴다. 그물부터 던져!"

사방에서 진헌을 향해 그물이 던져졌다.

당경이 장력을 쏘아 그물 두 개를 끊어 버렸다.

당경도 몸을 빼고 싶었지만 그러면 염가문 사람들이 당하게 되므로 한계가 있었다.

"형! 뭐 해!"

진헌은 두 겹 세 겹의 쇠 그물에 덮였다. 팔을 쓰지 못하니 그물을 끊거나 떨쳐 낼 수도 없게 되었다. 작건을 두른 네 명이 바로 달려와 갈고리가 달린 말뚝을 그물 끝에 박았다.

야차 같던 진헌이 묶이자 녹림도들은 더 이상 망설이지 않고 마음껏 염가문을 공격해 들어갔다.

"윽."

"크윽!"

곳곳에서 염가문의 무인들이 당해서 쓰러지고 있었다. 염가문에도 실력자들이 제법 있었지만 다른 이들을 돕거나 구하느라 쉽사리 몸을 빼지 못했다.

작건의 녹림도들이 창으로 진헌을 찔러 댔다. 진헌의 몸에 몇 개의 구멍이 났다. 하도 피로 범벅이 되어서 어떤 게 새로 생긴 상처인지 알 수도 없었다.

혼귀살이 비웃었다.

"독룡의 자식들이라면서 그 잘난 독도 못쓰느냐? 어디 한번 써 보시지."

진헌은 창에 찔리면서도 혼귀살을 계속해서 노려보고 있었다.

눈에 어슴푸레하게 녹빛이 어리기 시작했다.

"지옥을 원하나?"

녹림도들이 밀려들어서 염웅도 정신없이 산적들과 싸우고 있었다.

"소저. 아무래도 안 되겠습니다. 가서 도와야겠어요! 소저? 소저!"

염웅의 옆에 방금까지 있던 당유정이 없어졌다.

혼귀살은 크게 웃었다.

"크하하하! 독룡의 애들도 별것 아니구나. 광서에서는 와 봐야 허탕만 치겠어. 저놈은 끝났고, 그 조그만 놈과 계집은 어디에 있지?"

혼귀살이 고개를 돌려 살피는데, 시선이 마주친 녹림도 몇이 혼귀살을 보며 눈을 휘둥그레 뜨고 있었다.

"두, 두목!"

"응?"

혼귀살의 머리 위로 그림자가 드리워졌다.

당유정이 양손을 위로 치켜들고 있었다.

"아저씨, 죽지 마."

손가락을 깍지 끼워 맞잡고 때리려는 듯해서, 혼귀살은 깜짝 놀라면서도 한편으로는 비웃음이 나왔다.

'그런 느린 동작으로 이 어르신을 건드릴 수나 있을까!'

혼귀살이 돌아서면서 당유정의 배를 비수로 쑤셨다. 머릿속으로는 이미 수십 번은 찌르고 있었다. 그러나 생각은 앞서가고 몸은 멈췄다. 혼귀살은 이미 바닥에 납작하게 엎드려서 뻗어 있었다. 흙먼지가 뿌옇게 올라왔다.

당유정이 가볍게 착지했다. 배에는 작은 흠집 하나 없었다.

근처에 있던 녹림도들이 경악하며 물러났다. 혈도를 찔러서 몸을 움직이지 못하게 한 것도 아니고…… 그냥 단매에 때려눕혔다!

당유정이 진헌을 바라보았다.

그물에 갇힌 진헌이 녹빛이 어린 눈으로 입술을 일그러뜨렸다.

"쓸데없는 짓을."

"네 눈을 봐. 쓸데없지 않잖아."

"그래서 지켜보고 있었나? 내가 독을 쓸까 봐."

"알면 자중해야지. 녹림보다 그게 더 무서운 거 몰라?"

진헌을 공격하던 작건들도 어찌할 줄 모르다가 창끝을 당유정에게 돌렸다. 순간, 진헌이 이로 무언가를 물고 고개를 힘껏 옆으로 돌렸다. 녹림도들의 발목이 날아갔다.

"으아아악!"

작건의 녹림도들이 바닥을 구르며 비명을 질러댔다.

당유정은 발길을 돌려 다른 곳으로 향했다. 진헌이 그물 속에서 당유정을 불렀다.

"이봐! 이봐!"

하지만 당유정은 듣지도 않고 염가문 무인들을 구하는 중이었다. 팔다리를 낚아채서 이리저리 던지는데 녹림도들은 손도 못 쓰고 허공을 날아다닐 뿐이었다.

혼귀살이 당하고 밑의 작건까지 발목이 날아간 후 녹림도들은 오합지졸이 되었다. 당경과 당유정이 마구 휘젓고 다니는 것만으로도 대열에 구멍이 뻥뻥 뚫렸다.

비정쌍부는 한쪽 구석에 앉아서 남의 일인 것처럼 싸움을 지켜보며 혀를 찼다.

"쯧쯧쯧. 아니라면 아닌 줄 알지. 왜 괜히 덤벼. 그렇게 눈치가 없어서 어떻게 살려고."

* * *

싸움은 오래가지 않았다. 반 시진도 아니고 반 시진의 반만에 상황이 정리되었다. 도망가는 자들은 발 빠른 당경이 가서 모조리 잡아 왔다. 그러다 보니 도망갈 생각도 못 하고 결국 녹림도들은 무기를 버리고 투항했다.

"이놈들 어쩌지요?"

염가문의 무인들이 곤란해했다. 염가문의 마당에는 수백 명의 녹림도들로 가득했다. 이들을 다 건사하기는 쉬운 일이 아니다.

염량이 명령했다.

"일단 묶어 두어라."

묶을 것이 부족해서 온갖 끈이란 끈은 모두 동원했다. 다친 이들을 안으로 옮겨 치료하고 정리하느라 바빠졌다.

염량과 몇몇 무인들은 당유정과 당경에게 감사를 표했다.

"덕분에 큰 피해 없이 혼귀살을 막았군. 고맙네."

"아니에요. 저희 때문에 더 일이 커진 것 같아 죄송스러워요."

"그럴 필요 없네. 마땅히 감당해야 할 일이니."

그새 정신을 차린 혼귀살이 악담을 퍼부었다.

"날 잡았다고 끝이 아니야! 조금 있으면 광서와 호광에서도 올 것이다. 우리는 한번 물면 절대로 놓지 않지. 너희들은 절대로 피의 복수를 피할 수 없을 것이다. 녹림 전체가 사라질 때까지! 염가문도 마찬가지야! 당장 우리를 놓아주는 것만이 너희가 살 수 있는 길이다!"

염가문 사람들의 얼굴이 어두워졌다. 언제까지 독룡의

아이들이 머물 것도 아니고 녹림에서 복수하겠다고 제대로 된 고수를 보내면 그날로 염가문은 문을 닫게 되리라.

당유정이 당경을 노려보았다.

“너 때문에 일이 커졌잖아.”

“아니, 그래도 아닌 건 아니지. 어떻게 내가 아빠를 모른 척해. 누난 그런 나를 상상할 수 있어?”

“그래도 사람이 좀 때에 따라 융통성이 있어야지.”

“근데 누나.”

“아, 왜!”

“나 정체를 밝히고 나니까 이상하게 속이 편해.”

“……야야, 지금 분위기엔 그런 말 민폐야.”

“누난 안 그래?”

당경이 직접적으로 던진 물음에 당유정은 대답하지 못했다.

마음 한편으로는 분명히 그랬다.

당유정의 마음도 당경과 마찬가지였다.

하지만 남의 문파에 골치 아픈 일을 던져 주고 혼자 속이 개운하다고 할 수는 없었다.

“후우, 녹림하고 완전히 전면전이 벌어지게 생겼는데 마음이 편해지겠니. 어쩐다. 이젠 엄마한테라도 부탁을 해야 하나?”

“미쳤어? 무슨 소리야.”

당경이 손바닥을 주먹으로 짝짝 치며 결의를 다졌다.

"후퇴하지 마. 앞으로 나아가야지. 여기서 집으로 돌아가면 진짜 평생 어리광쟁이 취급이나 받을걸."

"그야 그렇겠지. 나는 벌점을 잔뜩 먹어서 평점이 최하등급이 될 테고……."

그 때문에 당유정도 고민스러웠다. 당경의 제안이 당기지 않는 건 아니었다.

이왕 엎질러진 물이 아닌가. 조만간 이 일은 당가에 알려질 테고 자신들을 찾으러 사람들이 나올 수도 있었다. 어차피 잡혀서 돌아가게 될 거라면 그때까지 할 수 있는 건 모두 해 보는 게 낫지 않을까?

당유정과 당경이 눈을 마주쳤다.

"좋아. 우리가 저지른 짓이니까 우리가 해결하자. 염가문에 피해가 없게."

"응."

아직도 그물에 갇혀 있던 진헌이 둘의 말을 듣고 조용히 말했다.

"뭘 어쩌겠다는 거야. 염가문은 이제 녹림의 표적이 되었어."

당유정과 당경이 동시에 진헌을 쳐다보았다. 해결하겠다는 의지가 강력했다.

진헌이 다시 물었다.

"아귀왕은? 우리를 노린다는 자들은 어쩌고."

당경이 되물었다.

"형은 무서워? 난 안 무서워."

"애들처럼 일은 다 저지르고 다른 사람에게 뒷수습을 하게 만들 셈이야?"

"형은 아직 아빠를 모르는구나. 난 알아. 아빠는 안 와."

"저번에는 온다고 했잖아."

당경은 후 한숨을 내쉬며 말했다.

"그땐 강호의 일에 개입되지 않았잖아. 가출한 우리와 강호의 일에 개입된 우리는 서로 다른 존재라고. 아빠에겐."

당유정이 듣다가 '아!' 하고 탄성을 냈다.

"듣고 보니 그러네. 경이 말이 맞아. 이젠 아빠 안 오겠네."

진헌이 얼굴을 찡그렸다.

"뭐야, 무슨 놈의 집안이……."

"거기 너도 있다, 이제."

"자꾸 끼워 넣지 마!"

"그래서, 우리와 같이 안 할 거야?"

"……."

진헌은 가만히 둘을 바라보았다.

우리라고?

우리.

묘한 동질감에 기분이 이상해졌다.

이미 이름도 다 드러났고 이제 자신도 독룡의 아이라는 게 밝혀졌다. 진자강을 아빠로서 부정하는 것과는 별개로 더 이상 정체에 대해 신경 쓸 필요는 없어졌다는 뜻이다.

하지만 아직도 진헌은 선뜻 나아갈 수 없었다.

독룡에게 버려진 엄마.

자기가 세상에 나가면 엄마는 반드시 그런 소리를 듣게 될 것이다. 세상에서 가장, 유일하게 사랑하는 엄마가 남들에게 손가락질받고 눈총을 받는 걸 보고 싶지 않았다. 자기는 사생아든 첩의 아들이든 무슨 소리를 들어도 좋지만, 엄마에게 그러는 것은 도저히 참을 수 없었다.

생각할수록 답답해졌다. 몸을 꼼짝달싹할 수 없어 숨이 쉬어지지 않았다. 앞으로 나아가려는 마음을, 그래선 안 된다는 마음이 막고 있었다.

헉헉…… 헉…….

갑자기 숨이 막혀서 참을 수가 없어졌다.

그때 진헌의 눈앞으로 하얀 손이 내밀어졌다. 진헌은 하얀 손의 주인을 쳐다보았다. 엄마는 아니었다. 그런데 엄마와 비슷한 느낌이 들었다.

"일단 거기서 나와. 나중에 뭐라고 하면, 그냥 실수했다고 둘러대지, 뭐."

하얀 손을 빤히 바라보고 있는데, 눈물이 날 것 같았다.

투두둑!

진헌을 옭매고 있던 갑갑한 쇠 그물이 뜯겨 나갔다. 진헌은 그물을 어깨로 젖히고 나왔다. 그 하얀 손을 잡을 수는 없었지만, 마침내 하얀 빛이 비치는 세상으로 걸어 나올 수 있었다.

* * *

"아이고……."

"끄응……."

여기저기서 신음 소리가 흘러나왔다. 수백 명의 녹림도들이 엎어지고 쓰러져 있었다. 눈물을 질질 짜는 이들도 부지기수였다.

수백 명의 녹림도들을 눕힌 건 스무 명의 명문정파 무인들이었다.

응건을 두른 광서녹림의 우두머리 철혈부(鐵血斧)가 반쯤 날이 잘려 나간 도끼를 붙들고 다리를 부들부들 떨었다.

"진룡검객이…… 무슨 이득을 보겠다고 우리 같은 산적들을 잡으러 검대(劍隊)까지 동원해서 이 먼 광서까지…… 이건 너무하잖아!"

남궁가의 중견고수 진룡검객 남궁원이 가문의 무인들을 이끌고 광서녹림을 막은 것이다.

남궁가의 무인들은 남궁원에 비해 다소 상처를 입고 피를 흘리고 있었지만, 명문정파의 기재답게 꼿꼿한 태도를 잃지 않고 있었다.

남궁원이 납검했다. 그러곤 철혈부에게 말했다.

"내 제자들에게 늘 이르기를, 사람은 고마움을 알아야 한다고 가르쳤지. 마침 근처를 지나던 중이기도 했고."

철혈부가 침까지 튀며 소리를 질렀다.

"그게 우리와 무슨 상관이야! 우린 남궁가와 원한이 없다!"

"독룡의 아이들을 치러 가는 것 아니었는가?"

철혈부가 대답 대신 이를 갈았다.

진룡검객 남궁원이 부드럽게 미소를 지었다.

"독룡, 그 친구에겐 갚을 게 많아서."

옆의 남궁가 무인이 말했다.

"숙부. 그래도 전임맹주를 독룡이라고 부르시는 건 남 듣기에 좀 그렇지 않습니까?"

"어쩌겠느냐. 그 별호가 입에 붙어 있는 것을. 아마, 그 두 글자를 죽을 때까지 내 입에서 떨어내긴 어려울 것이다."

독룡이란 별호 두 자가 그만큼 강렬했던 시대를 살아왔으므로.

남궁원은 크게 뒷짐을 졌다.

"자. 이제 세상이 어떻게 돌아가나 보자. 그가 일군 토양에서 뭐가 자라날지."

* * *

염가문은 전열을 재정비하고 기다렸다.

주변 문파들도 염가문을 지원하기 위해 무인들을 보내왔다.

그러나 광서녹림은 오지 않았다.

후에 광서녹림의 오백 명 녹림도가 광동으로 내려오다가 남궁가의 무인들에게 격파되었다는 소식이 전해졌다.

염가문에 모인 광동의 무림 문파들이 웅성거렸다.

"남궁가에서? 뭔가 본격적으로 일이 시작되는 건가?"

"아니. 철혈부만 박살 내고 다시 남궁가로 귀환했다는군."

"묘한 일일세."

"아니, 사실은 별로 묘한 일이 아니지."

광동의 무인들의 시선이 당유정과 당경, 진헌에게로 옮겨갔다. 진헌은 다소 떨어져서 혼자 있었으나 당유정과 당경은 또래의 무인들에게 둘러싸여서 즐거운 비명을 지르고 있었다.

젊은 무인들에게 독룡은 살아 있는 전설이었다. 지독한 살인광으로 강호를 지옥에 몰아넣은 공포의 존재임과 동시에 강호 무림 최고의 자리인 무림맹주에 앉은 영웅이기도 했다.

그에게 자식들이 있다는 것은 진작부터 알고 있었으나, 실제로 보는 건 처음이었다. 사천을 나온 적도 없어서 비밀에 싸여 있는 얼굴을 직접 보게 된 것이었다.

그런데 심지어 당유정은 발랄한 미인이었고, 당경은 누구에게나 형 형 하며 따르는 활달한 청년이었다. 아빠가 전임 맹주라고 해서 권위를 내세우거나 건방지지도 않아서 편하게 얘기를 나눌 수 있었다.

누군가 당유정에게 물었다.

"유정 소저. 혼귀살을 일격에 쓰러뜨리셨다면서요. 그때 사용하신 초식이 무엇이었습니까?"

다들 당유정의 답에 집중했다. 무인들에게는 역시 무공

이야기가 최고다. 혼귀살은 응건의 고수로 상당한 수준인데 무엇으로 일격에 쓰러뜨렸는지 궁금했다.

"어머, 그건 그러니까…… 딱히 비전도 아니구요. 그냥 이렇게 해서 이렇게……."

당유정이 손을 맞잡아 대충 때리는 흉내를 내며 호호 웃곤 얼버무렸다.

"생각보다 맷집이 약하시더라구요."

"아아. 역시 엄청난 고수시군요. 저희가 이용하던 표국도 예전에 혼귀살의 산채에 털린 적이 있는지라, 혼귀살이 얼마나 고수인지 잘 압니다."

"아니에요. 고수 아니에요."

"고수예요."

당경이 끼어들어 방해했다.

"제가 태어나서 진짜 이날 이때까지 한 번도 누나를 이긴 적이 없어요."

청년 무인들이 눈을 휘둥그레 떴다. 이번에 당경의 활약도 보통이 아니었다고 했다. 특히나 신법이 굉장히 뛰어나 녹림도들이 단 한 번 공격을 스치지도 못했다고 했다. 그런데 그런 당경이 이기지 못할 실력이라니. 청년 무인들은 당유정을 존경의 눈빛으로 바라보았다.

당유정은 곤란해했다. 그런 눈빛을 원한 게 아니었는데?

당경이 불난 데 부채질하는 격으로 말을 더했다.

"제가 서신으로 초식을 같이 연구하고 논검하고 하는 분이 계시거든요. 그분에게 조언을 받아서 분석도 하고 대응책도 짜 보는데요, 그래도 소용없어요."

당경이 깍지 낀 손을 머리 위로 들었다가 내려 보였다.

"이거 한 방이면 다 끝이에요, 이거. 이게 무슨 초식도 아니고 상승의 비전도 아니고 진짜 허망하다니까요."

무인들이 의아해했다.

"그럼 굉장한 고수이신 건데, 왜 굳이 겸양을 하시는지……."

"누나는 여자가 너무 고수면 기가 세 보일까 봐 남자들이 싫어한다고 괜히 아닌 척……."

"야!"

청년 무인들이 머쓱하게 하하, 하고 웃었다.

무인으로서, 그리고 아는 사이로서 당유정은 참으로 든든한 친구가 될 수 있었다. 하지만 남녀 간으로서는 좀 생각해야 할 여지가 있었다. 아빠가 독룡인 것도 문제인데 본인의 무공 실력마저 엄청나다면 어떻게 견디겠는가. 심지어 당가는 데릴사위를 들이는데 말이다.

아마 모르긴 몰라도 당유정과 혼인을 하게 된다면 평생 기가 죽어 살아야 할 터였다.

청년 무인들은 그게 누군지 몰라도 왠지 불쌍하다는 생각이 들 정도였다.

몇몇이 진헌에게로도 눈을 돌렸다. 당경이 당유정을 한 번도 이기지 못했다고 하니 진헌은 어떤지 궁금한 것이다.

진헌은 팔다리에 온통 붕대를 감고 말없이 앉아 있기만 했다. 이번 싸움에서 가장 상처를 많이 입었지만 동시에 최고의 존재감을 과시했다. 당유정보다 진헌을 더 뇌리에 기억하는 이가 많았을 터였다.

"혹시 실례가 안 된다면 소협은 어떠셨습니까?"

당유정과 비무해서 이겼는지, 어땠는지 궁금하다.

진헌은 대답을 하기 전부터 차갑게 인상을 굳히고 있었다. 사람이 많으니 여전히 불편함이 없진 않았다.

콱. 당유정이 진헌의 옆구리를 찔렀다. 진헌이 쳐다보자 당유정이 부탁하는 표정을 지어 보였다. 잘 말해 달라는 뜻이다.

진헌이 어처구니가 없는 얼굴로 당유정을 보며 무인들에게 대답했다.

"손도 못 대고 두 대 맞고 기절했소."

누군가 깜짝 놀라 말했다.

"두 대나 맞았으면 경 소협보다 고수시네!"

"와하하!"

다들 신나게 웃었다. 눈을 부라리는 당유정을 보며 진헌이 뭐 어쩔 거냐는 투로 어깨를 들어 보였다.

누군가가 궁금했는지 물었다.

"그런데 아까부터 말씀을 들어보니 당가의 무공만을 쓰신 것 같은데요. 맹주님의 무공은 사사하지 않으신 겁니까?"

당경이 대답했다.

"아빠가 익힌 무공은 운남 약문의 것이라서 정식 사사할 수 없다고 저희에게는 가르쳐 주시지 않았어요. 저희도 알음알음 조금씩만 알고 있어요."

무인들이 고개를 끄덕거렸다.

"역시 전임맹주님이시군요."

진자강은 맹주직에 있을 때에도 철저하게 공사를 구분한 것으로 유명했다. 가문에서도 그렇게 행동했을 거라는 예상 그대로였다.

"그럼 독공도요? 특히 그 맹주님의 수라혈은……."

일순간 주변에서 말이 사라졌다. 분위기가 삭막해졌다. 젊은 무인들뿐 아니라 근처에서 지켜보던 나이 든 이들마저 수라혈이란 단어에 반응했다.

모두가 입을 다물고 당유정들을 쳐다보았다.

수라혈.

그 이름이 나온 것만으로 독룡의 시대에 살아왔던 이들은 등골이 서늘해져 있었다. 만 명이 넘는 무인들을 한 줌의 독수로 만들어 버린 강호 최악의 독.

만일 그 독을 전수했다면.

그래서 저들의 몸에 남아 있다면?

강호는 어떻게 저들을 받아들여야 하는가.

그 핏줄들에 의해 영원히 지배받아야 하는 신세가 되는가!

그때 적막해진 분위기를 깨고 당유정이 크게 웃으며 말했다.

"에이, 그런 거 없어요. 그랬으면 헌이가 저렇게 피투성이가 되었는데 다들 멀쩡하겠어요?"

그런 당유정을 진헌이 묘한 눈빛으로 바라보았다.

* * *

"왜 거짓말을 한 거지?"

셋만 있는 자리에서 진헌이 당유정에게 물었다.

당유정은 웃지 않고 진헌을 돌아보았다. 평소와 다른 날선 표정이었다.

"세상을 공포로 몰아넣은 건 아빠 혼자면 족해. 너도 그 뒤를 따라가고 싶은 거야?"

당경이 옆에서 대답했다.

"응."

당유정이 당경의 머리를 때렸다.

딱!

"씨, 나는 아빠처럼 되는 게 꿈인데."

"하여간 낄 데 안 낄 데 구분 못 하고 있어."

당유정이 심호흡을 하고 기분을 가라앉힌 뒤 말했다.

"아빠는 세상을 정화시키는 데 성공했지만 그 과정에서 많은 인명을 학살했어. 강호에 깊은 상처를 남겼지. 그 상처는 너무 깊게 남아 있어서 아직까지도 많은 사람들에게 불안함과 두려움과 고통을 주고 있어. 우리에게 같은 힘이 있다는 걸 알게 되면 어떻게 될 것 같아?"

"거짓말을 하면서까지 우리가 그들 틈에 끼어 살아야 할 이유는 없어."

"있어."

당유정이 당경을 보며 말을 이었다.

"수라혈은 위험하고 큰 힘이야. 우리의 주변 사람들은 아빠가 남긴 상처로 인해 우리에게도 같은 공포를 느낄 거야. 우리의 눈치를 보고 우릴 피하며, 우릴 배척하고 살고 싶어 할 거야. 우리는, 또 그들은 서로 잘못한 게 없는데도."

진헌은 이를 꽉 물고 말했다.

"실수한 셈 치자고 했잖아. 마음껏 살아도 된다는 뜻 아니었어? 그게 거짓말하자는 의미였나?"

"헌아."

당유정이 진헌을 불렀다.

"우리에겐 그들의 일상을 방해할 권리가 없어. 이건 우리가 평생 안고 살아야 할 원죄(原罪)야. 아빠의 자식이기 때문에 마땅히 짊어져야 할."

"그런 원죄라면 내가 사양하겠어."

진헌이 싸늘하게 웃었다.

"내 몸에 흐르는 저주받은 수라혈은 내 마음대로 없앨 수 있는 게 아냐. 숨기고 싶다고 숨길 수 있는 것도 아니지. 언제든 튀어나올 수 있어."

"절대로 나오게 하지 마. 평생. 죽는 날까지. 또 한 번 예전 같은 일이 벌어지면, 그것도 실수로 애꿎은 사람들이 피해를 보게 된다면 그 순간 우리는 다신 강호에서 발붙이고 살 수 없게 될 거야."

"장담 못 해. 어차피 강호는 우릴 믿지 않을 거야."

"우리 말을 믿지 않고 의심한다고 해도 상관없어. 평생 숨기고 살면 돼."

"죽을 만큼 위험해지면 실수할 수도 있겠지."

"그래도 실수하지 마. 너희가 죽을 만큼 위험해지면."

당유정이 입을 꾹 다물고 진헌과 당경을 쳐다보았다.

"내가 살려 줄게."

"……."

진헌은 울컥했다.

당유정에 비하면 자기가 자꾸 투정만 부리는 것 같아 부끄러움에 얼굴이 뜨끈해졌다. 그런데 한편으로는 미묘한 안도감이 들었다. 지금껏 진헌에게는 돌보고 지켜야 할 사람들만 있었지 자신을 지켜 준다고 하는 이가 없었다.

'이것이…… 나보다 나이가 많은 누…….'

누나라는 존재가 주는 안도감인가?

생각으로라도 차마 할 수 없는 말을 떠올리다가 진헌은 스스로 당황했다.

그런데 그때 당경이 당유정에게 물었다.

"누나가? 진짜로?"

"응."

"평생? 그럼 시집도 안 가고? 웅이 형한테 그렇게 말해도 돼?"

당유정의 평온했던 얼굴이 일그러졌다.

"갈 거라고오! 아이, 너는 진짜 내 인생에 도움이 안 되니!"

당유정이 당경을 붙들고 목을 옆구리에 끼고 졸랐다.

"그냥 넌 오늘 내 손에 죽자. 응? 인간아, 너 그렇게 살면 뭐 할래."

"켁켁, 내가 뭐! 그냥 물어본 건데. 형! 나 좀 살려 줘! 아, 맞다. 형은 팔 못 쓰지. 아, 거봐! 저 형도 내 인생에 도움이 안 되는데 왜 나한테만 뭐라 그래!"

진헌은 소리 없이 웃음을 터뜨렸다.

지금 자신의 속내를 다 드러낼 수 있다는 것, 그러고도 이렇게 유쾌할 수 있다는 것만으로 진헌은 과거를 보상받은 기분이 들었다.

당유정이 자신이 받은 걸 나눠 준다고 했을 때 그것이 무언지 몰랐는데, 이제 그 일부를 조금이나마 알 것 같았다.

그건 당가의 권력도 재력도 무공도 아닌…….

형제였다.

같은 아픔을 공유할 수 있는.

*　*　*

권령과 복령의 앞에 계속해서 전령이 들어왔다.

"독룡의 자식들이 광동의 염가문에서 스스로 자신들의 정체를 밝혔다고 합니다."

복령이 웃었다.

"머리가 돌아 버리기라도 한 건가. 아니면 대범한 건가. 우리가 노리고 있는 걸 알면서 대놓고 밝혔다?"

또 다른 전령이 보고했다.

"광동의 성주 혼귀살이 독룡의 자식들에게 패해 관아로 끌려갔습니다!"

"뭐야. 독룡의 자식들이 나타나면 단독으로 움직이지 말라고 하였거늘."

"광서 성주가 도우려고 염가문으로 가다가 도중에 남궁가를 만나 대패하였습니다."

"뭣이?"

복령은 인상을 썼다.

권령이 물었다.

"독룡은. 움직임이 없나?"

"조용합니다."

"본인 대신 친구들이 나서고 있다는 건가. 아직 발등에 불이 떨어진 줄 모르나 보군."

권령이 복령에게 말했다.

"복령. 때가 됐다. 우리가 독룡보다 한발 먼저 움직인다."

복령은 흥분으로 몸을 떨었다.

"드디어……!"

복령이 고개를 끄덕이고 부하에게 명령했다.

“광동과 광서의 산채에 남은 애들을 모두 집결시키고, 호광에서 지휘해 염가문으로 가라고 해! 귀주와 강서, 복건도 바로 움직일 수 있도록 준비하고. 강북에도 미리 내려오라 연락해. 쉴 새 없이 쏟아부어서 염가문에서 남창의 지옥을 재현하는 거다.”

녹림 전체가 움직인다.

수만에 달하는 인원들이 독룡의 자식들을 노리고 광동을 향한다.

이에 무림맹은 물론이고 다른 무림 문파도 움직이지 않을 수 없다. 머잖아 수만, 수십만이 광동에서 정신없이 얽혀 싸움을 벌이게 될 터였다.

그리고 그때.

독룡이 자식들을 구하기 위해 나온다면 독룡을 죽인다.

독룡이 오지 않는다면, 그 자식들을 죽인다.

수라혈에는 눈이 달려 있지 않으므로, 아군과 적군을 가리지 않고 지옥이 될 것임은 자명하다.

그리고 그때가 되면 강호 무림은 알게 될 것이다.

독룡의 존재가 얼마나 큰 재앙인지를.

어느 쪽이든, 결코 실패할 수 없는 계획이었다.

그들 스스로 독룡을, 독룡의 핏줄들을 내치게 하리라!

심지어 무림맹은 아직 움직이고 있지도 않았다.

무림맹의 결정과 행보에는 늘 촉각을 곤두세우고 있었다. 그러나 역대 무림맹 중에 이번만큼 최고로 무기력하고 무능력한 무림맹은 없었다. 오래전부터, 아니 정확히는 진자강이 맹주일 때부터 선제적으로 움직인 적이 한 번도 없었다. 도대체 뭘 하는지 알 수 없을 정도로 하는 일이 없다.

당장에 지금도 녹림이 움직이고 있는데 아무것도 하지 않고 있지 않은가! 조만간 사람들을 불러서 대책 회의를 하네 어쩌네 하겠지만, 이미 그때는 늦을 것이다.

복령이 웃었다.

"머저리들. 대가리만 굴려서 규칙이니 뭐니 입으로만 그러고 자빠졌지. 그냥 다 뒈져 버려라!"

*　　*　　*

날 잡았다고 끝이 아니야! 조금 있으면 광서와 호광에서도 내려올 것이다. 우리는 한번 물면 절대로 놓지 않지. 녹림 전체가 사라질 때까지 염가문과 너희들은 피의 복수를 피할 수 없다!

살기 위해서 외쳤던 혼귀살의 말이 당유정에게 매우 심각한 고민을 안겨 준 건 분명한 일이었다. 염가문에 큰 피해가 가게 생긴 것이다. 염가문이야 자신들을 신경 쓰지 말라고 하지만 그게 정말 괜찮아서 하는 말이겠는가?

아닌 말로 염가문은 그냥 가만히 있다가 당유정들 때문에 날벼락을 맞게 된 셈이니 말이다.

그래서 당유정은 결심했다.

"어차피 좀 있으면 잡혀서 돌아가야 할 텐데, 맨손으로는 못 가지."

당경도 동의했다.

"어차피 이판사판이야. 광동이랑 광서에 남은 산채까지 싹 털어 버리자. 아빠처럼 수라왕은 되지 못하겠지만 녹림왕은 될 수 있겠지."

"녹림왕은 그 녹림왕이 아닐 텐데?"

진헌의 말이었다. 심지어 진헌은 이미 알아서 떠날 준비까지 하고 있었다.

당유정이 의아해했다.

"우리 산적 잡으러 가는 거야."

"알아."

"너 산적 좋아하지 않았어?"

진헌이 입을 벌리고 당유정을 쳐다보았다.

"도대체 그게 무슨 뜻이야?"

"아냐. 그런 게 있어."

"그동안은 그냥 귀찮아서 내버려 뒀던 거야. 자꾸 이상한 말 하지 마."

진헌이 붕대 묶은 손으로 가벼운 봇짐을 등에 졌다.

"그리고 염웅은 원래 내 친구야."

"우와."

당유정들은 짐을 싸서 염가문을 떠나기로 했다.

그런데 마당에는 벌써 다른 이들이 얘기를 듣고 모두 나와 있었다.

"아니, 이렇게까지 배웅하지 않으셔도 되는데."

당유정은 살짝 부담스럽기까지 했는데, 그들의 입장은 당유정의 생각과 달랐다.

"남은 산채의 잔당들을 처리하러 가신다면서요."

"저희도 같이 가게 해 주십시오!"

"큰 도움은 안 되겠지만 자잘하게 손 가는 일은 저희가 할 수 있을 겁니다."

그제서야 다시 보니 젊은 무인들은 당유정들과 똑같이 짐을 싸 들고 있었다. 당유정은 염웅을 찾아보았다. 염웅은 여행 차비를 하지 않았다.

"마음 같아서야 저도 함께하고 싶지만, 어렵겠군요."

염가문에서도 할 일이 많이 있는데 다 때려치우고 당유정을 따라 나갈 수는 없었다. 당장에 수백 명을 관아로 압

송해야 했다.

“대신, 건량과 약간의 노자를 준비했습니다.”

염웅이 당유정에게 포권했다.

“잘 다녀오십시오, 소저.”

당유정도 밝게 웃으며 포권으로 답했다.

“예, 소협. 꼭 돌아올게요. 좋은 술 마시러.”

당경이 옆에서 한마디 했다.

“여기로 오는 게 아니라 사천으로 오셔야 하는데. 우리는 데릴사…….”

당유정이 당경의 입을 틀어막고 끌어당겼다.

염웅은 진헌에게도 포권했다.

“소저를 잘 부탁하네, 추몽. 아니, 헌.”

진헌은 고개를 설레설레 내저었다.

“그건 내게 부탁할 일이 아니잖은가. 오히려 날 부탁해야지.”

진헌과 염웅은 시끄러운 소리가 들려와 고개를 돌려 보았다. 당유정이 비정쌍부를 길잡이로 데려가서 난리가 나고 있었다.

“뭘 봐, 이 대가리에 피도 안 마른 애새끼들이. 눈알을 확 뽑아 버리기 전에 집에 가서 엄마 젖 먹고 효도해. 무슨 말이냐니요. 아니어요. 그냥 효도하라는 얘기잖어요. 집에 가면 효도하라고. 제가 무슨 이상한 말을 해요. 아니어요. 왜 여협은 자꾸 사람의 선의를 곡해하고 툭하면 쉬쉬해서 사람을 핍박하고 그러셔요."

당유정과 당경, 진헌 그리고 이십여 명의 젊은 청년들은 비정쌍부를 앞세우고 길을 떠났다.

당유정과 당경의 옆에는 늘 사람들이 모여 있었다. 그런데 이번에는 무뚝뚝하게 걷고 있는 진헌의 옆에도 몇몇 청년들이 다가가 얘기를 하곤 했다.

진헌이 혼자 남을 때 즈음 당유정이 쪼르르 달려가 같이 걸었다.

진헌이 돌아보지도 않고 말했다.

"당신들을 만나고 제일 어처구니없는 일이 뭔지 알아?"

"뭔데?"

"사람들이 자꾸 나한테 말을 걸어."

"그게 당연한 거 아냐?"

"당연하지 않았지. 그전까지는."

당유정이 한참 걷다가 조용히 말했다.

"이젠 널 아프게 하지 마."

자학하듯 싸우는 모습을 두고 말하는 것이다.

진헌은 대답 없이 하늘을 올려다보았다. 당유정도 같이

하늘을 보았다. 둘이 하늘을 보니 괜히 다른 이들도 왜 그러나 싶어 같이 하늘을 올려다보았다.

"……."

뭐가 이상한 게 있나 싶었는데, 아무것도 없었다. 평범하게 흘러가는 구름에 비친 밝은 햇살이 쨍할 따름이었다. 아무리 살펴도 수상한 점을 찾을 수 없었다.

하지만 다른 이들이 하늘을 살펴보게 만들어 놓고 정작 진헌은 언제 그랬냐는 듯 다시 시선을 내리고 먼저 앞으로 걸어가고 있었다. 나머지가 어리둥절해하며 여전히 하늘을 살피는 걸 보고, 비정쌍부가 한숨을 푹푹 내쉬었다.

"하아. 하여간 애새끼들 툭하면 찔찔 짜고. 하아, 심란하다. 증말."

* * *

당유정은 비정쌍부의 도움을 받아 정리해 나갈 산채들을 지도에 표시했다. 가까운 곳, 수가 많은 곳부터 정리해 나갈 참이었다.

모두 머리를 맞대고 처음 공격해 갈 산채를 정했다.

사람이 많다는 건 인맥도 그만큼 넓어진다는 걸 의미했다. 한 명이 의견을 냈다.

"그쪽 함영산의 산채 인근에는 함영검문과 백산파가 있습니다. 제가 그분들을 알아요. 도움을 청해 보겠습니다. 지원을 받을 수 있다면 훨씬 수월하게 일망타진할 수 있을 겁니다."

녹림도들을 죽이고 때려눕히는 일이라면 당유정이나 당경 혼자서도 할 수 있었다. 하지만 녹림도들을 잡아서 관아로 데려가고 산채의 재물을 처분하고 하는 일들은 혼자선 할 수 없는 일이었다. 지역 사정에 밝은 문파가 참여해 준다면 큰 도움을 받을 수 있을 터였다. 아니, 지역 문파의 도움 없이는 애초에 불가능한 일이다.

당유정들은 함영검문을 방문하고 또 몇몇은 백산파를 찾아갔다.

함영검문은 난색을 표했다.

녹림과 척을 지는 것이 쉬운 일일 리 없었다. 그게 가능했다면 진작 산채를 토벌했을 것이다.

"이미 일전에 우리가 무림맹에 몇 번이나 토벌을 요청했는데, 단 한 명의 고수도 파견해 주지 않았고 이후에도 별다른 지원이 없었네. 젊은 친구들이 나서겠다고 하니 응원하고는 싶네만, 솔직히 입장이 난처하군."

함영검문의 도움을 받자고 의견을 냈던 이가 설득했다.

"광동녹림의 응건과 작건이 모두 사로잡혔습니다. 저들

이 재정비하기 전이 기회입니다."

함영검문의 무인들도 피가 끓어올랐는지 문주를 설득했다.

"맞습니다. 우리가 이대로 내버려 두어 잔당들이 모이게 되고 그래서 염가문이 녹림의 보복을 받는다면 우리가 어떻게 얼굴을 들고 다니겠습니까."

문주가 말했다.

"젊은 혈기는 이해한다. 하나 녹림에는 아직 우리가 상대하기 어려운 고수들이 있다. 우리라고 그들의 보복을 피할 수 있겠느냐."

당유정과 함께 온 젊은 무인들이 힘주어 말했다.

"그때는 저희도 돕겠습니다."

"염가문을 도운 것처럼, 염가문도 우리를 도울 것입니다."

"서로가 힘을 합한다면 이겨 낼 수 있습니다."

함영검문의 문주가 고심하는 눈으로 당유정과 당경, 진헌을 바라보았다.

소문을 들었다.

독룡의 서자가 남해검문에 있었을 줄이야.

사실은 중소 문파들 여럿이 뭉쳐서 대항하는 것보다 사천당가 하나가 나서 주는 것이 든든하다. 하다못해 쇠락해

가고 있다는 남해검문이 나서 주어도 해볼 만하다. 하지만 사천당가에서 자신들처럼 작은 문파를 신경 쓸 여력이나 있겠는가. 이번 일이 지나면 신경이나 써 주겠는가.

이용당하고 버려지는 꼴을 살면서 얼마나 많이 보아 왔는가. 당연히 내키지 않았다.

문득 무슨 생각이 들었는지 함영검문의 문주가 실소했다.

"내가 너무 오래 살았나 보군."

젊은 무인들이 무슨 말인지 몰라 어리둥절해했다.

당유정이 나서서 말했다.

"문주님께서 우려하시는 바를 이해합니다. 하지만 저들을 치지 않으면 녹림이 내려왔을 때, 잔당들의 수가 더해져서 더 큰 위협이 될 거예요."

"아니, 그런 말이 아닐세."

"네? 그럼……."

"이런 당연한 일을 하는 것에조차 계산하고 이익을 따지고, 안전을 생각하는 내가 너무 늙었다는 뜻이야."

문주가 자리를 떨치고 일어나 외쳤다.

"본 문의 모든 제자들에게 전하라! 오늘, 눈엣가시 같던 녹림을 치고 우리 함영검문의 이름을 새로이 드높이도록 하겠다! 모두 단단히 채비하고 준비하라!"

당유정과 당경, 그리고 젊은 무인들이 서로를 돌아보며 좋아했다.

얼마 지나지 않아 백산파에서도 연락이 왔다.

함영산의 녹림 토벌에 참여하겠다는 연락이었다.

함영검문의 무인들까지도 환호했다.

* * *

녹림도들은 벌벌 떨면서 무기를 잔뜩 힘주어 꼬나 쥐고 밖을 내다보았다.

산채를 완전히 걸어 잠그고 통나무를 쌓아 올리고 온갖 날붙이와 방책으로 둘러놓았다. 잡히면 죄다 관아로 넘겨지고 모아 둔 재물도 다 털린다는 소문이 나 있어서 싸우는 것조차 두려웠다.

"젠장! 이걸로 막을 수 있어?"

"몰라, 그럼 어쩌란 거야. 연락은 다 차단됐지, 광동은 다 날아갔지. 누가 우릴 도와주러 오겠어."

쾅!

주먹질 한 방에 여지없이 통나무들이 터져 나가고 대문이 환히 열렸다.

당경이 터져 나간 문 앞에서 손을 탁탁 털고 소리쳐다.

"개문!"

"와아아!"

협의에 가득 찬 함성 소리와 함께 정파 무인들이 우르르 쏟아져 들어왔다. 녹림도들은 울며 겨자 먹기로 맞서 싸웠다.

챙, 채챙! 사방에서 병장기 부딪치는 소리가 울렸다. 이미 수적으로도 사기로도 정파 무인들 쪽이 압도적이었다.

험상궂게 생긴 산적이 거대한 도를 들고 휘두르며 튀어나왔다.

"이 새끼들! 우리가 누군 줄 알아! 우리 산채는 천산 녹림대장군의 정통을 이은 후예들로서 절대로 오늘의 치욕을 잊지 않고 후에 백배, 천배로 갚을 것이다!"

진헌이 그쪽으로 가려 하는데, 당유정이 진헌의 팔을 잡았다. 그리곤 고개를 저었다.

인근 문파에서 이 자리에 수십 명이 넘게 와 있는데 한 명도 당유정들에게 도와 달라는 이가 없었다. 진헌은 이유는 잘 몰랐으나 일단 멈췄다.

"내가 상대해 보겠소!"

아직 얼굴에 앳된 기가 남은 청년이 뛰쳐나가 산적을 상대했다. 하나 청년은 금세 밀렸다.

"윽"

손을 섞은 지 열 합도 채 안 되어 청년이 팔에서 피를 뿌리며 물러났다. 다른 청년이 나섰다.

"이번엔 내 차례다."

"다 덤벼, 이 날파리 같은 놈들. 모조리 때려죽여 주마!"

하지만 혼자서 버티는 데에는 한계가 있었다. 결국 산적은 어느 중년 무인의 손에 쓰러졌다.

정파 무인들이 그를 쓰러뜨린 이를 연호하며 환호성을 질렀다.

"천영문의 협객 신원이 산적 두목을 쓰러뜨렸다!"

나머지 녹림도들도 차례로 정리되었다.

그리고 정파 무인들은 싱글거리며 누군가를 기다렸다.

당경이 녹림도들 몇을 줄줄이 묶어 가지고 돌아왔다.

"오늘은 다섯 명 밖에 안 달아났네요."

정파 무인들이 당경을 보며 열렬히 환호했다. 도망간 자들을 잡으러 간 당경이 항상 토벌전의 마지막을 장식했다.

싸움이 끝난 뒤에도 정파 무인들의 들뜬 열기는 계속되었다.

여러 차례의 싸움이 계속되는 동안, 두각을 나타내는 이가 생겨났고 새로 별호를 얻은 이들도 생겼다. 안타깝게 죽는 이도 있었고 부상을 입거나 불구가 되는 이도 있었다.

하지만 이들의 열정만큼은 막을 수 없었다.

당유정은 광동을 정리하고 호광으로 넘어갔다.

광서는 갈 필요도 없었다.

광동에서 일어난 녹림 토벌의 소식을 들은 광서의 중소 문파들이 자발적으로 일어났다. 광서에는 이렇다 할 거대 문파가 없었으나 어차피 녹림에도 고수들이 빠져 있으므로 다소의 혼전 끝에 결국 자신들의 힘으로 나머지 잔당들을 토벌했다.

"대장!"

염가문에서부터 당유정을 따라온 청년이 환한 얼굴로 달려왔다.

당유정이 호칭을 거부했다.

"아니, 나 대장 아니라니까요. 이 오라버니들 왜 자꾸 남의 혼삿길을 막고 그러신담."

"아, 늦었어요. 대장이라고 안 부르면 우리끼린 따돌림 당할 정도니까."

늘 구석에 쪼그리고 앉아 있던 비정쌍부가 당유정을 사근한 목소리로 불렀다.

"소오저어. 저는 언제쯤 풀어 주실 거여……."

청년이 비정쌍부를 무시하고 말했다.

"호광성 북쪽에서도 토벌대가 조직되었다고 합니다!"

"진짜? 잘됐네요!"

"산동에서는 이미 토벌이 진행 중이고, 섬서와 산서에서도 토벌대가 생기려는 움직임이 있대요. 거대 문파가 나서지 않으니 결국 우리가 할 수밖에 없다면서요."

비정쌍부가 자신을 무시한 청년에게 욕설을 퍼부었다.

"야이, 호래자식아! 너희는 녹림이 적이래도 내게는 형제들이나 마찬가지야! 형제들 쳐 죽이는 게 뭐 좋은 일이라고 감히 형님 말씀하시는데 끼어들어서 자주 좋은 얘기 좀 전해 줘. 고마워."

"……."

비정쌍부가 비굴한 표정으로 씨익 웃었다.

"좋은 소식을 들으니까 기분이 참 좋아요. 그럼 그럼, 정파 찌끄레기들도 사람이라면 남들에게 맡길 생각 말고 자신들이 주체적으로 해내야 하는 것이여요."

"아저씨, 일부러 그러는 거지."

"아니어요."

"즐기는 거 같은데."

"결코 아니어요. 저는 그냥 자유롭고 싶은 한 마리 종달새일 뿐이여요."

당유정이 잠깐 생각하다가 비정쌍부의 손에 묶인 줄을

풀어 주었다.

"자. 아저씨 그동안 우리 많이 도와주셨는데 이 정도는 자유롭게 해 드려야지. 미안해요, 그동안 신경 못 써 드려서."

"가도 되어요?"

"아뇨. 그냥 손만 풀어 드린 건데요."

청년들은 비정쌍부의 손이 자유로워지자 놀랐다.

"대장! 그렇다고 비정쌍부를 함부로 풀어 주시면! 그러다가 달아나면 어쩝니까."

비정쌍부가 당경을 가리키며 청년들에게 욕을 했다.

"이런 개새끼야, 저기 독종차사(毒種差使)가 눈알 시퍼렇게 뜨고 쳐다보는데 어떻게 달아나. 그러다 잡히면 니가 책임질 거야? 니가 책임진다고 하면 내가 백 번이라도 도망갈게. 책임도 못 질 주둥아리를 놀리고 있어, 확!"

그러곤 당유정을 보며 다시 웃는 비정쌍부였다.

"요즘 애들 너무 책임감 없고 막말해요. 그지요? 우리 땐 포로라도 지킬 건 서로 지켰거든요. 오라가 풀려도 도망 안 가고 기다려 주고. 얼마나 살기 좋은 세상이었는데 말여요. 요즘 애들은 툭하면 도망가냐 마냐 감시하고 그러다 잘못되면 내 탓 아니다 그러고…… 아휴, 하여간 배려라고는 눈곱만큼도 없는 세상이여요."

비정쌍부의 말을 듣고 있다가 당경이 한숨을 쉬었다.

"하아."

한숨 소리를 들은 비정쌍부가 눈을 치켜뜨고 고개를 돌렸다가 당경인 걸 알고는 바로 모른 척했다.

요즘 당경은 조금 우울해하고 있었다.

"독룡도 아니고 독종. 하아."

하나도 놓치지 않고 끝까지 쫓아가 산적을 잡아 온다고 소문이 나서 독종차사라는 별호가 생겼다. 남들은 활약이 많아지면서 무슨 협이니 용이니 멋진 별호를 하나씩 얻고 있었는데 말이다.

당경이 조용히 자리를 피하자 당유정이 따라가 위로했다.

"괜찮아. 나중에 더 좋은 별호가 생길 거야. 그리고 뭐 독종차사가 어때서."

"됐어."

당경이 고개를 돌려 밖에 모인 이들을 보았다.

"누나. 아빠는 그렇다 치고, 왜 집에서는 연락이 없지? 엄마가 모르진 않으실 텐데. 일이 너무 커지는 거 아냐."

염가문을 위해 잔당을 토벌하고자 시작했던 일이 어느새 강호 전역으로 퍼지고 있었다. 당유정도 거기까지는 전혀 생각하지 못해서 답해 줄 수 없었다. 광동 광서만 정리하면 집으로 불려 갈 줄 알았는데 전혀 연락이 없었다.

"몰라. 실수한 셈 쳐. 우리가 나쁜 일 하는 것도 아니고 어떻게든 되겠지."

* * *

많은 사람들은 새 무림맹이 세워지면 새로운 세상이 올 줄 알았다.

진자강의 무림맹은 공정하게 일 처리를 하였고, 그것은 칭송받아 마땅한 일이었으나 그럼에도 불구하고 세상이 개벽(開闢)한 것처럼 뒤바뀌는 일은 없었다.

권세가 줄었어도 거대 문파는 여전히 거대 문파였고, 중소 문파는 여전히 중소 문파였다.

수만 명을 죽이고 세운 무림맹이니 특별한 일이 생기길 기대했건만 여전히 세상은 그대로였다.

거대 문파는 거대 문파대로, 중소 문파는 중소 문파대로 불만이 쌓여 있었다.

그런데 그 와중에 광동의 작은 문파 염가문에서 녹림 토벌전이 벌어졌다는 소문이 전해져 왔다. 평소라면 그리 대단한 일로 회자될 만한 구석도 전혀 없는 소식이었다. 독룡의 세 아이들로부터 시작되었다는 것 때문에 그나마 알려진 것이었다.

그런 작은 문파들 주제에 녹림을 건드렸다가 보복을 당하면 어쩌려고, 독룡의 아이들이야 돌아가면 그만인데, 하는 생각도 잠시.

그것을 계기로 광동의 문파들은 물론이고 광서에서까지 나서서 녹림의 잔당을 토벌했다는 후속 소문이 났다.

이어서 호광에서까지.

연이은 승전보 속에 활약을 남긴 젊은 무인들의 소식이 끊임없이 튀어나왔다.

누가 산적 열 명을 혼자 상대했다느니.

누가 작건을 무슨 초식으로 어떻게 상대했다느니. 응건을 어느 문파가 무슨 검진으로 상대했다느니.

몇몇은 거대 문파의 제자들보다 훨씬 더 유명세를 탔다.

토벌전에 성공한 문파들이 자파의 제자들을 자랑하고 다니는 건 당연한 일이었다.

그런 소문을 듣고 있는 다른 문파 무인들의 마음에 작은 변화가 생겼다.

언제까지 무림맹이 뭘 해 주고, 거대 문파에서 지원해 주고.

그래야만이 뭘 할 수 있다는 의존적인 마음을 의심하기 시작했다.

이미 그렇게 하지 않아도 해내고 있는 이들이 있지 않은가.

강호 전역에서 광동과 광서의 소식을 들은 무인들의 마음에 작은 불길이 일어났다.

들불이 옮겨붙었다.

타 지역의 무인들도 마침내 일어섰다. 마냥 기다린다고 달라질 게 없으니 답답해서라도 스스로 일어났다.

혼자만 일어난 것이면 어떨까 하며 걱정하던 그 순간, 주변을 돌아보았더니 모두가 함께하고 있었다.

무언가 달라지는 걸 느꼈다.

세상이 아니라, 자신들의 마음에서 변하였다.

당유정이 호광으로 올라가는 동안 여러 중소 문파에서 사람을 보내 접촉해 왔다. 이미 준비를 마치고 당유정을 기다리는 문파도 있었다.

강호 전역에서 녹림 토벌 운동이 일어났다.

몇몇 군데에서는 자정이 시작되었다. 평소 녹림과 내통하고 지내던 문파들은 철퇴를 맞았다.

많은 문파들이 좋든 싫든 전향적으로 입장을 정할 수밖에 없게 되었다. 놀랍게도 무림맹이 전혀 움직이지 않았는데도 강호 전체가 스스로 움직이기 시작했다.

*　　*　　*

천하 녹림의 수괴.

작룡건을 쓴 복령은 사방 곳곳에서 올라오는 보고에 머리가 터질 듯하였다.

이곳저곳에서 산채가 공격당했다는 보고가 들어오고 있었다.

본래 녹림의 가장 큰 이점은 공격을 당하면 더 깊은 산으로 숨어 버릴 수 있다는 점이었다. 다른 산채로 피신하기도 했다. 그랬다가 조용해지면 다시 나오면 그만이었다.

한데 이렇게 동시다발적으로 거의 모든 곳에서 산채를 공격해 오면 피신이고 도피고 애초에 불가능한 것이다! 그것도 그 지역을 잘 아는 지역 문파들의 주도로 공격이 들어오고 있으니 숨거나 피하는 것도 쉽지 않았다.

복령은 대로(大怒)하여 명했다.

“들어라! 구주의 노조건은 산채를 내버려 두고 즉시 가용 인원을 모두 이끌고 황하를 건너 남하하라. 닥치는 대로 다 쓸어버려!”

아홉 명의 노조건은 녹림에서의 최고수다.

그들이 움직여서 세력을 규합하기 시작하면 구대문파에 준하는, 하지만 그보다 훨씬 숫자가 큰 덩어리가 될 터였다. 그 덩어리가 완전히 합쳐져 움직이는 순간, 솜털처럼 작은 문파 따위들은 순식간에 날아갈 것이다.

굼뜨기 짝이 없는 무림맹이 움직이기 전에 독룡을 날리고 강호를 다시 한번 지옥의 구렁텅이로 떨어뜨릴 것이다.

*　　*　　*

진자강도 아이들에 대한 소문을 들었다.

안령은 미친 듯이 웃었다. 눈물을 줄줄 흘리고 얼굴이 벌게져도 웃음을 멈추지 못했다.

"이 사고뭉치들! 아하하하하! 아하하하! 쿨럭쿨럭. 도대체 무슨 짓을 벌이고 다니는 거야. 녹림이 된통 혼나고 있잖아."

안령이 기침까지 했다. 손비가 안령의 등을 두드려 주며 눈을 흘겼다.

"가 보지 않아도 괜찮아? 당가에서도 별다른 움직임이 없어 보이는데."

"……."

"이대로 아이들을 내버려 두고 여기서 신선놀음이나 하고 있을 거야?"

"어디가 신선놀음입니까."

"곁을 지켜 주는 어여쁜 여인과 향기로운 술과 말벗이 되어 주는 동무가 있지."

진자강이 대답했다.

"강호의 일에 개입하지 않기로 한 건 내 자신에게의 약속임과 동시에 강호와의 약속이기도 합니다."

"강호가 완전히 난장판이 되어 가고 있는데도?"

진자강이 안령을 보며 미소를 짓곤 되물었다.

"소저의 눈에는 난장판으로 보입니까?"

안령은 진자강의 눈을 가만히 들여다보았다. 다소 무덤덤해 보이는 표정, 그 속에 아주 작은 만족감이 깃들어 있었다.

"우와아아앗! 소름 돋아! 그 눈빛 뭐야?"

안령이 과장스럽게 허리를 뒤로 뺐으나 실제로 팔에는 소름이 쭉 돋아 있었다.

"당신, 지금 이것. 설마 이것까지 생각하고 있었던 거야? 이렇게 될 줄 알았던 거야?"

"그런 건 아닙니다."

"그 말이 더 무섭네. 그런 게 아니었다는 말."

이 정도까지는 아니지만 어느 정도 예측하고 있었다는 뜻이지 않은가!

"하지만 만약 이게 시작이라면, 여기서 멈춰야 할지도 몰라."

안령이 진지하게 손비와 진자강을 보며 말했다.

"그 아이들은 당신들과 달라서 언제 폭발할지 모르니까. 항간에는 그 아이들이 독을 못 쓴다고 알려져 있는데, 그거 사실 아니잖아."

그렇게 되면 어떻게 될까.

더 말할 필요가 없다.

심지어 당경은 독기 조절을 잘 못해 최근까지 외출을 하지 못하고 있었던 것이다.

"어쩌면 아귀왕의 후예들이 노린 것은 당신이 아니라, 아이들일 수도 있어."

끔찍한 독을 가진 것은 마찬가지이므로.

"알고 있습니다."

"그래도 막지 않을 거야? 만일 아이들이 폭주하게 되면, 그때는."

진자강이 잠시 말을 멈추었다가 말했다.

"어쨌든 강호에서 제 역할은 이미 오래전에 끝났습니다."

"냉정하긴."

안령은 복잡한 심정으로 진자강을 보다가 술을 들이켰다.

"당신이란 사람, 여전히 모르겠어. 그렇게 해서 얻을 게 무엇이라고……."

"내가 얻는 것이 아닙니다."

진자강이 손비와 안령을 차례로 돌아보며 말했다.

"우리가 살아갈 이 강호가 얻는 것입니다."

"뭐야아. 하나도 이해가 되지 않잖아. 세상 참 복잡하게 산다."

진자강이 웃었다.

안령과 손비가 의아할 정도로 진자강은 기뻐하고 있었다.

*　　*　　*

"으음?"

"흐음?"

복천 도장과 인은사태의 시선이 마주쳤다.

복천 도장은 열 명의 청성파 무인들 데리고 나섰고, 인은사태는 아미파 여승들 수십을 이끌고 길을 가던 중이었다. 서로 다른 길을 가던 중에 한곳에서 마주친 것이다.

"오랜만이오."

"나무아미타불. 그렇군요. 오랜만입니다. 그간 별고 없으셨사옵니까?"

"무슨 별고가 있겠소."

"아아, 나오는 길에 장문의 예전 제자가 가출한 아이들에게 시달렸다는 얘기를 들었습니다."

"흠흠. 그야 뭐. 별일 아니었다고 하더이다. 밥 한 끼 먹여 돌려보낸 게 뭐 그리 대단한 일이겠소."

인은사태가 고혹적인 미소를 지으며 물었다.

"그런데 문주께서는 어디 잠깐 나들이라도 가시는 모양입니다."

"아, 그렇소. 요즘 도력이 떨어져 영험한 산들을 좀 들러 도력 수행을 해 볼까 하오. 사태께서도?"

"보타산에서 고명한 법사께서 주재하시는 법회가 열린다고 하여 오랜만에 아이들 세상 구경도 시킬 겸, 산보를 나왔습니다."

"산보라고 하기엔 그리 가까운 것 같진 않소만."

보타산은 가장 동쪽에 있다. 그곳을 가려면 중원을 완전히 가로질러야 하는 것이다.

"별로 멀지 않습니다. 중경을 거쳐 무산을 지나, 동정호도 구경하고 그러다 보면 금방입니다."

인은사태가 말한 경로는 모두 장강 유역의 지명이다.

복천 도장이 말했다.

"그렇구려. 도사된 입장으로 출가한 비구승과 함께 다니는 것도 남들 보기에 무엇하니, 먼저 가시구려. 우리는 다른 길로 가겠소."

"장문께서는 어디로 가시렵니까?"

복천 도장은 잠깐 생각하다가 말했다.

"민강을 따라 올라가 공동산을 들르고 오대산과 태행산을 거쳐 태산 구경을 해야겠소."

복천 도장이 말한 지명은 모두 황하 유역이었다. 장강보다 북쪽에서 중원을 가로지르는 길이다.

인은사태와 복천 도장이 말한 대로 움직인다면 중원을 가로로 삼등분하는 식의 여정이 된다.

"조만간 무림맹에서 연락이 있을지도 모르는데 자리를 비워도 괜찮으시겠습니까?"

인은사태의 물음에 복천 도장이 아무렇지 않게 대답했다.

"우리 청성은 여전히 무림맹에 가입하지 않았으니, 그쪽이야 그들이 알아서 하지 않겠소?"

인은사태가 눈웃음을 지었다.

"인상이 많이 바뀌셨사옵니다. 전보다 훨씬 보기가 좋네요."

복천 도장이 무뚝뚝한 얼굴에 옅은 미소를 지었다.

"조심히 가시오. 요즘 산과 들에 도적 떼가 들끓는다 하니."

"그저 세상을 등지고 불법을 닦는 저희들에게 별일이야 있겠사옵니까."

복천 도장과 인은사태가 가벼운 인사를 하고 헤어졌다. 복천 도장은 비어 있는 한쪽 옷소매를 펄럭이며 내려온 길을 되돌아 올라갔고 아미파는 가던 길 그대로 장강을 따라 내려가기 시작했다.

*　　　*　　　*

"허리가 잘렸습니다!"

전령의 보고에 복령은 당황스럽기까지 했다.

"구주에서 일어난 노조건이 서로 합류하지 못하고 있습니다. 남하하지 못하고 갈렸습니다."

복령은 탁자에 지도를 펼쳐 놓았다. 지도에 긴 줄 두 개가 가로로 쭉 그어지고 있었다.

"청성파가 난주에서부터 황하를 따라 움직이고, 아미파가 사천에서부터 장강을 따라 횡단하고 있습니다. 중간에 남하하려던 구주녹림의 노조건들이 청성파와 아미파를 만나 개박살 났습니다!"

청성파와 아미파가 의도하든 의도하지 않았든 녹림 세력은 그 둘로 인해 세 토막이 나 버렸다. 하나로 합칠 수 없게 된 것이다.

"누가 시킨 거야?"

"그런 얘기는 전혀 없습니다. 그냥 수행을 하기 위해서, 법회에 가기 위해서 산을 내려왔다고 합니다."

"그런데 왜 하필 절묘하게 우리 애들을 만나!"

보고가 계속해서 들어왔다.

"산동사파가 대놓고 내려옵니다!"

"연결책들이 속속 죽어 나가 연락망에 구멍이 나고 있습니다. 당가가 저희 연락망을 역추적해서 조여 오고 있습니다."

복령은 머리에 식은땀까지 났다.

"도대체가……."

오랫동안 준비하고 실수 없이 잘 해 왔다고 생각했는데, 꿈을 펼치려는 순간 모조리 작살이 나고 있었다. 자신들을 어떻게 알았는지 역추적까지 당하는 마당이었다.

복령이 소리를 지르며 권령을 돌아보았다.

"뭐라고 말 좀 해! 이러다가 우리 본거지까지 드러나고 말겠다고!"

권령이 털가죽 의자에 앉아 묵묵히 듣고 있다가 말했다.

"우리가 너무 우습게 보았군. 잊고 있었어."

"뭘?"

"저들이 독룡의 시대를 지나온 백전노장들이라는 걸. 그 지옥 같은 시대에서 어쨌든 살아남은 자들이라는 걸."

복령이 말했다.

"그놈들! 무림맹이 움직이지 않는데도 왜 저들 멋대로 행동하는 거야! 우리가 모르게 무림맹이 물밑에서 움직이고 있었나?"

"아니. 우리가 잘못 생각한 거다."

권령이 의자에서 일어섰다.

권령은 씹듯이 말을 내뱉었다.

"무림맹은 더 이상 권력의 정점이 아니다. 무림맹은 독룡의 시대 이후로 한 번도 강호를 이끈 적이 없어. 우리는 애초에 무림맹을 염두에 둘 필요조차 없었던 거다."

"말도 안 돼. 그럼 뭐 하러 무림맹이…… 아니, 지금 그게 중요한 게 아니잖아! 당장 노조건이 광동으로 합류하지 못하면 독룡은, 독룡의 애새끼들은? 그냥 이대로 놓치도록 내버려 둬?"

"그럴 수는 없지."

권령이 발끝으로 바닥을 툭툭 찼다.

"귀령."

스으윽. 방 한구석의 그림자 속에서 사람의 모습이 몸을 일으켰다.

"기다렸다."

"죽여라. 독룡의 아이들을. 할 수 있겠지?"

귀령이 살기를 뿜어냈다. 방 안에 피어 있던 화롯불의 숯이 순식간에 꺼멓게 사그라들어 가며 어두워졌다.

귀령이 그림자 속에서 이를 드러내고 웃었다.

"약속한다. 반드시 놈들을 고통 속에서 죽어 가게 만들겠다. 수라멸망악심화가 한 번 더 강호에 피어나는 모습을 보게 될 거다."

*　　*　　*

녹림이 본격적으로 반격에 나서면서 싸움이 험해지고 정파 쪽에서도 사상자가 계속해서 나왔다. 그러나 정파 무인들은 물러나지 않았다.

처절한 싸움이든 고된 노역이든, 지겹도록 가난한 자의 삶이든. 그것이 언젠가 끝날 거라는 보장만 있으면, 그래서 지금의 고생이 내일의 밑거름이 된다는 확신만 있다면 어떻게든 견뎌 낼 수 있었다.

지금의 싸움도 마찬가지였다.

죽어 가는 와중에 누군가는 승리자가 되고 명성을 얻는 이들이 나왔다. 애도 속에 환호가 울리고 환호 속에 성취감이 북돋아졌다.

언젠가는 나도.

언젠가는 나도…….

*　　*　　*

당유정들은 호광에서 여전히 승승장구하며 올라가고 있었다.

지금도 꽤 큰 산채의 공격을 앞둔 중이었다.

당경이 조용히 물었다.

"누나 우리 언제까지 싸워야 돼?"

"몰라. 왜 자꾸 물어."

"강호 전체에서 토벌전이 벌어지고 있다잖아. 조만간 구대문파도 움직일 거 같대. 그래서 우리 집에 언제 가?"

진헌이 당경을 힐끗 쳐다보며 물었다.

"이제 슬슬 겁나나?"

"부담스럽잖아. 강호 전체에 우리 이름이 다 알려져서. 지금도 여기저기서 한번 와 달라고 서신이 엄청 온다며."

당경은 고개를 설레설레 저었다.

"아빠는 도대체 어떻게 이런 부담을 견딘 거야. 심지어 아빠는 좋은 것도 아니고 나쁜 쪽으로 악명이 높았으면서."

당유정도 골치 아픈 표정을 지었다.

"야, 말도 마. 나도 망했어. 이제 중매 아니면 좋은 남자

만나는 건 평생 글렀어. 이게 뭐야.”

진헌이 말했다.

“사방이 남자투성인데 뭐가 문제지?”

“그럼 뭐 해. 좀 봐라. 저게 어디 아리따운 소저를 바라보는 애정 어린 눈빛인지.”

진헌이 뒤를 돌아보았다. 남자 무인들이 당유정을 신망이 가득한 눈빛으로 보고 있었다. 신뢰하는 대장의 명령을 기다리는 부하의 눈빛이었다.

아닌 게 아니라 당유정은 그들 사이에서 강철여협(鋼鐵女俠)이라고 불리고 있었다. 거기에는 비정쌍부가 자꾸만 여협이라 부르고 다닌 이유도 한몫할 것이었다.

“내가 어디가 강철이라고 불려야 할 정도냐고오!”

당유정은 억울해했다.

진헌은 피식 웃다가 흠칫했다. 그 남자 무인들의 사이에서 반짝이는 눈으로 진헌을 쳐다보는 여무인들이 보였다. 당유정을 보는 것과는 느낌이 아주 많이 달랐다. 진헌은 재빨리 고개를 돌렸다.

“그렇군.”

“에라, 모르겠다.”

당유정이 투덜거리며 몸을 일으켰다. 수십 쌍의 눈이 당유정을 향했다.

당유정은 손을 들어 외쳤다.

"공격억!"

정파 무인들이 뛰쳐나갔다.

정신없이 싸움이 벌어졌다. 칼이 부딪치고 피가 튀고 기합 소리와 비명 소리가 섞여서 터져 나왔다. 진헌은 전장의 한가운데에서 치열하게 싸웠고, 당경은 알아서 탈주자들을 잡으러 갔다.

당유정은 나설 일이 없었다. 굳이 양보하지 않아도 이미 대장 격이라서 주변에서 나서기를 말렸다.

그런데 오늘따라 싸움이 혼잡했다. 평소에는 우후죽순으로 밀리던 산적들이 제법 치열하게 대항했다.

"큰 산채라 그런가?"

그때.

막대한 투기와 함께 쾅! 흙이 터져 나가고 산채의 목책이 부서지며 정파 무인들이 우르르 물러섰다.

한눈에 보기에도 범상치 않은 장년의 고수가 기분 나쁜 표정으로 입을 이죽거리며 산채에서 걸어 나왔다.

"어쭙잖은 것들이 감히."

검은색 독수리 깃털을 두건에 꽂고 있다.

무인들이 소리쳤다.

"노조건이다!"

노조건은 구주를 상징하는 녹림의 최고수다. 언젠가 한 번은 만날 수밖에 없다고 생각했는데 이 자리에서 만나게 된 것이다.

“하룻강아지들이 범 무서운 줄 모르고 달려들다니. 오늘이 네놈들 제삿날이다.”

몇몇 호기 넘치는 무인들이 달려들었다가 노조건의 주먹에 죄다 나가떨어졌다. 오래 버텨야 이 합, 삼 합이었다.

노조건이 당유정을, 정확히는 당유정의 곁에 있는 비정쌍부를 노려보았다.

“배신자 새끼. 니가 이놈들을 여기로 안내했겠다?”

비정쌍부가 손가락으로 귀를 팠다.

“댁도 나처럼 포로로 잡혀 보슈. 안 그렇게 되나.”

그사이에도 무인들이 노조건에게 달려들었다. 노조건이 무인들을 떨쳐 내며 긴말은 하지 못하고 욕을 했다.

“개새끼.”

“아니, 저 새끼가 사람한테 이 새끼 저 새끼하고 자빠졌네. 누님, 저 새끼 좀 혼내 주세요.”

비정쌍부가 노조건을 가리키며 당유정에게 말했다.

당유정이 화를 냈다.

“아니, 누가 누님이에요! 이 아저씨 가뜩이나 예민한데 자꾸 이상한 소문 퍼뜨리시네. 안 해요! 일 없어요.”

"어차피 풍도천권(風刀天拳)은 노조건이라 여기 애들은 못 잡아요."

진헌이 나서서 풍도천권을 맞상대했다. 진헌의 실력도 보통이 아닌데 풍도천권에게는 살짝 밀렸다. 결국 일권을 맞고 몇 바퀴를 굴렀다. 벌떡 일어서긴 했으나 내상을 입었는지 눈가가 퍼레졌다.

"쟤는 또 왜 저래? 주제를 알아야지. 풍도천권한테 한 대도 안 맞고 이기려 드니 그게 되나."

비정쌍부가 투덜댔지만 당유정은 빙긋 웃었다. 진헌이 자기가 한 말을 지키려 애를 쓰는 모양이었다.

"제 말을 들으셔요. 안 된다니까요. 저저저, 애들 다 눕는 거 봐. 결국 누님이 나설 수밖에……."

비정쌍부가 말을 멈췄다. 귀를 파다 말고 자기 손을 보았다. 소름이 돋아 있었다.

"어? 뭐야, 이거."

비정쌍부가 눈동자만 아래로 내려 땅을 보았다.

스으으으.

비정쌍부의 그림자에서 사람 모습의 그림자가 서서히 올라왔다. 그림자에 눈과 입이 붓으로 그린 것처럼 생겨났다. 고도의 은신술이었다. 몸을 반쯤 일으켰는데 아직도 그림자와 붙어 있는 듯 보였다.

귀령에게서 소름 끼치는 살기가 쏘아져 나왔다. 귀령이 눈을 치켜뜨곤 킥킥거리며 찐득한 어조로 말했다.

"독룡의 딸."

비정쌍부가 엄청나게 큰 소리로 고함을 질렀다.

"저 아닌데요!"

귀령이 깜짝 놀라서 인상을 썼다.

"누가 네게 물었……."

순간 귀령은 말을 멈추고 위를 보았다. 당유정이 귀령의 앞에 서서 양손을 치켜들고 있었다. 귀령이 내공을 폭발적으로 끌어 올리며 손가락에서 아미자를 돌렸다. 핑그르르! 아미자는 긴 나무젓가락 모양인데 끝의 촉은 강기를 파괴할 수 있는 철로 되어 있고, 일단 배에 꽂히면 고슴도치처럼 칼날이 튀어나와 안에 틀어박히게 되는 특이병기였다. 그리고 아미자를 잡아당기면 배가 찢기고 내장이 모조리 흘러나와 천하의 누구도 살 수 없게 되는 것이다.

그리고.

쾅!

귀령의 반신이 땅에 파묻혔다.

"어?"

귀령이 당황해서 벗어나 보려고 조금씩 꿈틀거리는데 관절에서 뚜둑뚜둑 소리가 났다. 잔뜩 어긋났다.

"너 이 개 같은……!"

귀령이 어거지로 팔을 움직여 아미자를 뻗으려 했다. 당유정은 사정도 보지 않고 한 번 더 깍지 낀 주먹으로 가격했다.

콰앙! 콰앙!

때릴 때마다 몸이 푹푹 땅으로 박혀 들어갔다.

귀령은 더 이상 움직이지 못했다. 어찌나 강하게 가격당했는지 팔다리가 비틀리고 몸통은 통째로 묻혔다.

데구르르, 칼날이 튀어나온 채로 구부러진 아미자가 바닥을 굴렀다.

근처에 있던 무인들도 처음엔 긴장했다가 별것 아닌가 보다 싶어서 다시 고개를 돌리고 싸움터로 향했다. 여태 많이 봐 온 모습이었다.

"어우……."

비정쌍부가 자기 그림자에 고통스럽게 파묻힌 귀령을 보고 오만상을 찌푸리며 몸을 슬쩍 움직여 그림자를 이동시켰다.

당유정이 손을 흔들어 털며 물었다.

"이 아저씨도 노조건이에요?"

"노조건이면 깃털 꽂힌 두건을 둘러야 하는 거여요."

"근데 왜 갑자기 공격을 해 왔지."

비정쌍부가 더러운 것 만지듯 비틀린 귀령의 손을 손가락으로 집어 들었다. 권갑을 떼고 손에 두른 천을 풀어 냈다. 그러곤 손등과 손바닥을 뒤집어 가며 보았다.

그러더니 침을 꿀꺽 삼켰다.

“령(令)……. 소문인 줄만 알았드니.”

“뭔데요.”

“우리 녹림의 최고 우두머리는 화룡의 비늘을 꽂은 작룡건이여요. 그런데 또 다른 소문에 의하면.”

비정쌍부가 손등의 구멍을 내보였다. 보일 듯 말 듯 했다. 얼핏 보면 점 같기도 했다.

“여기 작은 구멍 보이셔요?”

“네. 구멍이 있네요.”

“이렇게 손에 구멍이 난 절정의 고수들이 작룡건과 함께 있다고 하여요. 작룡건도 그들의 일부인데 오령인가 십령인가 뭐 하여튼 그렇다는데 다들 이렇게 손등에 구멍이 있대요.”

그 절정의 고수라던 령 중의 한 명이 발밑에 박혀 있는 것이다.

비정쌍부는 다시금 귀령을 내려다보았다. 나타났을 때의 살기와 어마어마한 존재감을 보면 노조건 이상의 령은 확실한데, 그냥 평범한 녹림도처럼 뭘 해 보지도 못하고 구겨져서 박혀 있다…….

비정쌍부가 눈을 끔벅거리면서 당유정을 보았다.

"아니 근데 그 령이 이 정도면 뭐, 누님은 도대체 얼마나 고수이신 거여요?"

물어도 당유정은 대답이 없었다. 비정쌍부의 괴리감을 아는지 모르는 척하는 건지 당유정은 딴생각에 빠져 있었다.

"어디서 들은 것 같은데……."

풍도천권은 계속해서 공격을 받고 있었다. 강맹한 무력으로 버티고는 있었으나 이미 다른 녹림도들은 모두 잡히거나 투항했고, 혼자만 남아 있었다.

정파 무인들의 공격이 쉴 새 없이 이어졌다. 청년들뿐 아니라 나이가 있는 이들도 가세했다. 진헌에다가 뒤늦게 돌아온 당경까지 끼어들면서 풍도천권은 마침내 무릎을 꿇었다.

"이런 머저리들에게……."

풍도천권은 끝까지 욕을 하며 쓰러져 갔다.

구주의 녹림 고수 중 한 명인 노조건이!

풍도천권이 패함으로써 녹림의 세력은 호광에서 크게 축소될 터였다. 이제 적어도 호광에서는 다시 노조건을 만날 일이 없을 것이다.

정파 무인들의 함성이 찌를 듯 산채에 울려 퍼졌다.

"와아아아!"

해냈다!

할 수 있다!

"와아아아!"

순간 당유정이 손뼉을 쳤다.

"아!"

비정쌍부에게서 손바닥의 구멍 얘기를 들었을 때 어디서 들은 듯한 기분이 들었는데, 이제 깨달은 것이다.

손바닥에 관련된 진자강의 일화.

당유정의 눈이 휘둥그레졌다.

"아귀왕의 후예다!"

*　　*　　*

나의 벗이여.

오늘은 적병 오십을 베었소. 그리고 적들 중에 가장 강하다는 자를 만나 무릎을 꿇리고 패배를 시인하게도 하였소.

그러나 승리의 기쁨도 잠시.

벌써 벗에게로부터 몇 통째 답장이 없으니 걱정이 되기도 하는구려.

강호가 혼란스럽고 어지러워 이 서신이 닿지 않는 것인가.

그리하면 나는 언제 또 벗을 만나게 될 수 있을 것인가.

벗은 나의 업을 함께 짊어져 주겠다고 하였으며, 또 대업을 도모하자고까지 권해 주었소.

하나 본좌는 벗의 답장을 기다리는 것밖에 할 수 있는 일이 없구려.

부디, 본좌가 도울 일이 있다면 서슴없이 말해 주시오.

본좌 또한 언제든 총력을 다하여 그대를 돕겠소.

우리가 알고 지낸 후로 여덟 번의 봄과 일곱 번의 겨울이 지났소.

한 가지 사과할 일이 있으나, 언제 또 벗을 만나게 될지 알 수 없어 긴 밤이 어수선하구려.

당경은 서신을 적고 난 뒤 후후 불며 말렸다.

"무슨 일이지. 금룡대협이 이렇게 오랫동안 답장을 하지 않을 리 없는데."

걱정스러웠다. 벌써 몇 번이나 서신을 보냈는데 답장이 없었다.

금룡대협은 당경이 아빠 다음으로 가장 존경하는 인물이었다. 정체가 탄로 날까 봐 정확한 사정을 말할 수는 없었으나 매일 산채를 박살 내고 전과를 올릴 때마다 그에게 가장 먼저 자랑하고 싶었다.

당경은 그에게 자신의 정체, 특히 나이까지도 숨기고 어른 행세를 한 것이 못내 마음에 걸렸다.

"집으로 돌아가기 전에는 만나서 속인 걸 사과드리고 싶은데……."

금룡대협은 어떤 사람일까. 지금까지 서신을 나눠 온 것을 돌아보면 굉장히 침착하고 사려가 깊은 사람이었다. 말투로 보아 생각보다 나이가 아주 많은 것 같지는 않고 아마 오십 대 정도인 듯도 했다.

당경은 한숨을 쉬며 서신을 접었다.

돌아올 답장을 기다리면서.

*　　*　　*

방 안의 분위기는 매우 침중했다.

녹림의 주인 복령이 말했다.

"귀령에게선 아직도 연락이 없어."

거상(巨商) 금령이 말했다.

"그리고, 독룡의 자식들은 여전히 호광을 휘젓고 다니지. 아무 일 없었다는 듯이. 그게 가능한 일인가?"

그것은 오령에게 생각보다 굉장히 큰 충격이었다.

귀령이 독룡의 자식들을 습격했으면 당연히 소동이 났어야 정상이었다. 그런데 문제가 있었다는 얘기가 전혀 없다는 건 귀령이 눈곱만큼도 존재감을 드러내지 못했다는 뜻이다. 하다못해 생채기 하나 내지 못했으니 아무 소문도 나지 않은 것이다.

독룡의 자식들이 당가에서 자랐으니 강할 거라고는 생각했다. 하지만 귀령이 이렇게 쥐도 새도 모르게 존재감 없이 사라질 거라고는 전혀 예상할 수 없었다.

천마표국(天馬鏢局)의 주인 암령이 이를 갈았다.

"귀령은 우리 중에 두 번째로 많은 영약을 먹었다. 혹시나 했는데 역시 독룡의 자식들이로군. 설마하니 귀령이 독룡도 아니고 독룡의 자식들에게 패할 줄이야."

복령, 금령, 암령이 권령을 쳐다보았다.

권령은 아까부터 묵묵히 무언가를 생각하고 있었다.

"권령. 뭐라고 말 좀 해 봐. 당가는 점점 조여 오고 있고, 우리 주력은 죄다 나누어져서 합치지도 못하고 있다."

"귀령이 실패했다는 건 우리로서도 독룡의 자식들을 상대할 수 없다는 뜻이야."

금령과 암령은 요구하고 있었다.

권령.

권령이 나서야 한다.

독룡은 절대 무적이다. 강호의 누구도 감히 독룡과 대적할 생각을 하지 못한다.

그러나 만약에 강호에서 유일하게 독룡을 상대할 수 있는 사람이 있다면, 그게 권령이다.

권령은 오랜 기간 독룡의 무공을 분석하고 파훼하는 작업을 해 왔다. 독룡의 싸움 방식을 수라절식이라 이름 붙이고 많은 이들이 연구에 동참하게 한 것도 권령이 물밑에서 벌인 일이었다.

마침내, 권령이 결단을 내렸다.

"모든 인원을 하남으로 모아라. 아무리 남북으로 갈렸어도 하남 중부에서 모인다면 꽤 긁어모을 수 있을 거다."

"그래서, 목표는?"

"독룡의 자식들."

"독룡은 포기하는 건가?"

권령이 대답했다.

"당장에 독룡을 죽이지 못한다 하더라도 독룡의 자식을 죽여서 강호에 수라혈을 퍼뜨리는 것 또한 우리의 계획이었다. 그 자리에서 수만 명이 죽을 테고, 그로써 강호는 독룡에 대한 공포를 다시금 떠올리게 될 것이다. 그 후에 독룡과 당가는 강호에서 저절로 떨어져 나가게 되겠지. 우리의 진정한 복수는 그 뒤에 이루어지게 될 것이다."

권령이 구멍이 난 손을 꽉 주먹 쥐었다. 구멍에서 피가 방울지어 맺혔다.

삼령의 표정에도 긴장감이 감돌았다. 이리저리 방해를 받느니 단번에 몰아쳐서 사태를 반전시킬 셈인 것이다.

암령이 조심스레 물었다.

"병력을 잔뜩 모아 놓고 그리로 놈들을 유인하면 올까?"

"온다."

"하지만 거긴 소림사가 있어. 우리가 하남에 모이면 소림사를 친다 생각하고 다른 놈들이 몰려들 거야."

예전이라면 아무리 땅덩이가 넓다 한들 하남에 녹림이 발을 들인다는 건 불가능한 일이었다. 그러나 소림사는 독룡 이후 거의 봉문에 가까울 정도로 바깥 활동을 하지 않았다.

"그걸 노리는 거다. 수만 명이 모이겠지. 그리고."

권령이 말했다.

"나는 거기에서 독룡의 자식을 죽여, 그의 피를 뿌릴 것이다."

*　　*　　*

"왔다!"

당경은 파발로 온 서신을 받았다.

기다리고 기다리던 서신이었다. 금룡대협이다.

"다행이다! 별일 없으셨구나. 휴."

당경은 아무도 없는 곳으로 가서 두근거리는 마음으로 서신을 열었다.

나의 벗, 지존수라여.

면목 없게도 그간 답을 하지 못하였네. 본인에게조차 어려운 일이 닥친바…… 그 일을 해결하기 위하여 동분서주할 수밖에 없었음을, 그리하여 벗에게 답장하지 못하였음을 이해하여 주게.

당경은 읽으면서 고개를 끄덕끄덕했다.

"그럼 그럼. 금룡대협은 워낙 바쁘신 분이라 그럴 수 있지."

하나, 본인이 할 수 있는 모든 자원을 가용하고 또 각고의 노력을 기울였음에도 불구하고…… 상황은 최악으로만 흐르고 있네.

"어? 이게 무슨 말이야?"

당경은 놀라서 가슴이 두근거렸다. 금룡대협에게 무슨 일이 생긴 것이다.

벗이여!

이제 내게 주어진 시간이 많이 남지 않았네. 만일 본인이 모든 것을 쏟아부은 최후의 결정이 올바르게 마무리된다면, 나는 벗에게 이전처럼 즐거운 서신을 써 보낼 수 있게 될 걸세.

그러나 만일, 내게 답장이 없다면…….

그대와 나누었던 수년간의 우정이 아주 덧없지는 않았음을, 본인이 끝까지 벗에게 감사하는 마음을 가지고 떠남을…….

잊지 말아 주게.

그것으로 본인의 생에 멋진 추억 하나는 남기고 갈 수 있을 터이니.

그리운 나의 벗, 지존수라여.

그대가 보고 싶군.

당경은 충격을 받아서 말이 나오지 않았다.

"금룡대협이……? 도대체 얼마나 큰 위험에 처하셨길래 이런 말을 하시지!"

마음이 급해졌다.

"안 돼……. 이대로 가만히 있으면 안 돼."

칠 년 가까운 시간 동안 당경이 마음을 털어놓을 수 있는 유일한 친구였으며, 당경의 진로에 대해 진심으로 함께 걱정해 준 고마운 어른이었다.

그렇게 자신에게 수많은 도움을 준 사람이 지금 목숨이 경각에 달릴 정도로 힘들어하고 있는데 아무것도 하지 않을 수는 없었다.

당경은 급히 뛰어나갔다. 서신을 전해 온 사람을 뒤쫓아서 십 리 이상을 달려갔다. 그러곤 그를 찾아 서신이 어디서 왔는지 확인했다.

"하남에서 왔습니다. 원래 표국을 거쳐 와야 하는데 시국이 시국인지라 직접 인편으로 받아서 저희 쪽으로 전달해 온 걸로 알고 있습니다."

"하남? 하남 어디요!"

"회선사…… 라고 들었습니다."

"회선사!"

"거기도 지금 녹림이 들끓어서 난리인가 봅니다. 도대체 소림사는 뭐 하는지 원."

당경은 깜짝 놀랐다.

녹림!

그러고 보니 서신이 끊긴 때가 녹림이 발호한 때와 겹친다.

그런 건가?

설마 자신들 때문에 녹림이 움직이고, 그 때문에 괜히 금룡대협마저 피해를 입게 된 건가?

당경은 자책감이 들었다. 서신이 온 곳의 이름을 다시금 외웠다.

회선사.

그곳에…… 금룡대협이 있다.

마지막이 될지도 모르는 때에 당경을 보고 싶어 하는 금룡대협이.

어쩌면 보고 싶다는 말이 도움을 바라는 금룡대협의 간절한 외침인지도 모른다는 생각이 들었다.

*　　　*　　　*

당경이 객잔에 돌아왔을 때 모인 이들이 굉장히 어수선해 보였다. 모두가 술렁대고 있었다.

당유정이 급하게 당경을 보고 말했다.

"경아! 짐 챙겨."

당경은 흠칫했다.

"왜, 갑자기?"

"녹림이 전력을 다해 숭산으로 가고 있대. 소림사를 치려고 하는 것 같아. 다른 문파들도 그래서 소림사로 가려는 중이야."

하지만 당경은 소림사로 가겠다는 말이 나오지 않았다.

"난 안 돼."

"응?"

"나는 할 일이 남아 있어. 소림사로 갈 수 없어. 나중에 갈게."

"네가 할 일이 뭐가 있어."

당경이 성질을 부렸다.

"누난 내가 앤 줄 알아? 내게도 나만의 일이 있다고!"

당유정은 눈을 동그랗게 뜨고 당경을 보았다.

"경아?"

"내가 매일 누나 말을 들어줬더니 나를 애 취급하잖아! 소림사에는 내가 아니어도 지킬 수 있는 사람들이 많이 있잖아. 그러니까 난 싫어, 못 가. 아니 안 가! 안 간다고!"

당경이 소리를 지르는 바람에 근처에 있던 무인들이 고개를 돌려 둘을 보았다.

당유정은 당경이 대들어서 잠깐 충격을 받은 듯 말없이 서 있었다. 당경은 자신의 숙소에 들어갔다가 봇짐 하나만 가볍게 들고 휙 나왔다.

"난 나중에 알아서 갈게."

"……."

"말리지 마."

그제야 당유정이 대답했다.

"응, 안 말릴게."

당경은 조금 미안해져서 당유정을 돌아보았다. 그러나 돌아본 순간 얼굴이 잔뜩 찡그려졌다. 당유정이 양손을 위로 들고 있었다.

"아이 씨……."

당경은 신법을 최대한 발휘해서 피하려 하였다. 그러나 피하려는 순간에 이미 몸이 바닥에 붙었다.

꽝!

당유정이 엎어진 당경을 보며 눈을 부라렸다.

"말리는 건 안 말리는데, 어디서 사춘기질이야. 이게 아주 요즘 머리 컸다고……."

근처의 모든 무인들이 무서운 기분이 들어 어깨를 부르

르 떨었다.

"어우…… 아프겠다."

"역시 강철여협. 우리 대장에게는 독종차사도 어쩔 수 없구나."

* * *

당유정이 당경이 가지고 있던 편지를 읽고 내려 두었다.

당경은 마침내 금룡대협에 대해 털어놓았다.

"내 유일한 친구였어."

"그러니까, 칠 년 전부터 이렇게 표국을 통해 서신을 주고받았다는 거지? 다 좋은데, 별호가 금룡대협이잖아. 용을 잡은 사람. 좀 이상하다고 생각하지 않았어?"

"전혀."

당유정이 눈을 가늘게 떴다.

"이 금룡대협이란 사람이 바람 넣어서 네가 그렇게 강호를 나오고 싶어 했던 거 아냐? 그리고 때마침 우리가 나왔다는 소문이 강호에 퍼진 것도 좀 그렇다."

"수상한 분 아니야. 내 출신에 대해서 한마디도 한 적 없어. 모르면 함부로 말하지 마."

"야, 너 별호부터가 지존수라잖아."

"그야 너무 어릴 때 만든 거라……."

당경이 진헌을 쳐다보았다. 도와 달란 의미였다.

하지만 진헌도 서신을 읽곤 고개를 저었다.

"수상하군. 느낌이 좋지 않아. 하필이면 이런 때에."

"형까지 이럴 거야? 뭐가 수상한데, 형 찾을 때에도 금룡대협이 도움을 줬단 말야. 우린 오랫동안 연락해 온 사이라니까? 내게 도와 달라고 금룡대협이 직접 말한 것도 아니라고. 그냥 내가 가서 도와주고 온다는데 뭐가 문제야."

"나를 찾을 때 도움을 주었다고?"

"형이 우리랑 형제라는 걸 확인해 줬어."

진헌이 눈을 가늘게 떴다.

"날 아는 사람은 해남도에서도 극소수야. 하남에 있는 사람이 그걸 어떻게 알지? 더 수상해지는군."

"금룡대협은 모르는 게 없어. 아주 옛날부터 뭐든 다 알고 계셨어."

"그게 말이나 된다고 생각하나."

당유정이 옆에서 끼어들었다.

"야, 경아. 금룡대협이랑 너랑 아빠에 대해서 가장 얘기를 많이 했다면서. 옛날 일이랑 무공이랑. 그런데도 이상하게 생각된 적 없었어?"

"수라절식은 강호에 다 알려졌는데 뭐! 그리고 강호에서 아빠 얘기 아는 사람이 한둘이야?"

"그러니까 이상하지. 아무리 네가 어른 흉내를 냈어도 애라는 티가 팍팍 나는데. 게다가 지존수라라는 이상한 별명까지 쓰고 있잖아. 그런데 금룡대협이 너에 대해 몰랐을까?"

당경이 발끈해서 소리쳤다.

"도와주지 않을 거면 관둬!"

당경은 서신을 빼앗듯 집어서 소중히 접어 넣었다.

"처음부터 말 안 통할 줄 알았어. 얘기는 해 줬으니 이제 말리지 마. 누가 뭐라든, 내가 어려웠을 때 도와준 벗이고 내가 아빠 다음으로 존경하는 분이야."

당유정이 손을 뻗어서 앞을 가로막았다. 당경은 눈을 치켜뜨고 물었다.

"막을 거야?"

"아니."

"장난해? 이러다가 늦어서 금룡대협이 잘못되면 어쩔 건데! 누나가 책임질 거야?"

"네가 가서 어쩌려고."

"도와 드려야지."

"녹림에 아귀왕의 후예가 있다는 거, 내가 말했지. 거기 잔뜩 모여 있을 텐데 단독으로 거길 간다고?"

"그래서 금룡대협이 고난을 겪으시는 거잖아! 녹림 때문에. 우리가 아니었으면 녹림에 곤혹을 치르실 일도 없었다고."

"무슨 일이 벌어질지 몰라. 수만 명의 녹림도가 모여 있어."

"녹림은 소림사로 가잖아. 나는 회선사로 갈 거야. 소림사하고는 가깝지만 좀 떨어져 있어."

"가까운데 떨어져 있다는 게 무슨 소리야. 니가 가고 싶으니까 막 되는 대로 둘러대는 거잖아."

"자꾸 애 취급하지 마! 난 애가 아냐. 내 앞가림은 내가 할 수 있어!"

당유정과 당경은 계속해서 티격태격 싸웠다. 당유정은 당경을 보내고 싶어 하지 않았고, 그럴수록 당경은 마음이 급해져서 더 언성을 높이게만 되었다.

그때 진헌이 불쑥 끼어들었다.

"내가 가지."

"형?"

"네 누나는 광동, 광서 토벌군의 대장이야. 숭산에 여러 연합 문파가 모일 텐데 쉽게 빠질 수 없다. 그리고 너는 아직 독기 다루는 법이 완전하지 못하다면서. 그러니 내가 간다."

당유정이 옆에서 말을 정정했다.

"네 누나 아니고 우리 누나."

진헌이 당유정을 무시하고 말을 계속했다.

"어차피 서신만 주고받았다면 서로 얼굴을 모르는 거 아냐?"

"아예 내 대신 가주겠다고?"

"그래."

진헌이 당경과 당유정을 차례로 보며 말했다.

"녹림 때문에 도움이 필요하다면 네가 가든 내가 가든 별로 차이는 없을 거다. 그리고 만약 일이 잘못돼도 너와 네 누나가 당하는 것보단 내가 당하는 게 낫겠지."

당경이 그게 된다면 그렇게라도 해야 하나 고민했는데, 당유정이 딱 잘라 답했다.

"네 누나 아니고 우리 누나. 야, 헌이 넌 그리고 말을 왜 그렇게 하냐? 어차피 남매지간인데 왜 우리가 당하는 것보다 네가 당하는 게 낫다고 그래. 섭섭하게."

진헌은 고개를 저었다.

"개인적인 감정은 접어 둬. 누가 봐도 정실의 피와……."

당유경이 진헌의 뒷말을 가로막았다.

"그러지 마. 그런 말은 의미 없어. 내겐 너희 둘 다 똑같은 동생이야. 그런 일은 절대로 없어."

답답해진 당경이 소리를 질렀다.

"그럼 어쩌자는 건데!"

그때 비정쌍부가 뒤에서 편한 자세로 누워 하품하며 말했다.

"아, 그냥 좀 가라고 하여요. 그게 뭐 대단한 일이라고 형제자매 간에 의리 상하게 싸워요. 함정이면 그냥 수라혈인지 뭐시긴지 딱 한 모금 맛보여 주면 되잖어요. 그럼 기겁해서 다 튈 건데 말여요."

"안 튀면?"

"뒤지죠. 마교 교주고 무림맹주가 다 뒤졌는데 지가 안 뒤지고 배기겠어요?"

당유정이 비정쌍부에게 눈을 흘겼다.

"지금 그러지 않으려고 이러는 거잖아요."

"왜요?"

"그야……."

당유정은 말을 하려다가 불현듯 묘한 생각이 스쳤다.

소림사에 녹림이 모이고 있고, 그래서 그 근처에 있는 회선사에 문제가 생겼다면 충분히 논리적으로는 이해가 되었다.

하지만 금룡대협이란 이의 정체가 너무나 불분명하여 불안한 것이다.

그러니…….

당유정은 비정쌍부에게 감사를 표했다.

"고마워, 아저씨."

"……네?"

당유정이 당경에게 말했다.

"경아. 그럼 도와주러 가는 건 좋은데 한 가지만 확인해 보자."

당경과 진헌이 무슨 의미냐는 듯 당유정을 보았다.

*　　*　　*

녹림의 잔당들이 하남으로 모이고 있다는 소식이 강호에 퍼졌다.

잔당이라고 해도 그 수가 워낙 많아 수만 명은 족히 되었다.

최후의 발악처럼 강호의 기둥이나 다름없는 소림사를 해치려 하는 듯 보였다.

이에 각지의 정파 문파들도 일어나 하남으로 모여들었다. 산동에서 섬서에서 강서에서…… 당유정이 이끄는 광동과 광서에서.

이번이 마지막 싸움이 될 수도 있었다. 그리고 잔당을 퇴

치하는 데 성공한다면 거대 문파의 도움 없이 중소 문파의 힘으로 녹림의 준동을 막아 낸 유일무이한 사례가 될 터였다.

무인들은 저마다 호연지기를 갖고, 또는 자신만의 정의를 품고 하남을 향해 모여들었다.

*　　*　　*

당가대원.

당하란은 보고를 받고 눈을 가늘게 떴다.

마침내 찾아냈다. 당가대원에서 어떻게 정보가 새었는지.

"경이, 이 녀석……."

당경을 통해 여러 정보가 당가대원에서 나갔다는 게 밝혀졌다.

정확히 말하자면 당경의 잘못은 아니었다.

당경이 이용한 표국과 파발에 문제가 있었을 뿐이었다.

그들이 녹림과 연결되어 있을 거라고 당경이 어떻게 알았겠는가.

독문에서 녹림과의 연결점들을 추적한 결과 설립이 십여 년밖에 되지 않은 상단 하나까지 연이어 드러났다. 그리고 그곳에서 굉장히 오래된 몇몇 어음들을 사용한 것을 찾아냈다. 바로 아귀왕이 소유하고 있던 어음 일부였다.

상단과 표국, 그리고 녹림까지 아귀왕의 후예들이 어떤 식으로든 관계가 있다는 게 밝혀진 것이다.

가신과 장로들이 고개를 끄덕거렸다.

"과연 그렇군요. 녹림의 준동이 아귀왕의 후예에 의한 것은 확실합니다."

"부군은 알고 계십니까?"

당하란이 고개를 저었다.

"모를 겁니다."

"혹시 모르니 부군께 알리는 게 좋겠습니다. 녹림이 하남에 모이고 있고, 유정이와 경이도 그리로 갈 것이 분명하니 말입니다."

당하란은 고민했다. 진자강은 강호의 일에서 가급적 떠나길 원하고 그래야 한다.

"녹림 수만이 움직입니다. 소주들께서 앞가림은 충분히 하신다 해도 파장이 만만치 않을 수 있습니다."

당하란은 조언을 받아들이기로 했다.

"그이에게 알리도록 하겠습니다. 전서구를 띄우세요. 아귀왕의 후예는 그이하고도 관련이 있으니 뒷일은 알아서 할 겁니다. 하나 우리 당가의 병력은 이번에도 움직이지 않습니다. 지금까지 해 온 것처럼 그들의 사업이 어디까지 손을 뻗쳤는지 규모를 밝혀내는 데에 더 주력하세요."

*　　*　　*

진자강은 당가대원의 연락을 받았다.

다소 심각해진 진자강의 표정을 보고 손비가 진자강의 손바닥에 글자를 써서 물었다.

'무슨 일이에요?'

"아귀왕의 후예가 녹림을 조종해서 난을 일으킨 것 같습니다. 지금 벌어진 일들이 그들과 관계가 있었군요."

손비가 걱정스러운 얼굴을 했다.

당유정과 당경, 진헌이 어떻게 만났는지는 모르나 함께 있다는 소문을 들었다. 하지만 아귀왕의 후예들은 진자강과 불구대천의 원수다. 이미 아이들이 나올 때부터 대놓고 독룡의 자식들을 노린다는 소문이 돌았을 정도다.

안령은 인상을 썼다.

"아니, 도대체 무림맹은 뭐 해?"

진자강이 답했다.

"무림맹은 움직이지 않을 겁니다."

"뭐어? 그거 예전부터 좀 이상하다고 생각했거든. 이

젠 물어봐도 되겠지. 일도 안 할 거면 무림맹은 왜 있는 건데?”

“무림맹은 일을 하고 있습니다. 다만 안령 소저가 생각하는 것과는 다른 방향으로 일을 하고 있기 때문에 밖에서는 보이지 않을 수도 있습니다.”

“그러니까 그게 무슨 일이냐고. 무슨 대단한 일을 하기에 무림맹이고 거대 문파고 세가고, 수만의 녹림도가 날뛰는데 하나도 움직일 생각을 안 해. 아, 진짜 답답해.”

진자강이 말했다.

“그 거대 문파를 막고 있습니다. 그들이 함부로 움직이지 않도록.”

“…….”

순간 안령은 자신이 잘못 들은 줄 알았다. 그런데 생각해 보니 그래서였나 싶다. 청성파도 아미파도 굳이 이상한 명분을 내세워 움직였던 것이다.

“아니, 왜? 무림맹과 거대 문파들만 나서면 순식간에 녹림 따위는 정리될 텐데?”

“그래서였습니다. 무림맹과 거대 문파가 나서면 중소 문파의 할 일이 없어집니다.”

손비가 ‘아!’ 하고 탄성을 내는 표정을 지으며 탁자에 글씨를 썼다.

자생(自生).

그러곤 맞지 않느냐는 듯 진자강을 쳐다보았다. 진자강이 미소로 답했다.

"인피장덕 수불피장덕(人被長德 樹不被長德)."

안령이 뜻을 되뇌었다.

"사람은 키 큰 덕을 입어도 나무는 키 큰 덕을 못 본다?"

큰 나무 아래에서는 작은 나무가 자라지 못한다. 아름드리 연포지목(連抱之木)의 그늘은 매서운 비와 따가운 햇살에서 갓 피어난 순한 화초들을 보호해 주지만, 결국 비와 해를 받지 못한 화초는 크게 자라지 못하고 죽는 법이다.

"그럴 수 있어. 당신의 의견에 동의해. 당신조차도 제도 밖에 있었기에 그 수많은 일들을 해낼 수 있었던 거니까."

만일 진자강이 자유롭지 못하고 제도권하에 있었다면, 지금의 진자강은 없었다.

"그런데 말야."

안령이 물었다.

"그거 되게 모순되는 거 아냐? 당신이 무림맹에서 최우선적으로 한 일이 제도를 정비하는 거였어. 당신은 정작 제도권에서 벗어나 있었으면서 남들을 빡빡한 제도 속에 밀어 넣었다고. 그게 설마 토대를 쌓기 위해서였다는 것?"

진자강이 말했다.

"지난 아귀왕의 일로 말미암아 우리는 깨달았습니다. 큰 문파만으로는 풍파를 막을 수 없다는 것을."

일목난지(一木難支). 큰 집을 기둥 하나로는 지탱하기 어려움을 일컫는 말이다.

"다시 기둥이 될 만한 나무를 자라게 하기 위해서 기반을 다질 필요가 있었습니다. 제도는 그것을 위한 첫걸음이었습니다."

"당신의 궁극적인 목적이 제도가 아니었던 거야?"

"제도는 마지막이 아니었습니다. 해월진인께서 귀천하시던 마지막 순간에, 나는 사람들을 보고 있었습니다. 울고 웃고 기뻐하고 슬퍼하던 사람들을. 그러다가 어느 순간 진인께서 귀천하신 것을 알았습니다."

"아……!"

안령이 저도 모르게 탄성을 냈다.

"내 의식은 타인의 희로애락에 닿아 확장하였고, 그것을 통해 더 넓은 곳으로 나아가 마침내 해월진인의 귀천에까지 닿을 수 있었습니다. 하지만 나는 당시엔 몰랐습니다. 그보다도 더 오랜 시간이 지난 뒤에야 그 의미를 깨달았습니다."

안령과 손비가 진자강을 쳐다보았다.

진자강이 천천히 말했다.

"내가 하고자 하는 일과 내가 벌인 일의 끝에는 사람이 있다."

안령이 다시금 되뇌었다.

"제도 끝에 사람이 있었다……."

"제도를 만드는 것도, 지켜야 하는 것도, 제도가 필요한 이유도, 지켜야 하는 이유도. 결국은 사람이 함께 살아가기 위해서였던 겁니다. 나는 제도를 통해 복수를 완성했지만 그것으로는 불충분했습니다."

"하지만 사람이 우선이라고 하면서도 무림맹주가 된 후에 당신이 제도를 우선시한 행동은 여전히 이해가 되지 않아."

"사람이 우선일 때도, 제도가 우선되어야 할 때도 있습니다. 어느 한쪽이 우선이 아니며, 또 어느 한쪽이 우월하지도 않습니다. 그러나 동등한 것도 아닙니다."

불현듯, 안령은 자신의 팔에 소름이 돋는 것을 깨달았다.

권도(權道).

물에 빠진 여인을 구하기 위해서는 손을 내밀어 잡아야 한다. 남녀가 유별함이 본래의 도(道)라 하면, 여인을 구하는 일은 도에 어긋나는 것인가?

그러나 사람을 구하는 도가 남녀유별을 구분하는 도보다 우월하므로, 이를 지키는 것을 권도라 하였다.

이미 혼원을 이룬 진자강은 세상을 다른 눈으로 보고 있었던 것이다.

안령은 고개를 설레설레 내젓더니 길게 한숨을 내쉬었다.

"왜 그러십니까?"

안령은 손비가 듣지 못하도록 진자강에게 전음을 보냈다.

「정작 그렇게 깊이 세상을 보면서, 바로 당신 앞에 있는 사람은 못 보고 있잖아.」

그리고 뒷말을 덧붙였다.

「아직도 모르지? 손비는 오래 못 살아. 그래도 이렇게 내버려 둘 거야?」

손비가 오래 살지 못할 거라는 말에 진자강이 흠칫했다.

진자강은 손비를 쳐다보았다.

「거봐. 그것도 모르면서. 그러니까 잘난 척하지 마.」

손비는 무슨 일인지 몰라 얼굴을 빨갛게 물들이면서 글씨를 썼다.

'아이들이 걱정돼요.'

진자강은 잠시 말을 잇지 못하다가 대답했다.

"잘할 겁니다."

'아직 아이들이에요.'

손비가 진자강의 눈을 응시하며 글을 썼다.

'당신처럼 완벽하지도, 강하지도 그리고 무엇보다 예전의 당신처럼 지켜야 할 것이 없지도 않아요.'

지켜야 할 것…….

예전의 진자강에게는 그것이 없었다. 싸우다가 죽으면 그만이었다. 슬퍼하고 걱정해 줄 사람 한 명 없었다. 지켜야 할 가문이나 문파의 명예 같은 것도 전혀 없었다. 그래서 극한까지 자신을 몰아붙이는 것도, 강호의 통상적인 행위로는 용납하기 어려운 수법들도 사용할 수 있었다.

하지만 진자강과 달리 자식들은 부모와 가문의 보호를 받으며 자라났다. 당가에 딸린 수많은 식솔들에 대한 책임과 가문의 명예가 걸려 있다. 진자강만큼 절실함이 없는데 지켜야 할 것들은 잔뜩 있다. 모든 행동거지가 자신의 가문과 부모에게 영향을 끼친다는 것도 안다. 그것이 어떤 식으로 발목을 잡을지 모르는 일이다.

그리고…….

안령이 했던 말로 인해 진자강은 자신이 지켜야 할 다른 부분이 남아 있다는 걸 깨달았다.

"그렇군요. 그런 생각은 하지 못했습니다."

진자강의 말을 다르게 이해한 손비가 물었다.

'어떻게 할 거예요?'

진자강은 잠시 생각에 잠겼다. 그러곤 무언가를 결심했는지 손비를 바라보았다.

* * *

소림사의 산문 밖에 녹림도들이 들끓었다. 그리고 그 반대쪽으로는 각지에서 몰려든 정파 무인의 연합 세력이 자리했다.

양쪽 다 엄청난 인원들이 모여 있었다.

정파 무인들 쪽의 기세도 만만치 않았다.

또래 무인들과의 교류.

눈앞에 목숨을 걸고 힘을 합쳐서 헤쳐 나가야 할 적, 그 어느 때보다 활기에 찬 분위기까지.

젊은 무인들이라면 누구나 원하는 상황이었다.

더욱이 당유정은 이미 강호에서는 유명 인사였다. 모든 청년 무인들이 앞다투어 당유정을 보기 위해 모였다.

"산동 비림파에서 온 현울입니다."

"섬서에서 온 공손도입니다."

"강철여협 당 소저는 어디 계십니까?"

다들 당유정을 찾아다녔다.

광서에서 올라온 무인들이 어색하게 웃었다.

"지금 안 계십니다."

"예?"

당유정 한 명만을 보고 먼 곳에서 올라온 이들도 있어서 무인들은 적잖이 실망했다. 하나 의문도 들었다.

광서를 이끌고 처음 녹림대토벌의 불꽃을 일으킨 영웅이 왜 마지막 결전의 순간에 자리에 함께하지 않았을까?

"그게……."

"잠깐만요!"

무인들이 봉우리 반대쪽을 보며 웅성거렸다.

"저, 저게 뭐죠?"

"적들이 움직이고 있습니다."

소림사를 거의 포위하다시피 하고 있던 녹림도들이 물러나고 있었다. 소림사를 건드리지 않고 동쪽으로 돌아가는 듯하다.

"저게 대체……."

"저들이 노리는 게 소림사가 아니었다는 건가?"

*　　　*　　　*

회선사.

소림사에서 삼십 리 떨어진 곳에 자리 잡고 있으며 숭산의 사대 사찰로 불리는 곳.

회선사의 일주문은 성벽처럼 붉은색의 벽돌로 높게 쌓여 있으며 입구에 거대한 금불이 놓여 있어서 굉장한 위압감이 있었다.

하지만 오늘의 회선사에는 불목하니나 수행자, 승려들이 한 명도 보이지 않았다. 바로 지척인 소림사에 수만 명의 녹림도들이 몰려와 있기 때문일까.

거기에 장포를 완전히 둘러쓰고 삿갓을 턱까지 푹 눌러쓴 이가 조심스럽게 들어왔다.

일주문의 입구에서 공손히 합장을 한 후 이리저리 기웃거리면서 다니다가 빈 대웅보전을 한 바퀴 빙 둘러보았다.

그러다가 걸음을 멈춰서서 벽을 보았다.

천중산(天中山)! 천하의 가운데에 있는 절.

대웅보전의 벽에 새겨진 세 글자였다. 삿갓의 남자는 조벽(照壁)의 글자를 감탄하며 손으로 만져 보았다.

그런데.

뚝.

남자가 갑자기 동작을 멈추었다.

작은 발소리가 남자의 등 뒤에서 났다. 누군가 온 것이다.

뒤쪽에 선 이가 먼저 말을 걸었다.

"지존수라?"

삿갓을 쓴 남자는 아무 대답도 하지 않았다. 고개를 아주 미약하게 끄덕여서 대답인지 아닌지 조금 애매했다.

뒤에 있던 이가 다시 한번 확인했다.

"그대. 지존수라가 맞는가."

삿갓의 남자가 돌아섰다. 하지만 여전히 삿갓을 푹 눌러 쓴 채라 얼굴을 알아볼 수 없었다.

뒤에 서 있던 이, 권령이 재차 확인을 요구하며 말했다.

"내가 생각보다 젊어서 놀랐는가? 나 금룡대협일세. 자네가 지존수라가 맞지? 이제야 우리, 만나게 되었군."

그러자 마침내 남자가 삿갓을 들어 얼굴을 내보였다.

순간 권령은 흠칫했다.

예상외의 얼굴이어서다.

열일곱 여덟쯤의 얼굴이 아니라 수염이 더부룩하게 난 중년의 남자가 멀뚱멀뚱하게 자신을 쳐다보고 있었다.

권령이 놀란 가슴을 진정시키며 말했다.

"인피면구인가."

권령은 웃으면서 양팔을 벌렸다.

"걱정할 것 없네, 벗이여. 그대가 어떤 얼굴이고 어떤 사람이든 상관없네. 우리가 그간 나누어 온 칠 년의 세월은 그 정도로 허물어지지 않네. 그러니 부디 내게 자네의 본얼굴을 보여 주지 않겠나?"

삿갓의 중년인이 멀뚱하게 대답했다.

"이게 내 원래 얼굴인데요. 누구세요?"

권령의 미간이 살짝 찌푸려졌다. 목소리가 이상했다. 어린 목소리가 아니다. 목소리를 변조할 수는 있다손 치더라도 느낌이 왠지 싸했다.

권령이 어금니를 꾹 물고 되물었다.

"넌 누구냐."

"비정쌍분데요."

권령의 얼굴이 일그러졌다. 기다리던 이가 아니다.

그리고…….

대웅보전의 불상 뒤에서 다른 사람이 모습을 드러냈다.

권령이 그를 보고 깜짝 놀라 눈을 크게 떴다.

"너……!"

진헌이 무덤덤한 얼굴로 권령을 내려다보며 말했다.

"한눈에 날 알아보다니. 금룡대협, 당신이 정말로 아귀왕의 후예가 맞는 건가."

권령은 진헌을 보고 이를 빠득 물었다. 온몸이 전율하고 있었다. 어차피 이제 와서 모른 척해 봐야 늦었다. 그리고 그럴 필요도 없다.

"어떻게 잊을 수 있겠느냐, 그 얼굴. 그 더러운 얼굴로 정의로운 척 대인을 죽이고 우리에게 평생 아물지 않을 상처를 안겨 준 그 얼굴을! 아비와 아주 꼭 닮았구나!"

권령이 손의 갑투를 벗겨 내고 손을 들어 보였다. 주먹을 꽉 쥐었다.

손등의 구멍에서 핏방울이 흘러내렸다.

"보이느냐? 이것이 네 아비가 남긴 상흔이다. 이십 년이 다 되어 가도 아물지 않는!"

하지만 이내 진헌의 웃는 표정을 본 권령은 다시금 혼란에 빠졌다. 진헌이 턱짓으로 권령의 뒤를 가리켰다.

권령이 뒤를 돌아보았다.

회선사의 입구를 일남일녀가 들어오고 있었다.

당경이 말했다.

"내가 지존수라였어요. 그동안 속여서 미안합니다, 금룡 대협……."

"……."

권령은 말을 잃었다.

당유정이 팔짱을 끼고 웃었다.

"거봐. 내 말이 맞지? 금룡이란 별호를 쓰는 것부터가 이상했다니까. 무슨 배짱으로 독룡의 아들에게 금룡이라고 한 거야?"

"누난 좀 가만히 있어."

당경이 권령을 바라보며 물었다.

"당신이 아빠에게 원한을 갖고 있는 건 이해해요. 그런데…… 왜 나였죠? 왜 나를 표적으로 택한 거죠? 그 오랜 시간 동안을 속여 가면서까지?"

권령은 어이가 없다는 듯 표정을 일그러뜨렸다가 당유정과 진헌, 비정쌍부를 차례로 보고 당경을 바라보았다.

"말해 주세요. 대협."

"저까짓 게 무슨 대협이야."

"아, 좀 내버려 두라고!"

권령이 작게 코웃음을 치더니 갑자기 자신의 이야기를 꺼냈다.

"나는 본래 어렸을 때부터 파발이 되는 것이 꿈이었다."

당유정과 당경이 투닥거림을 멈추고 권령을 쳐다보았다.

"파발……?"

"우연히 왕 대인이 숨겨 둔 막대한 유산을 알게 되지 않았다면 억울해도, 그냥 힘이 없음을 탓하며 복수는 꿈도 못 꾸고 그렇게 파발로서 살았겠지."

권령의 말이 이어졌다.

"우리는 유산에 남겨진 온갖 영약과 비급을 통해 무공을 얻고 녹림을 일으켰다. 표국을 세워 상계로도 진출했다. 그러나 여전히 독룡은 거대한 산이었고, 우리 힘만으로는 그를 쓰러뜨리기가 불가능했다. 강호의 누구도 그 악당과 대적하려 하지 않았다. 우리가 아무리 애를 써도 우리와 함께 하려는 사람이 없었지."

권령이 당경을 보았다.

"그때 내가 장악하고 있던 파발을 통해 네 서신의 존재를 알았다."

당경은 말하기 어려운 표정을 지었다.

"그래서 그 오랜 세월을 속여 오며……."

"네가 존경해 마지않는 독룡은 그보다 더 오랜 세월 복수를 위해 기다렸다. 게다가 날 속인 건 너 또한 마찬가지 아니었던가?"

당경이 물었다.

"그래서 얻을 수 있는 게 뭐였죠? 금룡대협. 나를 사로잡거나 죽인다고 해도 아빠는 눈 하나 깜짝하지 않아요."

"그건 네가 판단할 일이 아니다."

권령은 섬뜩한 눈빛으로 당경들을 훑어보았다.

"왕 대인은 오해와 비난을 받으며 돌아가셨다. 그분이 원한 세상은, 과정에 있어서 다소 무리가 있었으나 마냥 틀리다고는 할 수 없었는데도! 그런 분을 악적으로 몰아 죽인 것이 옳은 일이냐?"

권령의 살기가 오싹오싹하게 전해져 왔다.

당경은 심호흡을 하고 물었다.

"그러니까 결국 금룡대협이 원한 건 왕 대인의 복수라는 거죠. 맞죠?"

"그렇다면? 그렇다면 네가 어쩔 셈이냐."

당경이 성큼 한 발을 내디뎠다.

"경아!"

당유정의 제지에도 불구하고 당경은 한 걸음 한 걸음 권령에게로 걸어갔다. 권령이 살기의 농도를 높여 갔다.

피핏, 핏.

바닥에 깔린 돌에 구멍이 송송 뚫리고 금이 갔다. 모래알이 툭툭 튀고 팼다. 당경의 옷에도 구멍이 났다. 아무런 내공도 사용하지 않아서 조금씩 실피가 새었다.

유형화된 살기가 아프지 않을 리 없었다. 그러나 당경은 이를 악물고 눈을 똑바로 뜬 채 계속해서 앞으로 걸어갔다.

권령의 바로 앞까지 걸어가서 거의 마주칠 정도로 하여 섰다.

긴장감에 숨을 쉬기가 어려울 정도가 되었다. 권령의 살기가 극한까지 치밀어 올라 눈이 붉어졌다.

당경은 가느다란 핏줄기들로 범벅이 된 얼굴로 권령을 똑바로 쳐다보았다.

그러더니.

고개를 숙였다.

"미안합니다. 내 아버지의 행동이 대협에게 상처를 줘서."

권령이 분노하며 손을 쳐들었다. 당경이 고개를 숙이고 있어서 정수리가 그대로 보인다. 완전히 무방비였다. 이대로 내려치면 머리가 빠개져 죽을 것이다.

당경이 그것을 모르겠는가?

그런데도 대담하게 고개를 숙여 사과를 한다.

하지만 거기서 끝이 아니었다. 당경이 한 번 더 숙여 사과했다.

"미안합니다!"

그러곤 고개를 들어 권령을 쳐다보았다.

"지존수라라는 별호로 그동안 대협을 속여 와서."

당경의 눈빛.

그것은 상대의 손에 목숨을 맡긴 자의 것이 아니다.

당당하고 패기가 넘친다.

이 익숙한 눈빛을 권령은 기억하고 있었다.

독룡!

독룡의 피…….

권령은 등줄기에 소름이 끼쳤다. 이것이 독룡의 핏줄이다. 마냥 철없는 애송이 같았는데, 결국은 이런 상황에서 독룡의 피를 이어받았음이 드러나는 것이다.

권령은 그대로 당경의 머리를 후려쳐 죽이려 했다. 분명히 그럴 수 있었다.

그러나 예상치도 못한 당경의 다음 말에 저도 모르게 멈칫하고 말았다.

"사과하세요."

당경의 말이었다.

"뭐?"

"나는 사과했습니다. 그러니까 대협도 사과하세요."

권령은 무슨 개소리냐는 듯 살기를 띠고 웃었다.

"애송아. 나를 웃기려는 거냐? 내가 사과를 하면 다 해결된다고 생각하느냐?"

"애송이도 잘못을 알아서 사과를 하는데, 대협은 왜 못하시죠?"

"피해자인 내가 대체 왜 사과를 해야 하지?"

"우리가 나눠 온 칠 년의 세월."

당경은 생각할수록 힘이 드는지 이를 악물었다.

"그 시간 동안 나를 속인 것에 사과하세요."

권령이 비웃었다.

"못하겠다면?"

순간 당경이 내공을 폭발적으로 끌어 올렸다.

콰아앙!

발밑에서 청석판이 깨지고 흙더미가 터져 나가 내공의 기류를 따라 회오리치며 위로 치솟았다. 당경의 머리칼이 하늘로 솟아올랐다.

권령이 끌어 올린 내공의 바람이 당경이 일으킨 기류와 맞부딪쳤다.

드드득, 드드득. 서로의 내공이 대기 중에서 부딪치며 거친 파열음이 일었다. 기류가 비틀리고 꼬여서 옷깃이 엉망으로 휘날렸다.

코가 닿을 정도로 바로 앞에서, 당경이 눈을 똑바로 뜨고 권령을 보며 말했다.

"사과를 하든 하지 않든, 나는 대협과 싸우겠죠. 대협이 아빠에 대한 복수의 대상으로 나를 삼았듯, 나도 아빠를 대신해 대협과 싸울 겁니다."

"그럼 사과가 무슨 의미가 있지?"

"기회."

당경이 말했다.

"나는 대협이 과거의 잘못을 사과하고 명예를 지킬 기회를 주는 거예요."

"건방진……."

권령은 더 이상 참지 못했다. 자꾸만 당경에게서 독룡의 모습이 보였다. 엄청난 살기가 폭사되었다.

"사과 같은 건 개나 주라고 하거라!"

당유정과 진헌이 끼어들려 했다.

"경아!"

"끼어들지 마! 내가 할 거야!"

당경이 소리를 지르며 몸을 틀면서 당가의 금나수로 권령의 손을 쳐 내곤 동시에 손가락을 잡아챘다. 권령은 손을 오므리고 뱀처럼 당경의 손을 감아 들며 당경의 손목을 뒤틀었다.

당경의 팔을 타고 어깨까지 손이 올라오려 했다. 당경은 몸을 숙여 뒷발을 뒤로 힘껏 올려서 전갈처럼 거꾸로 권령의 머리를 찼다. 권령이 고개를 피하며 당경의 팔을 당겼다.

뚜둑, 당경의 어깨에서 관절이 빠질 것처럼 소리가 났다. 당경은 몸을 띄워서 한 바퀴 돌려 꺾인 팔을 원래대로 돌리곤 공중에서 권령을 거푸 걷어찼다.

퍼퍼펑! 권령은 한 손으로 발차기를 전부 막아 내었는데 여전히 당경의 팔을 놓지 않은 채였다. 권령이 당경을 패대기쳤다.

쾅! 당경은 바닥에 등을 대지 않고 양발을 디뎌 버텼다. 자신의 손목을 잡고 있는 권령의 팔뚝을 손가락으로 찍어 풀어내려 했다.

포룡박! 진자강의 수법이었다. 권령의 눈이 빛났다. 팔뚝을 내어 주는가 싶더니 순식간에 어깨를 당겨 팔꿈치를 당경의 검지와 중지 사이에 틀어박았다.

뚜두둑.

"으악!"

검지와 중지가 부러졌다. 당경이 허리를 일으키며 권령의 얼굴을 들이받았다. 진자강의 박투술 중에서 가장 자주 사용한 수법이기도 하다.

권령은 피하지 않았다. 그럴 줄 알았다는 듯 오히려 손바닥으로 아래에서 위를 향해 당경의 얼굴을 후려쳤다.

펑!

당경의 고개가 돌아가며 몸이 떠올랐다. 당경이 부러진 손가락을 잡곤 이를 악물며 몸을 빠르게 회전시켜 돌려찼다. 진자강의 단월겸도를 응용한 각법이다. 낫으로 베는 것처럼 공간이 쩍쩍 갈라졌다. 권령이 피하지 않고 똑같이 발을 찼다. 당경의 각법이 일으키는 공간의 절단을 피해 당경의 발목을 송곳처럼 찍어 찼다. 당경의 발목이 접질리듯 비틀렸다.

당경이 바닥에 엎어졌다. 엎어지면서도 권령의 발등을 손가락으로 찍었다. 권령의 발이 사라지는가 싶더니 당경의 배를 차올렸다.

퍼엉!

당경이 공중으로 떠올랐다.

권령은 건져 내듯 당경의 목줄기를 틀어쥐려 하였다.

이를 지켜보고 있던 진헌은 주먹을 꽉 쥐었다.

“위험해…….”

내공의 격차는 아주 크게 느껴지지 않는다. 그런데 심하다 싶을 만큼 상대가 되지 않았다. 마치 당경이 무엇을 할지 모두 알고 있는 듯했다.

보다 못한 진헌이 발을 박차고 뛰어들었다.

진헌은 권령의 등 뒤에서 주먹을 날렸다. 권령이 뒷발길질을 했다. 진헌은 권령의 발을 피하지 않고 다리를 손가락으로 찍으려 들었다가, 무슨 생각이 들었는지 몸을 옆으로 틀었다.

그런데 권령의 발꿈치에서 칼날이 튀어나왔다.

싹!

칼날이 진헌의 가슴팍을 긁고 지나갔다.

진헌은 등골이 서늘했다. 당유정이 충고한 대로 행동하길 잘했다. 예전처럼 살을 내주고 뼈를 취하는 행동을 취했다면 가슴이 꿰뚫렸을 터였다.

권령도 의외라는 듯한 눈길로 진헌을 보았다.

“호오?”

그사이 당경이 권령을 공격했다.

“내가 할 수 있다니까!”

권령은 당경의 공격을 가볍게 피하며 옆구리를 강타했다. 당경은 옆구리를 붙들고 나가떨어졌다.

"고집부리지 마!"

진헌이 권령의 머리 위로 뛰어올라 가느다란 실을 뿌렸다.

탈혼사!

그러나 권령은 오히려 탈혼사의 가닥을 맨손으로 쥐었다.

덥썩.

그러더니 진헌보다 먼저 탈혼사에 내공을 불어 넣었다. 권령의 내공이 탈혼사를 타고 진헌의 몸으로 파고들었다.

울컥, 진헌은 내상을 입고 피를 머금었다. 권령이 제어가 되지 않아 평범한 실이 되어 버린 탈혼사를 끌어당겨 진헌을 바닥으로 처박았다. 진헌은 바닥에 떨어지기 직전 어깨로 바닥을 치면서 그 반동으로 돌아 일어섰다. 일어서면서 동시에 권령의 얼굴을 들이받았는데, 벌써 권령의 손바닥이 진헌의 가슴에 닿아 있었다.

진헌은 섬뜩해졌다.

마치 진헌의 생각을 읽고 기다리고 있는 듯했다.

퍼엉! 진헌은 수 장이나 떠서 날아갔다. 토해 낸 핏물이 포물선을 그렸다. 당경이 뒤에서 권령의 어깨에 올라타 공격을 하려 하였는데, 권령은 당경의 다리에 자신의 다리를 걸고 한 바퀴를 크게 돌려 바닥에 찍어 버렸다.

쾅! 나자빠진 당경의 가슴에 권령이 발을 올렸다.

"으으윽!"

우둑 우둑. 당경의 갈비뼈에서 소리가 났다.

진헌이 크게 핏덩이를 한번 토해 내고는 일어나 허리띠를 쭉 잡아당겼다. 길게 빠져나온 허리띠에 내공을 주입하여 바짝 세우곤 남해검문의 검법으로 권령을 찔러 갔다.

송곳처럼 날카로운 검기가 권령의 미간과 목덜미, 견갑골을 노렸다.

권령이 당경을 밟고 있는 채로 손을 들었다가 사선으로 힘껏 내려쳤다.

콰아아악! 뿌연 기운이 어린 권령의 맨손에 바닥이 퍽퍽 패면서 진헌의 검기가 모조리 부서져 나갔다. 진헌은 치밀어 오르는 핏물을 삼키며 허리띠를 양손으로 잡고 권령의 머리를 내려쳤다.

권령이 조소하며 발에 힘을 주었다.

"으악!"

당경이 비명을 지른 탓에 진헌이 움찔했다. 권령은 진헌의 가슴에 장력을 쏘아 냈다. 진헌은 방어를 포기하고 손을 놓았다. 허리띠가 그대로 떨어져 권령의 머리를 쳤고, 진헌은 장에 맞아 날아갔다.

권령은 허리띠를 맞고 머리가 살짝 기울어졌다. 당경이

권령의 사타구니를 발로 올려 찼다. 권령은 다리를 접어 막는가 싶더니 그 자리에서 한 발로 서서 빙글 돌았다. 당경의 다리가 권령의 다리 사이에 끼어서 돌아갔다.

뚝!

정강이가 부러졌다.

"으아아악! 으아아아!"

어떻게 하든 도저히 상대가 되지 않는다!

권령이 버둥거리는 당경의 목을 잡고 위로 치켜들었다. 권령은 웃음을 겨우 참는 듯한 표정을 지었다.

"바보 같은 놈. 네 수법은 모두 꿰고 있다. 칠 년 동안 누가 너와 초식 연구를 했는지 기억하지 못하는 것이냐?"

당경의 수법은 완전히 파훼되었다. 당경이 사용하는 수법을 권령이 환히 꿰뚫고 있었다.

당경은 목이 졸린 채로 권령을 내려다보았다. 잇새로 피가 흘러나오고 있었다.

"끅……, 사과해……."

권령의 눈빛이 차가워졌다.

"지겨운 놈. 지겨운 놈들! 독룡도 그렇고 네놈도 그렇고! 하나같이 포기할 줄 모르는구나."

권령은 손에 힘을 주었다.

우득.

"끄윽!"

당경의 입에서 비명이 흘러나왔다.

권령은 고개를 돌려서 아직까지 움직이지 않고 있는 당유정을 쳐다보았다.

"독하군. 쉽게 흥분하지도 않고. 강철여협이라고 불린다지."

차분하게 냉정함을 유지하고 있던 당유정은 강철여협이란 말에 움찔했다.

"대협인지 뭔지, 거기 아귀왕의 똘마니 아저씨?"

권령이 살기 어린 표정으로 손에 더 힘을 주었다. 당경의 입에서 또다시 신음이 나왔다.

"한 번 더 말해 봐라."

"아저씨가 말해 봐."

"뭘 말이냐."

"우리를 여기까지 유인한 게 겨우 그 무공을 믿고서는 아닐 거 아냐. 뭘 더 준비했는지 내놔 보시라구요."

권령이 눈을 치켜떴다.

"독룡의 새끼들은 하나같이 지 애비를 닮아 가지고 말을 멀쩡하게 할 줄 모르는구나!"

"더 준비한 거 없으면 후회할걸."

그 말에 화를 낼 줄 알았던 권령은 코웃음을 쳤다.

"후회? 좋은 지적이야. 하면 내가 아량을 베풀어 친절히 알려 주지."

권령은 당유정을 보며 말했다.

"너희들은 날 속였다고 생각했겠지만, 함정에 빠진 건 너희들이다. 소림사로 가 있던 오만 명의 녹림도가 회선사로 돌아오고 있지."

"오, 오만 명?"

"오만 명이 겹겹으로 포위하고 인벽을 쌓을 것이다. 너희는 절대로 살아 돌아갈 수 없어."

당유정은 심각한 표정으로 생각에 잠겼다. 혹시 당경을 함정에 빠뜨리려고 유인한 건 아닐까 의심했을 때 녹림도들을 이용할 거라는 생각을 하지 않은 건 아니었다. 그러나 오만 명을 통째로 움직일 거라고까지는 예측하지 못했다.

권령이 큭큭 하고 웃었다.

"물론 오만 명이든 십만 명이든 어떻게든 인벽의 천라지망을 뚫고 갈 수 있을 거다. 너희들이라면."

"원하는 게 뭐지?"

"아직도 모르겠나?"

당유정이 권령을 가만히 쳐다보고 있다가 대답했다.

"아까 아빠가 우리 일에 개입하지 않는다고 해도 상관없다는 투였어. 그렇다는 건 결국 목적이 우리 목숨은 아니라는 거였지?"

"똑똑하군."

그렇다면 오만 명이란 인원을 동원한 데에 의미가 있다는 뜻이다. 고수도 아니고 무공을 하지 못하는 일반인까지 섞인 오만 명.

잠시 생각하던 당유정이 한숨을 내쉬었다.

"그럼…… 수라혈. 결국 그거 하나뿐이네."

진헌이 피를 토하며 외쳤다.

"수라혈이 퍼지면 피아를 가리지 않는다. 정파뿐 아니라 녹림도들도 다 죽을 거다!"

"그걸 내가 모를 것 같으냐, 애송이."

"뭐라고?"

그제야 진헌은 권령이 무슨 일을 하려는지 알았다.

당유정이 말했다.

"자기편, 남의 편이 중요한 게 아냐, 이자들. 우리가 수라혈로 사람들을 죽이게 만들려고 하는 거였어. 사람들에게 두려움을 상기시켜서 우리를 아예 강호에서 매장시키려고."

권령은 크게 웃었다.

"진작 알았으면 이곳에 오지를 말았어야지!"

"당신이 속인 거잖아. 경이는 당신을 도우려고 온 거야. 우리 반대까지 무릅쓰고."

"멍청하니까. 세상이 우습게 보이니까. 나처럼 독룡 같은 놈을 겪었다면 사람을 그리 쉽게 믿지 않았겠지."

당유정이 권령을 바라보며 말했다.

"사람을 믿지 않게 만든 건 아빠가 아니라 당신이야, 똘마니."

권령이 이를 드러냈다.

"이년이."

권령은 당경을 마구 흔들어 대며 소리쳤다.

"이놈 하나만 있으면 숭산에 있는 놈들은 모조리 죽고도 남는다! 등봉현 일대가 지옥이 될 테고, 호수와 우물에 섞어 하남 전체를 사람이 살 수 없는 사지(死地)로 만들 수도 있겠지. 그런데도 감히 내 앞에서 건방지게 굴어?"

"그런 일은 없을 거야. 경이는 수라혈을 쓰지 않을 거니까."

"과연 그럴까? 그건 네가 아니라 내게 달려 있을 텐데?"

권령의 손에 힘이 들어가서 당경의 얼굴이 점점 하얘지고 있었다.

진헌이 외쳤다.

"독을 쓰는 건 네놈들이지 우리가 아니다! 우리가 네놈의 수작을 세상에 알릴 것이다!"

권령은 오만한 눈빛으로 고개를 들었다.

"불가한다. 너희들은 오늘 이곳에서 내 손에 모두 죽을 것이다. 우선 이놈부터 시작해서!"

당경의 눈이 가물거리기 시작했다.

진헌이 필사적으로 권령에게 달려들었다. 할 수 있는 모든 힘을 다해 초식을 펼쳐 냈다.

"으오오오오오!"

권령이 한 손으로 당경을 붙들고 있으니 대응할 수 있는 손은 하나뿐이다. 권령을 죽이거나 상처를 입히겠다는 생각보다는 어떻게든 방해해서 당경이 벗어나게 만들 작정이었다.

하여 있는 대로 초식을 퍼부었다. 수많은 손 그림자가 권령을 덮었다. 마구잡이로 권령의 전신을 타격하려 들었다.

하지만 진헌의 주먹은 번번이 중간에 가로막혔다. 그것도 권령의 한 손에!

진헌은 남해검문에서 자라났으나 셋 중에 가장 진자강의 성격을 닮았고 체질과 독도 그대로 이어받았다.

때문에 진자강은 손비를 통해 무공을 전수했다. 하여 진헌은 비급을 통해 진자강의 무공을 배운 당경보다 오히려 더 진자강을 닮았다. 그것은, 권령이 상대하기 더 수월한 상대라는 뜻이 되었다…….

진헌은 권령을 건드리지도 못했다. 당경이 죽어 가는 걸 보면서 권령을 어쩔 수 없다는 것은 지극히도 절망스러운 일이었다.

"정신 차려, 경! 으아아아!"

진헌은 아예 몸으로 권령을 덮쳤다. 권령은 손날로 진헌의 어깨를 내려쳤다.

뚜둑! 어깨뼈가 부러졌다. 권령은 방향을 바꿔 진헌의 목을 틀어쥐었다. 진헌은 고통을 참고 자신의 목을 잡은 권령의 팔을 꽉 붙들었다.

그리고 온 힘을 다해 소리쳤다.

"살려 준다고 했잖아! 뭐라도 좀 해 보라고!"

당유정에게 한 말이다.

권령은 한 팔은 당경을 잡고 있고 다른 팔은 진헌을 잡고 있지만 동시에 자신도 잡힌 상태였다. 하지만 권령은 내내 여유로웠다.

권령은 자신의 팔을 잡은 진헌이 하잘것없다는 듯 힘주어 팔을 들어 올렸다. 진헌은 목이 졸리며 허공에 발이 떴다.

"누…… 나……."

권령이 쿡쿡하고 비웃음을 흘려 냈다. 그리고 당유정을 돌아보았다.

"이제 너 하나 남았구나. 내가 이놈들의 목을 부러뜨리는 게 먼저일까, 네년이 나를……."

없었다.

"……."

권령은 잠깐 헷갈렸다. 방금까지 당유정이 서 있던 자리에 당유정은 없고 비정쌍부가 눈만 멀뚱거리며 자신을 보고 있었다.

"야, 똘마니. 내 동생들 내려놔."

권령의 뒤에서 당유정의 목소리가 들려왔다.

"뭐?"

권령이 돌아서는 순간 당유정의 주먹이 권령의 배에 꽂혔다.

빠— 억!

권령은 직선으로 날려져 대웅보전의 조벽에 처박혔다.

콰아앙!

진헌은 놓쳤다. 그러나 그 와중에도 당경은 놓지 않고 있었다. 아니, 권령은 놓쳤는데 당경이 권령을 잡아 같이 날려졌다.

진헌이 바닥을 구르다가 목을 매만지며 일어났다. 눈이 휘둥그레졌다. 당경이 쓰러진 권령의 위에 기어오르며 눈을 녹빛으로 빛내고 있었기 때문이었다.

"그만둬!"

진헌은 당유정이 수라혈을 사용하지 말라고 그렇게 말리던 이유를 이제 실감하게 되었다.

수라혈은 강한 힘이지만 동시에 낙인이다.

수라혈을 사용했다는 것이 알려지면 강호 무림에 새겨진 공포가 되솟아오를 것이다. 그게 당유정이 우려하는 일이고 권령이 원하는 일이다.

하지만 당경은 멈출 생각이 없었다. 거의 기어들어 가는 듯한 목소리로 말했다.

"누나…… 형. 미안해……. 내 손으로…… 끝낼 거야. 아빠를 대신해서……."

당경의 눈에 녹빛 기운이 짙어졌다.

진헌이 말리라고 당유정을 쳐다보았는데, 당유정은 왠지 심란한 표정을 짓고 있을 뿐이었다.

진헌은 하라고, 하지 말라고 말할 수도 없었다. 수라혈을 쓰지 않으면 당경이 죽는다. 그러나 수라혈을 쓰면 권령이 원하는 대로 되어 버린다.

그때 권령이 번쩍 눈을 떴다.

동시에 당경의 입에서 포효가 터져 나왔다.

"으아아아아—!"

당경의 몸에서 실처럼 흐르던 핏줄기가 구멍 난 자루에

서 새어 나오는 것처럼 뿜어졌다.

당경이 권령의 가슴에 힘껏 독장을 날렸다. 권령이 호신강기를 끌어 올렸다.

펑!

호신강기의 반탄력에 당경의 손이, 어깨가, 몸이 뒤로 튕겨져 나가 데굴데굴 굴렀다. 그러나 독기 일부는 권령의 가슴에 남았다.

권령이 얼굴을 일그러뜨리면서 가슴을 붙들고 몸을 일으켜 섰다. 당경이 뿜어낸 피를 뒤집어쓰고 가슴에는 수라혈의 독장을 맞았다. 권령이 자신의 상의를 찢어 버렸다. 가슴에 불그스름하게 독장의 흔적이 남아 있었다.

진헌은 권령을 똑똑히 지켜보았다.

그런데.

수라혈 특유의 적멸화가 피어나지 않고 있었다.

"크크크."

권령이 웃기 시작했다.

권령은 양팔을 벌리고 크게 웃었다.

"와하하하! 와하하하하하!"

당경과 진헌은 자신의 눈을 믿을 수가 없었다.

"왜지? 왜……?"

권령의 눈이 희번덕거렸다.

"본인은 금강불괴에 가까운 몸이다! 범본이 그랬던 것처럼, 본인에게도 수라혈이 통하지 않는다!"

당경과 진헌이 눈이 휘둥그레졌다.

금강불괴지신!

독이 체내로 침범하지 못하니 자연스레 만독불침이 되는 독공 최대의 난적.

권령은 기쁨에 겨워 소리 높여 웃었다. 어떻게든 진자강을 상대하기 위해 수많은 영약의 도움을 얻어 반강제로 금강불괴지신에 가까워진 보람이 있었다. 천하의 수라혈도 자신을 어쩌지 못하는 것이다!

하지만 뭔가 이상했다.

권령이 한쪽 눈을 자꾸만 깜박거렸다.

눈이 따끔따끔 간지럽고 목에 부스럼이 올라왔다. 독장을 맞은 부위가 도톰하게 부어올랐다.

금강불괴의 효능 덕분에 독이 살갗 안으로 깊이는 파고들지 못한 건 사실이다. 더구나 완전한 금강불괴지신도 아니므로 표피에서 독기가 맴도는 듯했다.

그런데 이건 아무리 좋게 봐 줘도 극렬한 수라혈의 느낌이 아니다. 아예 독 기운이 없으면 없든가 표피가 녹아내리든가 해야 할 텐데, 간지럽고 따갑고…….

"이건 뭐지?"

권령은 어이가 없어 당황하기까지 했다. 한동안을 고민하며 독기를 살피고 있다가 드디어 독기의 정체를 알아챘다.

권령이 황당한 얼굴로 당경을 쳐다보았다.

"뭐냐, 이 강력한 잡독은."

잡독…….

"……."

당경도 당황하긴 마찬가지였다.

"잡독이라니!"

문득, 이상한 생각이 들어 당유정을 쳐다보았다.

당유정이 살짝 시선을 돌리는데 왠지 눈빛이 흔들리고 있었다.

"누나?"

당유정은 고개를 돌리고 말했다.

"어, 음. 그러니까…… 경아. 어쩔 수 없었어. 나도 기억은 안 나는데, 내가 어렸을 때부터 그렇게 독을 쪽쪽 빨아먹고 다녔대. 어, 음……. 그래서 본가의 삼대절명독까지 먹고 다녀서, 그런데 옆에 막 독기를 제어하지 못하고 독기를 뿜는 어…… 니가 마침 있어서……. 미안해. 하지만 너는 어차피 애기라서 모르고 나도 철이 없던 때라……."

당경의 얼굴이 황당함으로 얼룩졌다.

"그래서 내…… 수라혈을 십칠 년 동안 빨아먹었어?"

당경은 멍한 얼굴을 했다. 눈이 간지러워 긁고 있는 권령을 보았다.

"하지만 수라혈은 그렇다 치고 왜 잡독이……."

당유정이 고개를 돌렸다.

"누나?"

당유정이 어색하게 헤헤 웃으며 말했다.

"아니 그게, 자꾸 독기를 내가 흡수해서 그런지 언제부턴가 너한테서 수라혈이 안 나오더라고. 그러면 아빠나 엄마한테 들킬까 봐서……."

당경이 소리쳤다.

"그렇다고 잡독을 먹였냐!"

권령을 힐끗 보았다. 금강불괴지신에 가깝다던 권령은 여전히 눈두덩을 긁고 있었다. 오죽하면 권령이 '강력한' 잡독이라고까지 했을까.

"도대체 얼마나 먹인 거야?"

"헤헤."

당경은 억울했다.

"왜 독기 조절이 안 되나 했더니……."

안 봐도 뻔했다. 수라혈처럼 보이기 위해 엄청나게 퍼부어 댄 모양이었다.

그런데 놀랍게도 진헌이 자기도 모르게 고개를 끄덕하는 것이었다.

"형?"

진헌이 어색하게 말했다.

"나도 집 안에 있던 술을 몰래 먹고 어머니에게 혼날까 봐 물로 채워 넣었던 적이 있어서……."

"그게 똑같냐!"

비정쌍부가 당유정을 '어우!' 하면서 바라보았다.

"아무리 그래도 빨아먹을 게 따로 있죠. 어우. 왜 그런 걸 자셔요."

"아니, 빨아먹은 거라기보다는요, 그냥 흘러나온 독기를……."

당유정이 한숨을 쉬며 다시 당경에게 정식으로 사과했다.

"미안해."

"미안하다면 다냐! 그럼 내 인생은!"

"너도 아까 저 똘마니 아저씨한테 사과하라고 했잖아. 다 지난 일이고……."

당경은 어이가 없어서 눈물까지 났다.

"야, 그런다고 사내가 뭘 울어."

당경이 눈물을 훔쳤다.

"내가 독기도 조절 못 하고 얼마나 마음을 졸였는데……."

어쩌면 그 불안감과 초조함이 권령에게 서신을 쓰게 만든 원인이었는지도 모른다.

그걸 알기에 당유정도 죄책감이 든 표정으로 재차 사과했다.

"미안해……."

잠시 이들에게서 잊힌 권령은 방금까지 자신의 눈앞에서 일어난 일들이 너무나 어이가 없어 기가 막혔다.

"이 어린 것들이 나는 안중에도 없어?"

권령은 간지러움에 눈을 쉼 없이 깜박이면서 품에서 신호탄을 꺼내 당겼다.

푸스스스스! 연기가 피어올랐다.

당유정과 당경, 진헌이 권령을 쳐다보았다.

곧 회선사가 있는 산 아래 곳곳에서 연기로 응답이 왔다. 멀지 않다. 바로 산 밑이다. 금방이라도 올라올 수 있는 거리다. 소림사에서 회선사까지 오만의 녹림도들이 온 것이다.

권령이 부어오른 눈두덩을 긁으면서 이를 갈았다.

"어디 하고 싶은 대로 마음껏 해 봐라. 이제 지옥이 시작됐다는 건 잊지 말고."

*　　*　　*

절벽 아래, 녹림 무리들의 후미에서는 정파 무인들과 녹림도들이 사투를 벌이고 있었다.

정파 무인들도 녹림도들과 싸우면서 간간이 흘러나온 단서로 녹림이 회산사에 모인 이유를 알게 되었다.

회선사에 이들의 대장이 있으며, 그들이 강철여협을 비롯한 당경, 진헌을 노리고 있다는 사실을.

"저리 비켜!"

"어서 강철여협을 구하러 가야 한다! 길을 열어라!"

하지만 막다른 길에 몰린 녹림도들의 반항도 만만치 않았다. 남은 노조건과 응건, 작건들이 앞서서 정파 무인들을 상대했다.

"산적놈들을 다 죽여 버려!"

"정파의 애송이들! 우리를 넘어갈 수 있을성싶으냐!"

"와아아아!"

쨍쨍, 쨍!

병장기 소리가 울리고 비명 소리가 여기저기에서 터져나왔다. 수많은 이들의 죽음과 삶의 희비가 수시로 교차하였다.

그 처절한 격전지의 한가운데를 한 명의 청수한 중년인

이 들어섰다.

살갗이 유난히 하얀 것 외에는 딱히 눈에도 띄지 않아서 남들의 주목을 받지도 않았다. 그런데 얼마 지나지 않아 중년인의 존재가 조금씩 드러나기 시작했다.

그가 지나갈 때마다 살기를 뿌리며 싸워 대던 정파 무인들과 녹림도들이 움찔거렸다. 무감각해지지 못할 정도로 퍼져 오는 피비린내보다 더 지독한 위화감 때문이었다.

사방에서 솟구치는 핏물과 살점들.

찰박거릴 정도로 바닥에 흥건한 피 웅덩이들.

여기저기에서 날아다니는 눈먼 날붙이들.

그 속에서 뒹굴다 보면 누구도 멀쩡한 꼴로 있을 수가 없다.

그러나 중년인은 아니었다.

전장에 들어선 순간부터 격전지의 중간까지 이르렀을 때까지도 처음과 똑같았다. 피 한 방울 묻지 않은 말끔한 모습이었다. 피부마저 새하얗다 보니 점점 더 그의 존재는 전장에서 두드러지고 있었다.

마침내, 예전에 무림맹의 본단에 다녀온 적이 있던 누군가가 혼전 와중에 중년인을 돌아보고 깜짝 놀랐다. 중년인의 얼굴을 알아보았다.

"저, 전임 무림맹주?"

독룡!

독룡이다!

강호의 일에 끼어들지 않겠다던 독룡이 여기에 나타난 것이다.

그는 자신을 알아본 이가 있는 쪽을 향해 잠깐 고개를 돌려 눈인사를 하고는 계속해서 빠르지도, 느리지도 않은 걸음으로 전장을 가로질렀다.

정파 무인들의 일부는 그에 대한 존경심으로, 경외심으로 싸움을 멈추고 물러섰다.

진자강이 걷는 길의 앞에 있던 정파 무인들이 쭉 갈라졌다.

녹림도들도 처음에 무슨 일인가 어리둥절해하다가, 곧 알게 되었다.

"독룡……."

"독룡이 왔다……."

"진짜야? 진짜 독룡이야?"

"모, 몰라. 정파 놈들이 물러서고 있는 걸 보면……."

녹림도들은 어찌해야 할지 몰라 제자리에서 머뭇거렸다. 사람으로 꽉 메워져 있어서 진자강이 걷는 속도에 맞추어 피할 수도 없었다. 그리고 괜히 피했다가는 뒤에서 성난 조장들의 칼에 맞고 죽을 수도 있었다.

조금씩 우물쭈물하면서 뒤로 물러날 뿐이다.

진자강이 말했다.

"지나가게 비켜 줬으면 좋겠는데."

평범한 말투였는데 뼈까지 시려 오는 기운이 담겨 있었다.

녹림도들은 소름이 끼쳐서 뒤로 물러났다. 진자강은 그 길을 아무렇지 않게 걸어 지났다.

뻔히 뒤통수를 보이는 무방비 상태임에도, 누구 하나 공명심으로나마 칼질을 하려는 자가 없었다.

눈이 달린 자라면 볼 수 있었다. 아니, 보지 않으려 해도 절로 눈에 띄었다.

진자강이 피와 살덩이로 가득한 땅을 밟고 있는데도 신발에조차 한 방울의 피도 묻어 있지 않음을.

*　　*　　*

오만의 녹림도들은 제대로 전진하지 못하고 후미에서 정파 무인들에게 따라잡혔다.

바로 앞길을 막고 있는 단 한 명 때문이다.

이십 대 초반으로 보이는 젊은 수행자였다. 그 한 명 때문에 아까부터 한참이나 전진하지 못했다. 그는 절묘하게도 절벽과 계곡을 끼고 회선사로 오를 수 있는 유일한 길목을 떡하니 막고 있었던 것이다.

수행자는 피범벅이 되어 서 있고, 그의 주변으로는 엄청난 숫자의 부상자들이 누워 있었다.

"아이고……."

"끄으응."

그런데 수행자가 쓰러뜨린 녹림도 중에는 한 명도 죽은 사람이 없었다. 팔다리가 부러지고 피투성이가 되었어도 죽을 만큼의 중상은 없었다.

녹림도를 죽이지 않고 부상만 입히는 바람에 부상자들이 더 길을 복잡하게 만들고 있는 중이었다. 수백 명이 아우성을 치니 맨땅을 밟는 것조차 쉽지 않다.

하지만 그것도 이제 거의 한계에 이르렀다.

복령과 금령, 암령이 나섰다. 수행자는 계속해서 상처를 입고 몰렸다. 점점 숨이 가빠졌다. 한쪽은 죽이려고 온갖 수를 쓰고, 한쪽은 살수는 쓰지 않으려 하니 불리해졌다.

삼령도 마음은 적잖이 급했다. 뒤에서는 정파 무인들이 쫓아오고 위에선 권령이 독룡의 자식들과 싸우고 있다. 빨리 길을 열고 올라가야 한다.

마침내 삼령이 길을 뚫었다. 수행자는 걸레짝처럼 엉망이 되어 녹림도들의 사이로 던져졌다.

"회선사에서 신호가 올랐다. 어서 올라……."

삼령은 녹림도들에게 따라오라고 소리치고 회선사로 달려갈 생각이었다.

그러나 그러지 못했다.

갑작스레 뒤쪽에 몰려 있던 녹림도들이 좌우로 비켜나려 해 난리가 난 것이다.

그 비좁은 길이 쫘아악 갈라지더니 사람 한 명이 지나가고도 남을 만큼 넉넉하게 길이 생겼다.

그렇게 생겨난 길로 한 명의 중년인이 편안하게 걸어왔다. 삼령은 온몸에 소름이 끼쳤다.

어찌 그의 얼굴을 잊을까!

거의 변하지 않은 그 얼굴을!

진자강은 길 한가운데에 널브러져 있는 수행자를 부축했다. 처음으로 진자강의 옷에 피가 묻었다.

"고생하였습니다."

혈유일마가 희미하게 웃었다.

"할 수 있는 일이 이것뿐이어서 미안합니다. 역시 옛 성인들의 말씀이 틀린 게 없습니다. 사람은 죽이는 것보다 살리는 게 더 어렵습니다."

진자강이 고개를 끄덕였다.

"일어나십시오. 충분히 할 만큼 하셨습니다."

혈유일마는 온 힘을 다해 일어섰다. 이어 합장을 하더니 진자강이 걸어온 길로 비틀거리면서 되돌아갔다.

복령과 금령, 암령이 이를 갈면서 품(品)자 대형으로 진자강을 감쌌다.

"왕 대인의 원수……!"

"여기가 어디라고 감히 나타나!"

"강호의 일에 끼어들지 않겠다는 스스로의 맹세마저 저버렸다 이거지!"

진자강은 가만히 서서 셋을 보았다.

그러곤 물었다.

"너희들, 기억 안 나느냐?"

"뭘!"

"뼈에 새겨 주었을 거다. 성인이 된 후에도 사람이 아닌 짐승으로 남아 있다면, 반드시 나를 만나게 될 거라는 걸."

진자강의 눈빛이 서늘해졌다. 복령과 금령, 암령은 온몸이 천근 무게에 눌린 듯한 압박을 받았다. 과거의 공포가 되살아나서 더욱 압박이 심했다.

"크윽!"

진자강이 천천히 손을 드는데 손가락 하나 까딱하지 못했다. 이 순간을 위해, 독룡을 죽이기 위해 그 오랜 시간 무공을 수련했는데 아무것도 할 수가 없었다!

그런데 그때.

"멈추시오—!"

녹림도들을 뛰어넘으며 날아오는 이가 한 명 더 있었다.

얼마나 빠른지 한참 뒤쪽에서 소리를 쳤는데 이미 셋의 앞에 나타나 있었다.

콰아아앙! 운석이 떨어진 것처럼 주변의 땅을 파괴하며 칼을 꽂고 뛰어내렸다.

무각의 칼. 서균이다.

서균은 아주 먼 곳에서부터 달려온 듯 온몸에 흙먼지를 뒤집어쓴 채였다.

"독룡! 손을 쓰기 전에 한 번 더 생각하시길! 그대가 손을 쓴다면 나는 필히 그대에게 의무를 다할 것이다!"

진자강이 반갑게 서균에게 인사했다.

"오랜만입니다."

"아, 오랜만이오."

얼떨떨하게 인사를 한 서균이 고개를 흔들곤 말했다.

"내가 당신 때문에, 당신이 나서지 않게 하려고 편복 노사와 얼마나 많은 곳을 돌아다녔는지 아시오? 그러니 부디 그 노력을 헛되게 하지 마시오. 수라혈이 한 방울이라도 떨어지는 순간 나는 그대와 필생의 싸움을 해야 하오."

진자강이 답했다.

"그럴 일 없습니다."

"그럼 그 손가락부터 내리고 말을 하시오!"

진자강은 들고 있던 손을 바라보더니 더 위로 들어서 회선사를 가리켰다.

"저곳으로 갈 건데, 같이 가시겠습니까?"

서균이 삼령을 쳐다보며 눈을 부라렸다. 삼령은 한 단체의 수장들이다. 그런데도 이미 기가 심하게 눌려서 얼굴이 하얗게 질려 있었다.

"그럼 저들은……?"

"내가 한 말을 아직 잊지 않고 있는 모양입니다. 괜찮을 것 같군요."

진자강이 팔을 내리고 아무렇지 않게 걷기 시작했다. 삼령이 움찔하며 뒤로 물러났다가 자존심이 상하여 달려들었다.

"죽어라!"

진자강이 서균을 쳐다보았다.

어쩔 거냐는 듯한 눈빛에 서균이 한숨 비슷한 탄식을 내더니 고개를 흔들었다.

번쩍, 하는 순간에 서균이 움직였다. 금령이 쇠주판으로 서균을 내려치고, 암령이 무수한 암기를 쏘아 냈다. 복령이 대도로 서균의 허리를 갈랐다.

서균은 칼을 칼집에서 뽑지도 않은 채로 휘둘렀다. 쇠주판을 후려쳐서 우그러뜨리고 암기를 쳐 냈다. 복령의 대도는 칼집으로 눌러서 땅에 박아 버렸다.

"윽!"

삼령이 놀라 주춤거렸다. 아무리 진자강 때문에 몸이 굳었다고 해도 단숨에 공격을 파훼할 줄이야.

서균은 그치지 않고 달려들어서 칼집을 휘둘렀다. 삼령이 합공했지만 오히려 밀렸다. 서균의 일검 일초식에 깊은 무리가 담겨 있었다. 마치 백 살은 넘은 노련한 고수와 싸우는 듯하였다.

얼마 지나지 않아 삼령은 팔다리가 부러져서 나뒹굴었다.

서균과 백여 합 정도를 싸운 뒤였다.

삼령은 원통하고 분했지만, 자신들의 실력으로는 진자강은커녕 서균조차 넘어설 수 없었다.

서균은 귀찮은 것 치워 내듯 삼령을 발로 차서 옆으로 밀어 버리고 길을 냈다.

그러곤 진자강을 쳐다보며 당부하듯 말했다.

"하선 누이가 도와주란 말을 해서가 아니오. 당신이 손을 쓰면 내가 당신을 죽여야 하기 때문인 거요. 그러면 나

역시 죽을 수밖에 없으니까."

"알고 있습니다. 가시지요."

진자강이 앞장서서 올라가고 서균이 뒤를 따랐다.

* * *

권령은 아까부터 이상함을 느끼고 있었다.

삼령이 올라올 때가 한참 지났고, 산 아래에 결집한 녹림도들도 지금쯤 모습을 보여야 했다.

그러나 누구도 나타나지 않았다.

아니, 나타나긴 했다.

두 그림자가.

하지만 그건 권령이 기다리던 이들이 아니었다.

진자강과 다른 한 사람, 무각의 칼 서균.

녹림도들이 올라오지 못한 이유가 있었다. 권령은 이를 드러내고 진자강을 노려보았다.

다리가 부러지고 발목을 다쳐서 바닥에 앉아 있던 당경이 진자강을 보고 놀랐다.

"아빠!"

오지 않을 거라 생각했던 진자강이 여기까지 올 줄 몰랐다. 당경의 눈에 물기가 어렸다.

진자강은 당경을 보고 혀를 찼다.

"많이 다쳤구나."

그리고 진헌을 보았다.

진헌은 진자강을 본 순간부터 완전히 굳어 있었다. 진자강이 곤란한 듯 자신의 이마를 매만졌다.

당유정이 구세주가 되어 말을 걸었다.

"아빠가 여길 왜 온 거예요?"

"나 말이냐? 아, 그러니까 할 얘기가 있어서였는데……."

진자강은 아득바득 이를 갈고 있는 권령을 보았다. 그러곤 고개를 끄덕였다.

권령의 얼굴을 기억하고 있었다.

"그게 너였구나. 랑이라고 했지."

권령이 이를 갈며 말했다.

"내 과거의 이름을 함부로 부르지 마라. 그 이름은 왕 대인이 돌아가신 순간 없어졌다."

진자강이 고개를 저었다.

"아니. 너는 내게 스스로 살고 싶다 말했고 자립할 준비가 되었다고 했지. 그래서 너를 살려 주었다. 잊었느냐?"

권령이 소리를 질렀다.

"헛소리하지 마라! 어떻게 원수를 두고 나 혼자 편히 살 수 있을까!"

"그게 네 선택이라면 존중하겠다."

"존중? 네가 뭐라고 감히 내게 존중이란 말을 하지?"

진자강은 당유정에게로 시선을 돌리고 물었다.

"언제까지 여기 있을 거냐."

"이제 갈 거예요오."

부녀지간에 주고받는 대화에 권령의 눈에 불이 켜졌다.

"이놈도 저놈도 다 나를 무시해?"

권령이 전력을 다해 신법을 펼쳤다. 진자강에게 가까이 있는 당경은 불가능했다. 일격에 자신을 날려 버린 당유정은 상대하기 껄끄러웠다. 남은 건 한 명, 진자강이 나타날 때부터 얼어붙어서 움직이지 않고 있는 진헌이었다.

권령은 잔상을 남기며 진헌의 뒤로 돌아갔다. 진헌이 뒤늦게 정신을 차렸으나, 권령은 순식간에 진헌의 오금을 차서 무릎을 꿇리고 손목을 잡아 비틀어 제압했다.

"크!"

권령은 진헌의 팔과 상체를 자신의 다리 사이에 끼우고 입을 벌려 들게 했다. 그러곤 작은 약병을 치켜들었다. 모두가 권령을, 권령의 손에 들린 약병을 주목했다.

권령이 잔인한 미소를 지으며 말했다.

"이게 무엇인지 아느냐? 천신루라는 것이다. 수라혈에 반응하지. 피가 끓어 말라 죽는다. 네 아들은 이제 네 앞에서 목내이가 되어 죽을 거다."

권령은 입이 찢어질 것처럼 웃었다. 진헌의 얼굴에도 아주 잠깐 죽음의 빛이 스쳐 갔다. 진헌과 당유정의 눈이 마주쳤다. 진헌의 눈빛에는 원망보다는 아쉬움, 미련과도 같은 감정이 복잡하게 담겨 있었다. 곧 권령이 진헌의 입에 천신루의 약병을 처넣었다.

서균은 권령이 아니라 진자강을 쳐다보며 검의 손잡이를 꽉 잡았다. 무슨 일이 벌어진다면 그의 검은 권령이 아니라 진자강을 향할 터였다.

하지만 그런 일은 벌어지지 않았다.

철썩!

권령이 진헌의 얼굴을 맨손으로 친 소리였다.

손에 약병이 들리지 않아서 그냥 얼굴을 때렸을 뿐이다.

권령은 시선을 돌려 자신의 옆을 보았다.

당유정이 천신루가 담긴 약병을 갖고 있었다. 언제 어떻게 움직여 자신의 손에서 약병을 빼내었는지 조금도 알지 못했다.

"뭐, 뭐야!"

"끝까지 무슨 꿍꿍인가 했더니 똘마니 아저씨 이걸 믿고 있었구나?"

당유정은 진자강에게 천신루가 든 약병을 던졌다.
진자강이 약병을 받았다.
"수라혈에 반응한다……."
권령은 금세 정신을 차렸다. 회심의 수는 잃었지만 아직 끝난 건 아니다. 진헌의 머리를 붙들고 금방이라도 머리통을 부숴 버릴 것처럼 위협을 했다.
"마셔!"
진자강이 눈을 들어 권령을 보았다.
"마시라고! 네 아들이 죽는 꼴을 보고 싶지 않으면!"
진헌은 이를 악물었다. 잇새로 말을 내뱉었다.
"나 때문에…… 그럴 필요 없어. 당신에게 그런 거 원하지도 않아!"
진자강은 잠시 진헌을 보았다가 권령에게 물었다.
"내가 천신루를 마시면 헌이를 놓아 주겠느냐?"
"그래!"
"그렇게 자신하는 걸 보니 효과는 확실한 모양이로군."
진자강의 말에 진헌이 소리쳤다.
"그럴 필요 없다니까!"
"괜찮다."
진헌은 악을 썼다.
"괜찮지 않아!"

권령이 진헌이 말을 못 하게 코와 위턱을 잡고 아래턱을 잡아 비틀었다. 입을 찢어 버리려는 자세였다.

"당연히 괜찮지 않다. 천하의 독룡도 천신루를 마시면 죽는다. 절대로 벗어날 수 없지. 그러니까 똑바로 마셔! 허튼짓하지 말고!"

진헌이 끝끝내 목소리를 냈다.

"자만하지 마! 당신이 죽으면, 당신이 죽으면 엄마는…… 엄마는!"

진자강은 진헌을 바라보았다.

그게 진헌의 진심이었던 것이다.

진자강을 향한 미움의 원인이 밝혀진 순간이었다.

진자강이 웃어 보였다.

"걱정하지 마라."

"안 돼—!"

진자강은 뚜껑을 따지 않고 약병을 통째로 입에 집어넣었다.

그러더니 권령을 응시하며 약병을 깨물었다.

쨍!

진자강의 행동을 보고 있던 모두가 경악했다. 먹는 척했느냐 마느냐 따질 필요조차 없었다.

와직 콰직!

진자강은 약병을 으적으적 씹었다. 씹을 때마다 입에서 피가 뭉클 흘러나와 입술에 배었다.

서균은 소름이 끼쳐서 후 하고 숨을 내쉬었다. 몸이 오슬오슬 떨렸다.

이것이 독룡이다.

왜 사람들이 독룡 독룡 하였는지 알 수 있는 모습이다.

이런 사람과 동귀어진 하라고 무공을 가르쳐 준 무각은 얼마나 못됐는가!

아무리 생각해도 육하선의 말을 듣길 잘했다는 생각이 들었다.

진자강이 힘을 써서 애먼 사람을 해치는 걸 보고 있다가 진자강과 싸우느니, 차라리 애초에 그런 일이 없도록 막으면 서로 싸울 일도 없고 좋지 않겠느냐고 한 것이었다.

진자강이 약병을 모두 씹어 삼킨 후 손을 들었다.

진헌을 풀어 주라는 뜻이다.

권령은 다리가 후들거렸다. 식은땀이 났다. 독룡 특유의 기세는 시간이 흐른 지금도 여전했다. 왕 대인이 죽던 날, 그때에 느낀 공포가 다시 살아나 스멀스멀 피어올랐다.

"기, 기다려. 아직 독이 퍼지지 않은……."

"약속을 지켜라."

"아직 독이 퍼지지 않아서…… 아니, 이럴 리가……."

권령이 횡설수설했다.

진자강은 멀쩡했다. 그냥 먹은 것도 아니고 병째로 씹었으니 분명히 입 안에 상처가 났고 그 피에까지 섞인 것도 확실했다. 하지만 천신루는 전혀 작용하지 않았다.

권령이 이를 악물었다. 설사 천신루가 작용하지 않았다고 해도 이대로 독룡의 아이를 살려 둘 수는 없었다!

권령이 손에 힘을 주어 진헌의 머리를 옆으로 끊어 버리려 했다. 진헌이 이를 악물고 힘주어 버텼다.

"으으으으으!"

진자강이 당유정을 불렀다.

"유정아."

"소용없다! 이 몸은 금강불……!"

순간 권령은 무언가 항거할 수 없는 힘에 의해 바닥에 처박혔다.

쾅!

무슨 일이 일어났는지 몰랐지만 정신을 차리자마자 반사적으로 몸을 일으켰다. 얼굴에 흙이 잔뜩 묻어 있었다. 진헌은 멀리 내동댕이쳐져 있었다.

당유정이 바로 앞에서 위로 손을 들어 올렸다.

"약속, 안 지켜?"

권령은 눈이 돌아갔다.

"네년이 대신 죽어라!"

권령은 왼손은 손끝을 모아 뾰족하게 수강을 뽑아내고, 오른손으로는 장심에 힘을 모았다. 장으로 바닥을 파괴하여 당유정의 행동반경을 줄이면서 수강을 뻗어 목을 꿰뚫어 버릴 터였다.

꽈앙!

지면의 경계가 수직으로 나뉘어 보였다. 조금씩 정신이 돌아오면서 그게 수직이 아니라 수평임을 깨달았다. 팔다리를 움직이려 했지만 움직이지 않았다. 팔이 부러지고 어깨가 빠졌다.

당유정의 깍지 낀 주먹이 권령이 내민 수강과 장을 모두 뭉개 버린 것이다. 무식하게.

이해가 되지 않았다.

금강불괴에 가까운 자신의 몸이 이만한 충격을 받다니!

당유정이 다시 깍지 낀 손으로 권령을 후려쳐서 땅에 박아 넣었다.

쾅 콰앙 쾅!

"약속, 지키란 말야. 약속 지키라고. 약속!"

맞을 때마다 권령의 몸이 들썩이며 푹푹 땅을 파고 들어갔다.

진헌이 당유정을 불렀다.

"그만해. 죽겠어."

"휴. 금강불괴라니까 괜찮아."

진헌이 어이없이 당유정을 보았다. 오랜만에 힘 좀 썼다는 표정이었다.

아귀왕의 후예가 저렇게 자신만만하게 내놓은 독, 그것도 진자강의 주독인 수라혈에 반응한다는 독을 먹고서도 멀쩡한 진자강과, 금강불괴에 가까운 몸을 타격하여 만신창이로 만든 당유정의 무지막지한 내공.

무언가 감이 왔다.

"아아……."

그리고 그건 지금껏 이 자리에서 일어난 일을 보고 들은 비정쌍부도 마찬가지였다.

비정쌍부가 당유정을 손가락으로 가리키며 놀라 외쳤다.

"지 애비 독도 다 빨아먹었다!"

당유정이 비정쌍부에게 화를 냈다.

"아이 씨!"

당경은 대자로 누워 버렸다.

당경도 알았다. 누나가 그렇게 강한 이유를.

"그러니까 내가 이길 수가 있나."

서균도 얼떨떨한 눈으로 진자강과 당유정을 번갈아 보았다.

"무슨 일이 벌어진 거요?"

진자강이 대답했다.

"본 그대로입니다."

"모르겠는데?"

"잠시 뒤에 얘기하지요."

진자강은 그 와중에 진헌이 힘들게 일어서는 걸 보았다. 진헌이 진자강을 외면하고 산을 내려가려 하고 있었다.

"헌아."

진자강이 불렀다.

"너에게 할 얘기가 있어 왔다."

진헌이 멈추고 어금니를 질끈 깨물며 말했다.

"나는…… 당신과 할 얘기 없습니다."

진헌은 걸음을 멈추지 않았다. 그냥 진자강을 무시하고 가려 했다. 그러나 진자강의 다음 말에 멈출 수밖에 없었다.

진자강이 말했다.

"손 누이와 너를 데리고 당가로 가고 싶구나. 아니, 가야겠다. 꼭."

순간 진헌은 벼락을 맞은 듯 멈추었다.

제자리에 선 채로 어깨를 떨었다.

"하지만, 그러면 당가에서……."

"받아 주지 않을 거란 걱정을 네가 할 필요는 없다."

진자강이 당경과 당유정을 돌아보았다.

"이미 알고 있겠지만, 아빠의 아들이다."

당유정이 대답했다.

"알아요."

"그래. 너희들에게도 응원을 부탁하고 싶구나."

당경이 고개를 끄덕였다.

"당연하지!"

당유정도 마찬가지였다.

"나도, 찬성이야. 헌이라면."

그런데 당경이 무슨 생각이 났는지 아차 싶은 얼굴로 말했다.

"아, 그럼 아빠가 몰래 주는 용돈 삼분지 일이 줄어드는 거야?"

진자강은 이마를 손끝으로 문질렀다.

"그건 정기적으로 주는 용돈은 아니잖으냐. 아무튼 좀 더 열심히 벌어 보마."

진헌이 울음기 섞인 목소리로 한탄하듯 말했다.

"왜, 왜 이제야……."

이제야, 이제야 진자강이 알아주었다. 그토록 오래 기다려 왔는데.

진헌은 아픈 엄마를 지켜야 했다. 독룡이 자기를 찾기보다는 엄마 손비가 행복하길 바랐다.

자식의 아명을 추몽으로 지을 만큼, 그렇게 진자강을 향한 손비의 마음이 뜨거웠는데…… 그걸 알아주지 않은 진자강이 미웠다. 그래서 진자강의 아들로 살 수 없었다. 엄마인 손비의 행복이 먼저여야 했다.

그런데 이제 진자강이 손비를 받아들이기로 한 것이다.

진자강을 향한 원망이 눈 녹듯 사라졌다. 아마 그것은 서서히 진헌의 경계를 허물어 준 당유정과 당경의 덕분이기도 할 것이었다.

진헌은 제자리에서 서서 고개를 떨어뜨렸다.

진자강이 진헌에게 다가갔다. 그러곤 어깨를 다독이려다가 잠깐 멈칫했는데, 곧 조심스럽게 어깨에 손을 얹었다.

진헌의 눈물이 뚝뚝 바닥으로 떨어졌다.

당경이 코를 훌쩍였다. 당유정도 눈물을 글썽였다.

서균은 잠깐 크흠 하고 헛기침을 하며 괜히 먼 곳을 보았다.

비정쌍부는 머쓱했는지 일어나서 땅바닥에 구겨지듯 박힌 권령을 쿡쿡 눌렀다.

"어이, 좋은 일은 하고 죽어서 다행이요. 한 가정을 지켜 줬네. 아니, 두 가정인가 뭔가."

권령의 눈이 희번덕대며 옆으로 움직여 비정쌍부를 쏘아보았다.

"뭐여! 아직 안 죽었네?"

비정쌍부가 언제 챙겼는지 도끼를 뽑아 들었다. 안 죽었으면 죽으라는 듯 권령을 퍽퍽 찍었다. 그러나 금강불괴가 완전히 깨진 것은 아니라서 권령은 고통만 받고 정작 도끼는 박히지 않았다. 악독한 눈빛으로 비정쌍부를 기억하겠다고 노려볼 뿐이었다.

"진짜 금강불괴?"

하도 당유정이 쉽게 패 버려서 금강불괴가 아닌 줄 알았다. 금강불괴가 이렇게 구겨져 있는 것도 희한한 일이 아닐 수 없었다.

비정쌍부는 신기한 듯 계속 권령을 쿡쿡 찌르고 도끼로 찍고 했다.

"요놈 요놈. 신기하네. 눈알 데굴데굴 굴리는 거 보소."

당유정이 비정쌍부를 말렸다.

"아저씨, 그만 괴롭혀요. 산 채로 관아에 넘길 거예요. 저번에 그 귀령인가 뭔가 하는 사람이랑 같이. 그리고 아저씨는……."

당유정이 비정쌍부를 가만히 보다 권유했다.

"우리랑 같이 갈래요?"

비정쌍부는 바로 질색하며 거절했다.

"어유, 싫어요. 당가에 가서 내가 어떻게 숨 쉬고 살아요. 저도 친구들 따라 감옥이나 갈……."

당유정이 손가락을 올렸다.

비정쌍부가 억울해했다.

"……아니, 진짜 그러지 마셔요. 저는 제가 하고 싶은 말도 못 해요? 아니어요. 개기는 거 아니어요. 그냥 감옥 가고 싶다고 말하는 거잖어요. 아유, 잘못을 했으면 감옥을 가야죠. 감옥이 얼마나 좋은데요. 때 되면 밥 줘, 겨울 되면 거지 같은 거적 넣어 줘…… 네? 좋은데 왜 거지 같다고 하냐구요? 아니어요. 그냥 제 말투가 그렇잖어요. 제가 왜 누님을 모시기 싫겠어요. 머잖아 천하제일인이 되실 분인데 저야 좋지요. 좋은데, 그런 분 옆에 있으면 제명에 오래 못 사니까…… 아니, 왜 무슨 말만 하면 때리려고 하셔요. 천하제일인이란 말이 그리 듣기 싫으셔요? 제가 그냥 살고 싶다고 말하는 거잖어요. 당가요? 갈게요, 가요. 아니어요. 억지로 가는 게 아니고 제가 좋아서 가는 거 맞다니까요. 아니, 맞다는 게 내가 맞고 싶단 얘기가 아니잖어요. 자꾸 왜 때리려고…… 나 진짜 속상하네."

* * *

녹림과 정파 무림 간의 싸움은 정파 무림의 승리로 끝났다. 패배한 녹림은 도주했고, 상당수는 사로잡혀서 관아에 넘겨졌다.

관아에서는 때아닌 녹림도의 홍수로 감옥마저 부족할 지경이었다.

중소 문파는 축제 분위기였다. 시작은 독룡의 자식들이었으되 자의로 일어서서 모두가 얻어 낸 승리였다. 이제껏 맛보지 못한 큰 성취감에 무인들은 크게 기뻐했다.

얼마나 지금의 성공을 만끽할 수 있을지는 알 수 없었다. 그러나 바야흐로 세상이 변하고 있음을, 강호에서 살아가는 모든 이들은 느끼고 있었다.

* * *

안령이 손비를 배웅했다.

"두려워하지 마. 당가라고 별거 있겠어? 외부에서 둘째 부인을 데려오는 건 처음이라고 하지만, 어차피 그쪽 부인도 허락한 일이라잖아."

'하지만…….'

손비는 아무래도 당가대원으로 가는 것이 편치 않은 듯했다. 아마 안령을 두고 가야 한다는 사실이 마음에 걸리는 것이리라.

“내 걱정하지 말고 가. 독룡이 한번 왔다 가면 일 년을 기다리며 가슴앓이하던 거 모를 것 같아? 이젠 그런 일 없을 거야. 내가 장담할게. 둘째 낳을 때나 불러. 하, 근데 독룡이 그만한 주변머리가 있으면 좋겠는데.”

손비의 얼굴이 빨개졌다.

‘못됐어. 정말 넌 괜찮겠어?’

“난 신경 쓰지 마. 잔소리꾼이 없으니 당분간 강호유람이나 하면서 술이나 퍼마시고 있을 거야.”

안령이 손비의 손을 맞잡았다.

“힘내. 행복해야 돼. 오래 기다려 왔던 일이잖아.”

손비가 안령을 끌어안았다. 안령이 밀어낼 때까지 한참을 끌어안았다.

“이제 가. 당가로 가는 마차가 밖에서 기다리고 있어.”

손비는 그래도 마음이 놓이지 않았는지 몇 번이나 돌아보며 떠났다.

안령이 손비를 향해 손을 흔들었다. 손비가 들리지 않을 정도로 조그맣게 중얼거렸다.

“오래 못 산다고 독룡에게 거짓말을 한 게 조금 마음에 걸리긴 하지만, 선의의 거짓말이니까. 뭐, 어쩌면 독룡은 알고도 모른 척한 거였으려나?"

손비가 떠나고 한참이나 뒤에 안령은 양쪽에 목발을 짚고 의자에서 절뚝거리며 일어났다. 미리 얘기해 두어서 하인이 안령의 짐 보따리를 가져왔다.

"자아, 나도 그럼 떠나 볼까. 이제 정말 자유네."

안령은 한 걸음 한 걸음 장원을 나섰다. 눈부신 햇살에 절로 미소가 머금어졌다.

몸은 불편하지만, 아무것도 신경 쓰지 않아도 되는 몸이 되었다.

누군가에게는 새로운 식구를 얻는 것이 원하던 삶이겠지만, 안령은 그 반대를 원했다. 손비를 떠나 보내는 것으로 드디어 안령도 원하던 삶을 얻었다.

"전국을 돌아다니면서 맛좋은 술은 모조리 먹어 버리고 말 테다! 하하!"

*　　*　　*

서균이 싱글벙글한 얼굴로 무림맹에 입성했다.

무림맹주의 집무실에서 혈유일마가 나오다가 서균과 마주쳤다. 혈유일마는 녹옥불장을 쥐고 있었다. 서균에게 작게 합장을 하며 지나쳤다.

서균은 지나쳐 간 혈유일마를 잠깐 돌아보았다.

녹옥불장이 소림사로 돌아간다는 건 이제 본격적으로 소림사가 강호 활동을 하게 된다는 의미인 것이다.

하지만 이제 서균에게는 별로 상관없는 일이었다.

서균이 맹주의 집무실에 들어서며 힘차게 소리쳤다.

"사부님!"

무각이 방 한가운데의 침상에 누여진 채 육하선과 함께 술상을 놓고 있었다. 육하선이 무각의 입에 육전을 넣어 주곤 서균을 향해 눈을 찡긋해 보였다.

육하선을 바라보며 헤실거리는 서균의 표정이 가관이었다.

무각이 짜증 난다는 투로 말했다.

"침 떨어진다. 이놈아, 얘기는 대충 들었는데 어찌 된 거야."

서균이 만세 하듯 손을 들었다.

"이제 독룡에게 수라혈이 없어요! 그러니까 저도 할 일이 없습니다!"

"잉? 독룡이 왜 수라혈이 없어. 수라혈이 없으면 그게 독룡이야?"

"열심히 모아 놓았던 거 다 먹였대요, 딸한테. 자꾸 울어서 어쩔 수 없었대나 그러던데, 뭐 그건 잘 모르겠고요."

"그거 골수에서 계속 만들어 내는 거 아니었어?"

"자식들은 독인이라 골수에서 나오는데 독룡은 아니랍니다. 열심히 먹어서 쌓아 놨던 거랍니다."

"무슨 뭐 말도 안 되는 얘기를……."

하지만 생각해 보면 맨날 풀을 입에 물고 다니고 했던 것 같기도 했다.

"아무튼 그러니까 이제 사부님의 칼은 필요 없습니다. 후배 하나 들이시고 저는 좀 놓아주십시오."

"독룡의 애들은 어떻게 됐냐."

"화기애애하게 사천으로 갔는데요. 그리고 저는 처음부터 독룡을 위한 칼이었지, 그 아이들까지 베라고 하신 건 아니었잖습니까."

무각이 쭈글쭈글한 입술로 불퉁거렸다.

"아아, 그래. 사부는 맹에다 버려 두고 너 혼자 잘 먹고 잘 살겠다는 게야?"

"가끔 놀러 올게요."

무각이 삐친 투로 말했다.

"못된 놈. 남들이 탐낼 무공을 전수해서 고수로 만들어 놨더니 하루아침에 다 내버리는구나."

"이젠 저도 누이와 오손도손 애 낳고 잘 살게요. 그럼 되잖습니까. 심심한데 제자나 한 명 더 들이시라구요."

"일없다!"

육하선이 무각에게 술잔을 대어 입술을 축이게 하여 주곤 말했다.

"그러게 왜 동자공 같은 걸 가르치셨사옵니까."

"기초도 없고 가진 것도 없고 그나마 동자공은 할 수 있으니까 가르쳤지. 눈꼴 시려우니까 너도 이제 그만 가라. 이 불쌍한 몸뚱이는 죽을 날만 기다리면서 오늘내일해야겠다. 이제야 편히 좀 죽을 수 있겠구나."

그러거나 말거나 서균은 아직도 흐뭇해하고 있었다. 무각의 칼이란 짐에서 벗어난 것이 그리도 좋은 것인지, 아니면 드디어 동자공을 벗어나 육하선과 부부의 연을 맺을 수 있게 되어서인지. 혹은 둘 다일지도 모를 일이었다.

"저도 그럼 맹주 사부님 입적하시기 전에 오늘 코가 비뚤어지도록 마셔 보겠습니다!"

"이놈 아주 사부 죽으라고 제사를 지내라, 이놈."

무각이 쯧쯧 하고 혀를 찼지만, 눈으로는 웃고 있었다.

드디어 독룡의 시대가 저물었다.

어찌 보면 지금부터가 강호의 시작이 될 터였다.

곧 거대 문파들이 제약을 풀고 움직인다.

한 번 승리의 느낌을 맛본 중소 문파도 가만히 있진 않을 것이다. 위로 오르기 위해 갖은 힘을 다하며 강호가 아주 시끌벅적하게 될 터이다.

그러나 그것이 바로 강호임을.

해월 진인이 바라던 정의와 정의가 쉴 새 없이 부딪치는 강호의 생동임을, 무각은 믿어 의심치 않았다.

*　　*　　*

당하란은 후원의 방 하나를 깨끗하게 정돈하게 했다. 직접 시비들에게 명을 내려 방을 꾸몄다.

"좀 더 환하게. 아, 거기 꽃은 너무 활짝 폈네. 아직 오려면 열흘은 더 있어야 하니 좀 더 꽃이 덜 핀 화분이 좋겠어."

당하란이 작은 것 하나까지 일일이 신경 쓰는 것에 내원의 총관이 흐뭇해하며 말했다.

"아귀왕의 후예 문제도 잘 해결되었고, 가주님께서도 작은 부인을 이처럼 기분 좋게 맞아 주시니 본 가는 앞으로도 평안하겠군요."

"기분 좋게 맞는다고요?"

"예?"

당하란이 내총관을 빤히 바라보았다.

내총관은 자신이 무슨 잘못을 했나 싶어 눈을 끔벅거렸다. 당하란의 눈빛이 보통 싸늘한 게 아니었다.

"그야…… 보통 작은 부인은 내원에 들이지 않고 그 자식만 데려오는데 후원에…… 그것도 직접 방을 꾸며 주시기까지 하니……. 그리고 또 예전에 부군을 독점하지 않으시겠다고 선언하시기도 했고……."

내총관은 어깨를 움츠리고 고개를 살짝 수그렸다.

"죄송합니다……."

당하란이 시비들에게로 시선을 돌렸다.

그러곤 조그맣게 중얼거렸다.

"내가 아무리 괜찮다고 했어도 그렇지, 예전에는 하는 일이라도 있었으니까 봐줬는데 지금은 백수잖아. 내가 아이와 얽힌 업을 해결하라고 했지, 언제 여자를 끌어들이라고 했어?"

당하란의 입술이 뿌루퉁하게 튀어나왔다.

*　　*　　*

숭산의 일은 마무리되었지만 진자강은 바로 집으로 돌아가지 않았다.

“미안하지만, 들를 데가 있다. 먼저 돌아가거라.”

당경은 당연히 고개를 저었다.

“아뇨.”

당유정이 당경의 옆구리를 찔렀다.

“네! 먼저 가 있을게요오오!”

진자강은 진헌을 잘 돌봐주기를 당부하며 혼자 떠났다.

당경이 당유정에게 투덜거렸다.

“아, 왜 그래! 아빠가 뭐 하시려는지 궁금한데.”

“그래서 그런 거야. 우리가 있으면 아빠가 마음 편히 가고 싶은 데를 가겠어?”

진헌은 턱을 괴고 말했다.

“그러고 보니……. 해남도에서도 나오면 꼭 사천으로 바로 가진 않았어.”

“맞아. 그리고 보통 아빠가 외유를 나가시면 한 달은 밖에 계셨다 오시거든? 근데 해남도에서도 한 사오일밖에 머물지 않는다면서.”

“맞아.”

진자강의 경공이라면 순식간에 사천까지 돌아갈 수 있으니 나머지 보름 이상의 시간이 훅 비는 셈이다.

“미행하자.”

당유정의 눈이 호기심으로 반짝였다.

진자강의 기감을 피해 미행한다는 건 굉장히 어려운 일이었다. 그러나 당경과 진헌은 당유정을 믿었다.

진자강의 수라혈을 모조리 흡수한 당유정이라면.

당유정은 진자강이 무서워 멀찍이서 쪼그리고 앉아 있는 비정쌍부에게 다른 사람들과 함께 먼저 당가대원으로 돌아가라고 이른 후, 진자강을 뒤쫓았다.

진자강은 허광에서 귀주로 내려가 성도인 귀양으로 향했다. 귀양에서 짐마차를 빌려 짐칸에 가득 물건들을 채웠다. 먹을 것, 입을 것 등등 생필품이 잔뜩이었다.

"……?"

"어디 한 보름 동안 살러 가시나."

멀리 뒤에서 진자강을 뒤쫓던 당유정과 당경, 진헌은 의아한 생각이 들었다.

진자강이 한참을 이동하여 성도 외곽의 장원에 도착했다.

진자강이 도착하자 장원에서 아이들이 함박웃음을 지으며 마구 뛰어나왔다.

"아저씨!"

"아저씨이이!"

네다섯 살, 많아야 열 살이 넘어 보이지 않는 아이들 수십 명이 나와서 진자강을 맞이했다. 곧 장원에서 나이든 노인 두어 명이 나와 진자강에게 인사했다. 진자강은 노인들에게 공손히 인사하고 아이들에게 싣고 온 물건들을 나눠주곤 장원으로 들어갔다.

당유정과 당경, 진헌은 나무를 타고 올라가 장원 안을 훔쳐보았다.

아이들이 진자강의 곁에 둘러앉았다. 진자강은 아이들의 얘기를 들어주고 책을 읽어 주기도 했다.

너무 뜻밖의 일이라 세 사람은 아무 말도 못 하고 지켜보기만 했을 뿐이었다.

진자강은 그곳에서 하루를 머물고 나왔다.

그리고 짐마차에 물건을 채워 성도의 또 다른 장원으로 갔다.

거기에서도 똑같이 아이들이 뛰어나왔다. 진자강을 본 아이들의 얼굴은 아주 밝고 환했다. 중년의 남자와 여자가 나와 허리를 굽히고 인사했다.

진자강은 그곳에서도 하루를 머물렀다.

그렇게 진자강이 중경까지 올라가면서 들른 곳은 총 다섯 군데. 만나는 아이들마다 간단한 무공을 가르쳐 주기도 하고 글을 가르치기도 했다.

당유정들은 궁금함을 참을 수가 없어서 진자강이 떠난

뒤에 그 장원을 직접 찾아가 보았다.

그곳은 고아들을 돌보는 보육원이었다.

"……."

매년 찾아와 필요한 물건들을 건네고 돌아간다고 했다.

세 사람은 서로를 쳐다보았다. 무언가 알 듯 말 듯 한 느낌이 세 사람에게서 말을 빼앗아 갔다.

중경에 도착한 진자강은 한 짐 가득 물건을 구매했다. 중경은 돌산이 많고 지형이 험해 말이나 소가 다니지 못할 만한 곳들이 많았다. 그래서인지 아예 지게에 잔뜩 물건을 올려 쌓고, 양손에도 짐 보따리를 들었다. 멀리서 보면 작은 동산 하나가 움직이는 듯했다.

진자강은 산을 넘고 계곡을 넘어 몇몇 사람들이 모여 사는 작은 마을에 도착했다. 거기에 물건을 일부 풀었다. 아이들에게는 책과 지필묵을 주었다. 그리고 마을로 향했다. 사람이 열 명도 채 살지 않는 오지까지 다니며 들고 있던 물건들을 전부 건네주었다.

한두 해 해 온 일이 아닌 듯, 모두가 진자강을 보며 고마워했다. 먹을 것을 대접하고 특산품을 대신 주기도 했다.

그렇게 중경에서 돌아다닌 것이 열흘을 넘었다.

진자강은 드디어 사천으로 방향을 틀었다. 배를 타고 사천으로 올라갔다.

그동안 진자강을 뒤따라 다니던 당유정과 당경, 진헌은 예전보다 말수가 많이 줄었다. 진자강의 기행이 묘하게 마음을 울렸다.

"아귀왕의 후예들은 고아였어."

당경이 말했다.

"그리고 아귀왕은 돈의 가치를 올리기 위해 산간벽지 곳곳에까지 물류를 연결했거든."

사천으로 가는 다른 배를 탄 셋은 진자강이 탄 앞서가는 배를 바라보았다.

진헌이 말했다.

"이런 일을 매년 해 왔다는 건…… 수많은 사람들을 죽인 데 대한 죄책감을 덜기 위한…… 당신만의 방식인지도."

당유정은 고개를 저었다.

"아니. 아빠라면 아귀왕의 일을 겪고 나서 알게 되었을 거야. 세상에 기댈 데 없는 고아들도 많고, 산간벽지에 사는 사람들에게 부족한 것도 많다는 걸. 그러니까 그냥 넘기지 못하고 있는 거야."

수만 명을 한 줌 독수로 만든 사람인데, 그 마음 한편은 이렇게 다정하다.

"다른 사람들은 이상하게 생각할지 모르겠지만 아빠는 원래 그랬어. 엄마 몰래 우리한테 용돈도 줬다니까."

진헌은 당유정의 비유가 적절한지 의문이 들었지만, 잠깐 생각하다가 말했다.

"당가의 재력이라면 더 크게 사업을 벌일 수 있지 않나."

"글쎄…… 그런 건 일개 가문에서 해결할 수 있는 일은 아닐 거야. 그래서 그냥 아빠는 가문의 힘을 빌리지 않고 본인이 할 수 있는 만큼 하는 걸 테지."

"나는 아직 잘 이해하지 못하겠군."

당경이 그 와중에 중얼거렸다.

"어쩐지 생각보다 열심히 부업을 하시더라."

진자강이 탄 배는 사천의 성도를 지났다.

당유정들도 다른 배로 갈아타고 진자강을 쫓아갔다. 그러나 진자강은 그리 멀리 가지 않았다.

민강의 상류 도강언.

당경은 대번에 진자강이 도강언을 찾아온 이유를 알아챘다.

"여기서, 대전투가 있었어. 그리고……."

진자강은 강가에 서서 도강언의 커다란 물길을 바라보며 술을 뿌렸다.

현교와 북천사파까지 모여 대혈투를 벌인 곳.

그리고 동시에 해월 진인이 등선한 곳.

진자강에게는 여러모로 의미가 깊은 곳이었다.

진자강은 오후 늦게까지 한참이나 도도한 강물을 바라보더니, 준비해 온 술을 뿌렸다.

그러곤 허공을 향해 말했다.

"이제 돌아가자."

작게 말했는데 소리는 멀리 떨어져서 수풀에 숨어 있던 당유정과 당경, 진헌의 귀에 똑똑히 들려왔다.

진자강이 돌아서서 세 아이들이 있는 쪽을 쳐다보며 미소를 지었다.

"아빠 말 안 들었으니까 당분간 용돈 없다."

당유정이 억울해하며 뛰쳐나갔다.

"아이 씨, 아빠! 그러는 게 어딨어요!"

당경도 일어나서 볼을 부풀리며 한숨을 내쉬었다.

"후우, 용돈을 이런 식으로 깎이네. 어쩐지 아빠가 모를 것 같지 않더라."

진헌은 당경을 따라 일어났다가 자신을 보고 작게 웃고 있는 진자강을 보고 괜히 머쓱해졌다.

그래서 주저하며 고민하다가 물었다.

"나도요?"

"그래."

진헌도 뭔가 이게 아닌데, 하는 표정으로 머리를 긁었다. 당유정으로부터 당가의 용돈 체계가 굉장히 엄하고 박하다는 얘기를 들었던 터다.

"아이, 아빠아아아!"

당유정이 진자강의 팔을 잡고 늘어지며 애교를 피웠다.

진자강이 할 수 없다는 듯 말했다.

"좋아, 그럼 집까지 경주다. 제일 먼저 도착하는 사람은 면제다."

당경은 그 말이 끝나기가 무섭게 제일 먼저 뛰어나갔다.

"좋았어!"

"아앗, 너 반칙!"

당유정도 뒤따라 뛰어갔다. 둘은 순식간에 시야에서 사라졌다.

그리고 남은 진헌은…….

고개를 설레설레 저으며 천천히 걸어갔다.

진자강도 진헌과 함께 나란히 당가를 향해 걸었다. 그러다가 허리춤에서 꼬깃꼬깃하게 접어 두었던 전표 한 장을 꺼내더니 진헌의 손에 살짝 쥐여 주었다. 진헌은 처음에 살짝 망설였다가 곧 전표를 받아 소매에 넣었다.

진자강이 웃었다.

가벼운 걸음으로 걸어가는 두 사람의 그림자가 저물어 가는 노을에 길게 늘어졌다.

〈수라전설 독룡 完〉

환생왕

요도 김남재 신무협 장편소설

ORIENTAL FANTASY STORY & ADVENTURE

정체를 알 수 없는 세력들에 의해
비참한 최후를 맞이한
천룡성(天龍城)의 후계자 천무진.
그런 그에게 찾아온 또 한 번의 삶.
그리고 그를 돕기 위해 나타난 여인 백아린.

"이번엔…… 당하지 않는다."

이젠 되돌려 줄 차례다.
새로운 용이 강호를 뒤흔든다!

dream books
드림북스

DREAMBOOKS

DREAMBOOKS★

DREAMBOOKS★

DREAMBOOKS